Todo mundo aqui
vai morrer um dia

EMILY AUSTIN

TODO MUNDO AQUI VAI MORRER UM DIA

Tradução: Luiza Marcondes

astral cultural

Copyright © 2021 Emily Austin
Copyright da tradução para Língua Portuguesa © Luiza Marcondes, 2025 pela Cultural Livros e Editora Ltda. (Astral Cultural).
Publicado em acordo com a editora original, Atria Books, um selo da Simon & Schuster, LLC.
Todos os direitos reservados à Astral Cultural e protegidos pela Lei 9.610, de 19.2.1998. É proibida a reprodução total ou parcial sem a expressa anuência da editora.

Editora Natália Ortega

Editora de arte Tâmizi Ribeiro

Coordenação editorial Brendha Rodrigues

Produção editorial Manu Lima e Thais Taldivo

Preparação Alexandre Magalhães

Revisão de texto Wélida Muniz e Carlos César da Silva

Capa e ilustração de capa Kelli McAdams

Ilustração verso Adobe stock

Dados Internacionais de Catalogação na Publicação (CIP)
Angélica Ilacqua CRB-8/7057

A951t
    Austin, Emily
       Todo mundo aqui vai morrer um dia / Emily Austin ; tradução de Luiza Marcondes. — São Paulo, SP : Astral Cultural, 2025.
       288 p.

       ISBN 978-65-5566-622-9
       Título original: Everyone in this room will someday be dead

       1. Ficção canadense 2. LGBTQIAPN+ I. Título II. Marcondes, Luiza

25-0982   CDD 813

Índice para catálogo sistemático:
1. Ficção canadense

BAURU
Rua Joaquim Anacleto
Bueno 1-42
Jardim Contorno
CEP: 17047-281
Telefone: (14) 3879-3877

SÃO PAULO
Rua Augusta, 101
Sala 1812, 18º andar
Consolação
CEP: 01305-000
Telefone: (11) 3048-2900

E-mail: contato@astralcultural.com.br

Conteúdo sensível: Este livro contém cenas de ideação suicida, alcoolismo, mutilação e morte por overdose, que podem desencadear gatilhos.

Para Christina e Matthew.

PARTE UM

ADVENTO

Deve ter acontecido uma explosão. Ouço um tinido entremeado com os gritos abafados de uma mulher. Tudo está escuro. Pisco várias vezes.

Escuro. Escuro. Escuro.

Pisco mais uma vez e vejo a luz do sol. A silhueta de um semáforo se forma à minha frente. A luz está verde, mas não me movo. Olho de relance às minhas costas. Uma van de cor bege expele fumaça do capô amassado. Há vidro estilhaçado por toda a via de concreto...

Agora me lembro. Eu estava prestes a tomar um gole do meu café. Ouvi a buzina, olhei para o espelho retrovisor e vi aquela minivan bater no porta-malas do meu carro. Meu airbag explodiu e eu, involuntariamente, dei um soco em meu próprio rosto.

Estou agora coberta tanto com o conteúdo escaldante da minha garrafa térmica, que entrou em erupção, como por uma poeira cinza preocupante que se desprendeu quando o airbag explodiu. Ligo o pisca-alerta e olho mais uma vez pelo espelho. A mulher saiu aos gritos da van. Está avançando até mim, os passos apressados.

Sou sufocada pelo cheiro do meu falecido café, que agora ressuscita na forma de manchas no estofamento do carro e de queimaduras em meu peito. A luz do sol brilha diretamente em meus olhos; e continuo a ouvir o tinido. Fecho os olhos e foco a escuridão atrás de minhas pálpebras.

A mulher bate com os nós dos dedos em minha janela, mas eu mantenho os olhos apertados. Tendo a chorar quando estou sobrecarregada. Continuar com os olhos fechados talvez me impeça de sucumbir a essa tendência humilhante.

— Ela não está abrindo os olhos! — A voz abafada da mulher guincha do outro lado da minha janela.

— Está morta?

Mantenho os olhos fechados, mas aceno com um braço para demonstrar que estou viva.

— Por que está com os olhos fechados? — ela pergunta. — Achei que eu tinha te matado!

Será que essa mulher pensa que todo mundo fecha os olhos quando morre?

— Consegue me ouvir? — Ela bate mais uma vez no vidro.

No lugar de explicar a ela que estou fechando os olhos para evitar chorar em público, ou expô-la às sombrias verdades da morte com olhos arregalados, decido que a coisa mais fácil a se fazer no momento é abrir os olhos.

Luz branca inunda minha visão.

— Ah, meu bem. — Ouço a mulher dizer, sua voz apaziguadora, quando lágrimas começam a se atirar do penhasco de meu nariz.

— Estou bem — eu minto.

...

Aos dez anos, encontrei o cadáver da minha coelhinha de estimação. Eu planejava dividir minha maçã com ela. Em vez de compartilhar um momento e a fruta com meu bichinho, me vi cara a cara com seu corpo sem vida. De olhos bem abertos. Morta.

...

— Está tudo bem? Você está sangrando, sabia?

Aproximo o rosto do espelho retrovisor e encaro meu reflexo. Meu nariz está sangrando. Meu momento com o espelho também revela que estou com os olhos vermelhos e a pele pálida e aquosa; é possível, porém, que estes males já me afligissem antes do acidente. Não tenho olhado muito para espelhos ultimamente.

— E seu braço... — A mulher faz um gesto na direção dele.

Baixo os olhos e descubro que um dos meus braços está caído no meu colo, em um ângulo anormal. O impacto do airbag ou o quebrou, ou o deslocou.

...

Apesar de tanto meu carro como meu braço estarem quebrados, estou dirigindo sozinha para o pronto-socorro. Decidi não envolver uma ambulância porque não gosto de ser alvo da atenção alheia. Preferiria ser atropelada por outra van do que me ver cercada por socorristas encostando em mim dentro de um veículo tão chamativo.

Meu pé pressiona o acelerador com tanta delicadeza que praticamente não avanço. Estou me arrastando pelas ruas, o airbag dependurado do volante como se tivesse sido destripado.

Um enorme caminhão branco está colado na minha traseira. O motorista não para de tocar a buzina.

Agarro o volante, ciente de que, se outro carro colidir atrás do meu agora, não terá restado nada para amortecer o golpe.

Olho feio para o caminhão quando ele me ultrapassa, como se fosse um predador me caçando. Seguro firme no volante, intensamente afligida pela realidade de que sou algo vivo, algo que respira, que um dia vai morrer. Motoristas descuidados podem me aniquilar. Estou presa dentro deste corpo frágil. Poderiam me atirar para fora da estrada. Eu poderia ser massacrada por uma van. Poderia sufocar com uma uva. Poderia ser alérgica a abelhas; sou tão impermanente que um mísero inseto poderia dar um pulinho de uma margarida para o meu braço, me picar, e eu seria eliminada. Escuro. Nada.

Encaro as dobras nas juntas de meus dedos e começo a respirar conscientemente.

Sou um animal: um organismo formado de ossos e sangue.

Analiso as árvores conforme passo por elas, o carro se arrastando pelas ruas. Faço isso para ocupar a mente com pensamentos não relacionados à minha própria e frágil mortalidade.

Aquele é um pinheiro.

Um bordo.

Outro pinheiro.

Abeto.

Minha morte, e a morte de todas as pessoas que amo, é inevitável.

Mais um pinheiro.

...

Me dirijo à mesa da recepção e me posiciono no centro de seu campo de visão. Pacientemente, aguardo que ele erga os olhos de sua papelada para me cumprimentar. Leio os pôsteres colados na parede atrás da mesa, para parecer ocupada e me distrair do fato de que cada momento que passa me aproxima de meu destino final. (A morte.)

Um pôster é intitulado: O VÍRUS DO PAPILOMA HUMANO! É o uso peculiar do ponto de exclamação que chama minha atenção. A modelo contratada para posar no pôster sorri de forma tão agressiva que consigo ver cada um dos dentes enormes dela. Estou encarando seus olhos radiantes, me perguntando como poderia alcançar a felicidade também. Viver uma vida sem o peso do medo de pegar HPV resulta naquele nível de euforia? Se sim, podem mandar ver.

— Qual o problema hoje? — o enfermeiro me pergunta, por fim.

Quero dizer que meu problema talvez seja que ainda preciso tomar a vacina contra HPV; contudo, já estava recitando mentalmente o que falar, então informo:

— Acabei de ter um pequeno acidente de carro.

— O quê? — Ele ergue os olhos para mim, surpreso. — É verdade?

— Sim.

— Ah, querida. Você está bem?

É uma pergunta estranha, penso eu. Minha presença como paciente em potencial neste pronto-socorro deixa subentendido que não estou bem.

Apesar de achar a pergunta estranha, digo a ele:

— Sim, estou bem. — Acrescento: — Bom, acho que talvez tenha quebrado o braço, mas, no geral, estou bem. E você, como está?

Ele fica em pé para observar meu braço. Então me encara e estreita os olhos.

— Você parece bem mais calma do que costuma estar quando vem aqui.

Falhando em moldar uma resposta mais eloquente, gaguejo:

— O-obrigada.

Agora compelida a afastar a conversa de minha falta de compostura habitual, decido que é o momento para compartilhar:

— Também gostaria de ser imunizada contra HPV, por favor.

• • •

Enquanto aguardo meu número ser chamado, me ocupo tecendo diagnósticos amadores de todos que estão na sala de espera, com a condição da qual imagino que estejam sofrendo.

Aquele homem está com gripe.

Aquela moça tem câncer.

Aquele menino está fingindo.

Tendo completado minha análise de todas as pessoas no ambiente, ouço uma voz familiar gritar:

— E aí?

Pela visão periférica, vejo uma enfermeira acenando para mim.

Finjo que não a vejo. Ajo como se estivesse muito focada nos azulejos do chão.

Não intuitiva o bastante para perceber que não quero ser abordada, ela grita mais uma vez:

— Oi!

Aperto meus molares e ergo os olhos para a enfermeira.

— Bom te ver! — ela berra.

Dou um sorriso fraco.

— É bom te ver também, Ethel.

Ela retribui o sorriso enquanto outro enfermeiro, cujo nome é Larry, caminha em sua direção. Larry também leva os olhos até mim. Ele acena.

— Por aqui de novo, é?

Assinto.

— Você trabalha aqui ou coisa assim? — A paciente sentada ao meu lado bisbilhota.

— Não — respondo, no mesmo momento em que Frank, um dos zeladores do hospital, aponta para mim e exclama:

— E aí, garota!

...

Estou sendo questionada antes de poder falar com a médica.

— Está tomando alguma medicação?

— Não. Bom, tenho tomado bastante vitamina D ultimamente.

Quando estive no pronto-socorro na semana passada, me disseram que não havia nada de errado comigo e que eu deveria pensar em tomar um suplemento de vitamina D.

— Só vitamina D? Nenhuma outra medicação?
— Não.
— Sua família tem algum histórico de problemas cardíacos?
— Não.
— Existe alguma chance de você estar grávida?
— Não.

A enfermeira aperta os lábios enquanto anota minhas respostas. Interpreto seus lábios apertados como indício de que estou sendo julgada. Eu respondi que não uso nenhuma medicação, o que significa que não tomo anticoncepcional, e também respondi que não há chances de estar grávida, sugerindo, consequentemente, que é provável que eu seja celibatária. Não é verdade. Só sou lésbica e, portanto, abençoadamente livre do perigo da gravidez.

— Nenhuma chance? — ela repete.

— Não — digo, observando seus lábios se apertarem mais uma vez.

...

— Talvez isso doa um pouquinho — a médica me alerta.

— Tudo bem. — Eu assinto.

Ela move meu braço com rapidez. Um estalo desconcertante se faz ouvir.

A enfermeira na sala ergue as sobrancelhas para mim, impressionada.

— Nossa, você nem se mexeu. É muito corajosa — ela diz.

— Obrigada. — Balanço a cabeça.

Eu não me mexi porque não senti nada. Porém, não vou admitir isso, porque prefiro impressionar a enfermeira com minha coragem. Também prefiro fingir que sou corajosa porque suspeito que deveria ter sentido dor, e não sentir talvez seja sintoma de algum problema médico muito maior.

A enfermeira está me encarando.

— Você está bem? — ela pergunta.
— O quê? — Olho para ela.
— Está tudo bem? — ela me pergunta mais uma vez.
— Ah. — Assinto. — Sim, estou bem.

• • •

Já quebrei o braço uma outra vez. Estava na quarta série. Fiz uma manobra acrobática arriscada no trepa-trepa e afundei na brita sob o parquinho, tal qual um pássaro que levou um tiro. Fiquei lá, caída no chão, vendo os rostos dos meus colegas de classe abismados se aglomerarem ao meu redor.

Sempre odiei ser o centro das atenções. Apesar de meu braço estar quebrado e apesar da dor, que eu classificaria como atordoante, garanti a todo mundo que estava bem até que se dispersassem.

Eu não estava bem. Tinha fraturado dois ossos do braço.

• • •

— Vou precisar que você fique de olho para o caso de surgir alguma vermelhidão ao redor do gesso — a médica instrui.
— Certo. — Eu assinto.
— E se seu braço estiver quente, ou se ficar com febre, volte ao pronto-socorro, tudo bem?
— Entendido. — Assinto novamente.

Ela folheia alguns papéis em sua prancheta.

— Vejo que você tem vindo bastante ao hospital nos últimos tempos. Tem se queixado de dores no peito e problemas de respiração. É uma questão persistente?
— Sim — respondo. — Sinto bastante apertos no peito.
— Me parece que você está tendo crises de ansiedade — ela me diz. Então, baixa os olhos para a prancheta e fala: — Posso fazer um encaminhamento para um psiquiatra.

Sempre fazem encaminhamentos para psiquiatras. Eu nunca tenho notícias depois.

— Nesse meio-tempo, já considerou tomar um suplemento de vitamina D?

• • •

— Você consegue vir buscar na quarta-feira? — a farmacêutica me pergunta depois que entrego a ela minha receita de analgésicos.

— Quarta-feira? — repito.
— Sim. — Ela assente. — Fica bom para você?
— É daqui a três dias — comento.
Ela franze o cenho.
— Não é, não. É amanhã.
— Ah, é — vacilo. — É mesmo. Desculpa, eu ando dormindo muito ultimamente. Tem afetado minha noção do tempo.
Ela franze o cenho outra vez.
Aperto os dedos dos pés dentro dos sapatos. Não sei por que compartilhei aquilo.

— Tenho me sentido doente — me apresso a mentir. — Lutando com um resfriado feroz, por isso ando dormindo demais...

Me dou conta, enquanto crio esta mentira, que aquela mulher é uma profissional da saúde e, portanto, pode ser capaz de pressentir quando as pessoas fingem estar doentes, de alguma forma.

— Mas agora estou muito melhor — digo, para anular a mentira.

Em um tom que não expõe absolutamente nenhuma sinceridade, ela fala:

— Fico muito feliz em ouvir isso.

• • •

— Alô? — Me atrapalho para atender o celular.

O dia está ensolarado. O brilho da tela do meu celular está baixo demais para que eu consiga ler o identificador de chamadas.

— Você está me ignorando? — a pessoa que ligou questiona.

Constato que é Eleanor que está ligando. É a garota com quem estou saindo.

Em vez de responder "não", como eu tinha planejado, minha língua tropeça em si mesma, e não produzo som algum.

— Alô? Está aí?

— Sim, desculpa — me forço a falar.

— Por que não me respondeu? Eu vejo quando você lê minhas mensagens, sabia? Não é muito legal me ignor...

— Desculpa — eu repito. — Tem como a gente falar disso mais tarde? Acabei de ter um pequeno acidente de carro e...

— O quê? Você está bem?

— Não sei — confesso. — Estou tentando entender os ônibus. Meu carro está sendo guinchado até meu apartamento.

— Você sabe como chegar na minha casa partindo do posto de gasolina na rua Alma? — Estreito os olhos para ler a placa amarela do ponto de ônibus acima da minha cabeça. — Acha que eu pego o 94 ou o 97?

— Você não sabe se está bem?

— Bom, não, para ser sincera, não sei. Tenho sentido um cansaço fora do normal ultimamente. Não importa o quanto eu durma, continuo acordando exausta. Acho que talvez eu esteja com algum tipo de desequilíb...

— Não — Eleanor me interrompe. — Por causa do acidente de carro, eu quis dizer.

— Ah. Sim, estou bem. Estou mais preocupada em ter alguma deficiência de vitaminas, na verdade. Acho que preciso de mais cálcio ou algo do tipo. Tenho me sentido muito fraca, com a cabeça atordoada. Você bebe bastante leite?

...

Um idoso frágil me oferece seu assento no ônibus.

— Não posso aceitar — digo a ele.

— Sente, sente — ele insiste.

Nego com a cabeça.

— Não, obrigada, é gentil da sua parte, mas estou bem.

— Você está machucada. — Ele aponta para o meu gesso recém-colocado. — Por favor, estes assentos são reservados para pessoas como você. Insisto que se sente.

Olho de relance para o adesivo sobre o assento, que mostra uma mulher grávida e um homem idoso com uma bengala. Não sou nenhum dos dois: sou uma mulher de vinte e sete anos sem chance alguma de estar grávida. Eu me consideraria a passageira de prioridade mais baixa neste veículo. Estou com um ferimento leve, em uma parte do meu corpo que não influencia na complexidade de se andar de ônibus.

Em vez de explicar tudo isso, aceito o assento, relutante. Digo "obrigada" quatro vezes ao senhor.

— Obrigada.

— Obrigada.

— Obrigada mesmo.

— Muito obrigada.

Toda vez que o motorista freia, o homem cambaleia. Fico nervosa, achando que ele vai acabar caindo de vez. Eu o imagino perdendo o equilíbrio e sendo arremessado até o outro lado do ônibus. Penso que pessoas mais velhas têm ossos frágeis e porosos. Penso que, para pessoas mais velhas, quedas podem ser fatais. Começo a me imaginar indo ao funeral daquele homem.

Estou vestida toda de preto.

Estou contando aos entes queridos dele que ele morreu por minha causa.

— É tudo culpa minha — eu explico.

...

Desci do ônibus dois pontos mais cedo para que o velhinho pudesse voltar a seu lugar. As portas do ônibus se abriram em frente a um café. Em vez de ir diretamente para casa, entrei no estabelecimento.

Pedi um copo grande de leite, e a funcionária do café me pediu para "escolher um assento, por favor". Achei um pedido peculiar, já que não escolhi nenhuma bebida que levasse muito tempo para ser preparada.

Em vez de questioná-la, simplesmente fui me sentar.

Passei alguns momentos pensando por que ela teria me pedido para me sentar. Então comecei a me perguntar por que importaria para mim o fato de ela ter pedido que eu me sentasse. Por que eu precisaria saber qual a lógica dela? Por que não posso apenas confiar que as pessoas ao meu redor têm suas justificativas para seus pedidos, para seu comportamento? Por que não posso ser igual a um cachorro e me sentar quando pedem isso de mim, sem ficar pensando no motivo?

Dou uma olhadinha para a pequena aglomeração que me cerca. Talvez todos sejamos iguais a cachorros. Todos aqui estão esperando por suas bebidas como animais adestrados. Baixo os olhos para minhas mãos e, em seguida, para as mãos das pessoas à minha volta. Essas são nossas patas. Somos criaturas.

Minha perna treme, inquieta.

Abro o aplicativo de notícias no meu celular, para me distrair. Começo a deslizar o polegar, passando pelas reportagens.

Houve um tiroteio em uma escola na quarta-feira passada.

Várias celebridades foram pegas agredindo sexualmente outras celebridades.

As geleiras estão derretendo.

Tartarugas marinhas estão em extinção.

Decido evitar a página de notícias populares. Clico em um artigo intitulado: JEITOS ESTRANHOS COM QUE PESSOAS MORREM.

Lottie Michelle Belk, cinquenta e cinco anos, foi perfurada fatalmente por um guarda-sol de praia levado por um vento forte.

Hildegard Whiting, setenta e sete anos, morreu por sufocamento causado por vapores de dióxido de carbono produzidos por quatro térmicas de gelo-seco em um carro de delivery do sorvete Dippin' Dots.

— O que aconteceu com seu braço? — Uma garotinha puxa a manga do meu casaco.

— Tive um pequeno acidente de carro — explico ao desviar os olhos de um artigo a respeito de um homem e uma lâmpada de lava. O homem não conseguia fazer a lâmpada funcionar, então colocou-a no forno e o ligou em fogo baixo. O líquido na lâmpada começou a se mover e borbulhar antes de superaquecer e explodir. A lâmpada estourou e a cera colorida, o fluido cristalino e o vidro estilhaçado dispararam pelo cômodo. Um caco de vidro se fincou no peito do homem, furou seu coração e o matou. Todos os comentários no artigo perguntavam o que tinha levado o homem a conduzir um experimento tão descabido, mas eu já coloquei uma lâmpada no micro-ondas quando era adolescente, por pura curiosidade. Compreendo que a linha de raciocínio humana pode descarrilar. É trágico o fato de aquele homem ter morrido, bem como é trágico que sua tentativa improvisada e idiota de se divertir tenha saído pela culatra de forma que agora vai definir quem ele foi.

Me pergunto se será minha morte que vai definir quem eu sou.

— Posso assinar o seu gesso? — a criança puxando meu casaco pergunta.

Olho para as unhas dela incrustadas de sujeira, depois para o rosto cor-de-rosa e cheio de baba.

— Claro — respondo, embora tivesse preferido que ela não tocasse em mim.

Fico parada, uma mártir pela felicidade daquela garotinha, enquanto ela desenha com caneta vermelha por todo o meu gesso novinho. Ela não para de riscar minha pele e minhas roupas sem querer.

Quando a garota termina, pergunto o que foi que ela desenhou, e ela me diz que é um cachorro. Baixo os olhos, examino o que parece ser um pênis com olhos e suspiro.

A funcionária do café grita meu nome; eu me levanto.

Ela me entrega algum tipo de vitamina, e eu a aceito, sem sinalizar que ela deve ter me entendido mal quando fiz o pedido.

Devo ter falado baixo demais.

• • •

Acho que sou alérgica ao que quer que houvesse naquela vitamina. Minha língua parece duas vezes maior do que deveria estar.

— Devo ter jogado pedra na cruz — resmungo em voz alta, esfregando os olhos com a beirada do gesso.

Alguém toca em meu ombro.

Ao me virar, fico boquiaberta ao me deparar com uma senhora com o rosto emoldurado por um hábito. Me sobressalto, já que não esperava ficar cara a cara com uma freira.

Não sou religiosa, mas ainda assim não teria escolhido falar de "jogar pedra na cruz" na frente de uma idosa devota caso soubesse que ela estava próxima o bastante para me ouvir.

A mulher abre um grande sorriso.

— Você está bem, querida?

— *Esdou* bem — respondo. Minha língua inchou tanto que agora estou com dificuldades para falar.

— Você parece frustrada com alguma coisa — ela comenta.

— Ah, não, *esdou* bem — repito, sorrindo sem sinceridade.

A senhora retribui meu sorriso.

— Posso te oferecer um folheto da igreja?

Ela me entrega um papel dobrado amarelado.

• • •

Preciso começar a recolher a louça suja em meu quarto. O copo da vitamina que bebi mais cedo está no topo de uma pequena pilha de xícaras, pratos e tigelas. Empilhar a louça traz mais ou menos a mesma sensação de construir um castelo de blocos: cada peça que acrescento é um risco. Em algum momento, o castelo vai entrar em colapso.

Pensar em lavar a louça é bem parecido com pensar em sair para correr.

Vou deixar para amanhã.

...

Comprei as últimas três edições do *Guinness World Records* antes de ser demitida do meu trabalho na livraria. Fiz isso pensando que poderia devolvê-las depois que tivesse lido. Era minha alternativa preguiçosa à biblioteca. Agora não posso devolver nada sem confrontar meu antigo chefe, que acha que sou desonesta e irresponsável. Me preocupo pensando que, se eu tentasse devolver esses livros, ele simplesmente me acusaria de tê-los roubado.

Eu era uma funcionária ruim. Acordar é difícil para mim, então eu raramente chegava no horário. Muitas vezes, perdia turnos inteiros. Tampouco acho que agregava muito quando estava presente. Não tenho a personalidade certa para trabalhar com clientes. Certa vez, uma cliente me perguntou se eu era mesmo uma funcionária da loja ou só três gambás vestindo um sobretudo. O comentário me deixou tão confusa que a cliente precisou explicá-lo a mim. Ela me disse que gambás são notoriamente assustadiços. Eu respondi:

— Mas e quanto ao sobretudo? Não estou usando sobretudo nenhum. E gambás não são meio pequenos? Eu não devia ser uns cinco ou seis gambás vestindo um sobretudo, se estivesse usando um sobretudo?

A cliente reclamou de mim para o meu chefe, que me fez sentar na salinha dos fundos e ouvi-lo dar um sermão sobre os cinco pilares do bom atendimento ao cliente. Fiquei tão distraída com o nível do ardor dele pelo assunto que não consegui absorver nada do que foi dito.

Abro a edição mais recente do *Guinness World Records*. Folheio suas páginas lustrosas. Leio que o humano mais velho a viver chegou a 122 anos de idade. Era uma mulher chamada Jeanne. Ela morreu na França.

Toco meu cabelo oleoso, viro a página e me pergunto se existe um recorde para o maior período que alguém passou sem tomar banho.

• • •

Meu coração está batendo mais rápido do que o de um coelho acossado por uma raposa. Estou de pé em frente à pia do meu banheiro, repetindo para mim mesma que estou bem.

Estou bem.

Parece que tem alguém sentado em cima do meu peito, mas eu estou bem.

Abro meu frasco de vitamina D, jogo dois tabletes na boca e mastigo.

— Isso deve me curar — digo em voz alta, conscientemente iludida.

Não inspiro direito há pelo menos cinco minutos. Nenhum oxigênio alcança meu cérebro.

Eu deveria ir ao hospital, mas toda vez que faço isso me dizem que é só ansiedade.

Isso é só ansiedade? Vale a pena o risco de ser um ataque cardíaco de verdade? E se aquele acidente de carro tiver desencadeado um ataque cardíaco genuíno?

Alcanço meu celular e ligo para um número que já memorizei.

A voz de um homem diz:

— Olá, você ligou para a TeleSaúde. Se estiver passando por uma emergência médica neste momento, por gentileza, encerre a ligação e ligue para o serviço de emergência. Como posso ajudar?

— Oi — digo, sem fôlego. — Estou tendo uma crise.

— Por gentileza, vá ao pronto-socorro.

— Eu já fui lá muitas vezes — explico, arfando. — As enfermeiras me conhecem pelo nome. Isso não é normal, é? Eu não posso voltar.

— Você já foi lá e foi atendida por um médico?

— Como consigo saber se é um ataque cardíaco ou um ataque de pânico? — Agarro o peito.

— Se você trocar de posição, a intensidade da dor no peito muda?

— Vou checar.

Me deito nos azulejos frios do banheiro, puxando os joelhos até o peito.

Pauso para ouvir os baques rápidos do meu coração.

Tu-tum.

Tu-tum.

Tu-tum.

— Mais ou menos — falo.

— Nesse caso, é provável que seja um ataque de pânico — o homem explica. — Você tem problemas com ansiedade?

— Pelo jeito, sim — respondo, a dor em meu peito diminuindo levemente.

— Tem alguém com quem possa falar a respeito? — o homem me pergunta depois de um momento em silêncio.

— Tenho você — eu digo.

Ele ri.

• • •

— Como têm sido as coisas na livraria ultimamente, meu bem? — minha mãe me pergunta ao entornar um amontoado de purê de batatas em meu prato de cerâmica.

— Fui demitida — admito, enfiando na boca um garfo cheio das batatas.

Li uma vez que seres humanos são capazes de sobreviver apenas à base de batatas. Uma batata contém todos os aminoácidos essenciais de que precisamos para construir proteínas, reparar células e combater doenças.

— Você foi demitida? — Meu pai se engasga. — O quê? Por que fariam isso?

Você precisaria, no entanto, comer mais ou menos vinte e cinco batatas por dia para conseguir a quantidade recomendada de proteína, e teria deficiência de cálcio.

— Oi? Por que você foi demitida?

Comer só batatas não seria exatamente saudável, mas uma pessoa sobreviveria por mais tempo do que comendo apenas outros alimentos, como pão ou maçãs.

— Está surda? — Meu pai abana a mão na frente do meu rosto.

— O quê?

— Por que foi demitida? — ele pergunta, o rosto levemente vermelho.

— Eu não sei — digo, apesar de saber que me demitiram porque não apareci para trabalhar em cinco turnos consecutivos.

— Te flagraram roubando livros ou algo assim? — meu irmão, Eli, brinca.

— Tem distribuído currículo? — minha mãe intervém, antes que eu possa responder à alegação de Eli.

— Sim — minto.

Todos ficamos em silêncio por um momento, assimilando meu desemprego.

Minha mãe suspira.

— Que tal abrirmos uma garrafa de vinho?

— Não — eu respondo na mesma hora.

— O quê? — Meu pai olha para mim. — Por que não?

— Porque não — insisto. — Estou tomando remédios. — Ergo meu braço quebrado.

— Tomando remédios? — meu pai indaga. — Achei que você tinha dito que tanto o acidente como seu machucado foram leves. É algo grave?

— Estou bem.

— E, mesmo assim, o restante de nós não pode beber um pouquinho? — ele diz com desdém.

— Isso mesmo — eu sustento.

• • •

— Não haverá mais problemas — meu pai disse, apertando a mão do diretor. — A mãe dela e eu lidaremos com o assunto. Obrigado, Dave.

Quando eu estava com quinze anos, meus pais foram convocados pela escola porque eu havia recebido uma suspensão de dois dias.

Minha classe tinha ido a uma excursão mais cedo naquele dia. Quando estávamos de saída, minha amiga Ingrid e eu pegamos os lugares no fundo do ônibus. Um grupo de garotas nos confrontou lá. Insistiram que cedêssemos os lugares a elas. Eu comecei a me levantar para obedecer, mas Ingrid se recusou. Ela segurou meu punho e disse:

— Não vamos sair daqui.

As garotas que queriam nossos lugares começaram a nos chamar de lésbicas.

Ingrid não era lésbica. Contudo era muitas vezes acusada disso porque era minha amiga, e existem alguns mitos a respeito de o negócio ser contagioso.

Todo mundo no ônibus estava olhando para nós duas. Tinha gente rindo. Um cara chamado Brandon começou a gritar:

— Sapatonas!

— Parem de chamá-las de lésbicas! — A srta. Camp, a professora supervisionando a excursão, finalmente interveio. — Que coisa horrível a se dizer!

As garotas precisaram se sentar nos lugares à nossa frente. Ingrid estava tão furiosa que queimou a ponta do cabelo delas com seu isqueiro. As garotas não se machucaram, mas as pontas duplas delas acabaram um pouquinho fritas, e o ônibus ficou fedendo.

A srta. Camp fez Ingrid e eu irmos à sala do diretor. As outras garotas não foram mandadas para lá. Vi a professora as consolando enquanto Ingrid e eu seguíamos para a diretoria. Dava tapinhas nas costas delas, dizendo:

— Sei que ficaram muito assustadas.

Meu pai me passou um sermão enquanto dirigia para casa, minha mãe nos acompanhando.

— Quando você crescer, vai se dar conta de que poderia ter problemas muito piores do que umas meninas idiotas te intimidando no ônibus da escola. Precisa evitar se meter em confusão.

— Não fui nem eu qu...

— Não importa. As pessoas ao seu redor são um reflexo seu. Você não deveria ficar andando com essa tal de Ingrid se ela coloca fogo no cabelo das pess...

— Aquelas meninas estav...

— Não importa! Você devia ter ficado na sua.

Minha mãe permaneceu em silêncio.

• • •

Sirenes com barulhos variados se misturam no exterior do apartamento. Juntas, estão criando uma música vibrante e hostil, ao som da qual sou incapaz de dormir. Abro os olhos. Encaro o teto acima de mim.

Em certo verão, adormeci na praia e Eli me enterrou na areia até o pescoço. Acordei completamente imobilizada. Não consegui me levantar até ele me desenterrar. Me sinto da mesma forma agora. Me sinto acorrentada à minha cama.

Chuto até meus cobertores me desacorrentarem. Reúno todas as forças guardadas nos antros do meu corpo para me pôr em pé.

Uma forte luz alaranjada está emoldurada em minha janela. Me aproximo dela e espio o lado de fora. A casa do outro lado da rua está pegando fogo. Caminhões de bombeiros, ambulâncias e viaturas da polícia rodeiam o quintal da frente. Parada à janela, eu encaro a casa incandescente lá embaixo. O andar de cima foi engolfado pelas chamas. Elas atravessam o telhado, queimando. Espero que não tenha ninguém lá dentro.

Meus olhos disparam, procurando pelas janelas. Estou tentando localizar silhuetas de pessoas. As janelas do andar de cima brilham. Não vejo sombras, apenas a forte luz amarela. Não consigo dizer se teria alguém ali. As janelas do andar de baixo estão expelindo nuvens de fumaça escura, que tornam impossível enxergar o que há além.

Bato no peito com o punho, tentando estabilizar o ritmo do meu coração preocupado.

Os bombeiros lançam rajadas de água nas chamas, mas o fogo segue furioso. Tenho a impressão de que o telhado está cedendo.

As sirenes estão tão altas que não consigo ouvir mais nada. Espero que não tenha ninguém gritando por ajuda. Sinto uma fisgada de pânico no peito. Observo a água jorrar da mangueira e digo a mim mesma que o fogo está diminuindo, embora não tenha certeza se é verdade.

Há pessoas gritando do lado de fora da casa. O que estão dizendo? Não consigo compreendê-las. Abro a janela. O ar do fim de novembro está morno por causa do fogo. O cheiro defumado e pungente da casa queimando penetra a tela da janela. Tento escutar o que as pessoas gritam.

— Cadê o gato?
— O gato saiu?

Aperto a testa no vidro gelado e vasculho a escuridão, procurando o gato desaparecido.

Minha busca é obstruída pelas pessoas que se aglomeram em torno da casa. Uma plateia está se formando. Estão em pé, de pijama, assistindo à comoção. Reparo que alguns seguram copos de café para viagem. Um homem colocou o filho sentado nos ombros.

...

Um olho amarelo contido na carcaça putrefata de uma gaivota me observou tomar um banho de sol no mesmo dia em que meu irmão me enterrou. Estávamos em meados de agosto. Eu tinha nove anos. Meus pais tinham levado Eli e a mim para Port Stanley e, sem perceber, estenderam nossas toalhas de praia a poucos passos de um pássaro recém-falecido.

No decorrer do dia, notei gaivotas vivas visitando o corpo da gaivota morta. Imaginei que faziam aquilo para prestar suas condolências. Pensei estar testemunhando o velório comovente de uma gaivota.

Meu pai reparou na carcaça depois de um tempo e disse:

— Acho que esses ratos marinhos nojentos estão tentando descobrir como aquela outra gaivota morreu.

...

— Não é uma pena o que aconteceu aqui em frente? — a mulher que mora no apartamento ao lado do meu comenta enquanto estou trancando a porta ao sair.

Olho para ela, que está vestindo um roupão de banho cor-de-rosa e seu cabelo está enrolado em uma toalha.

— Pois é — respondo, imaginando por que ela está fazendo hora no corredor.

— Dá medo morar em prédio — a mulher continua, agora me olhando dos pés à cabeça. — Nunca se sabe se os vizinhos limpam os filtros da secadora, se deixam velas queimando sozinhas… Você tem um extintor em casa, não é?

— É claro — minto. — Que tipo de anta irresponsável não tem um extintor?

...

Dediquei as últimas quatro horas a localizar uma loja que vendesse extintores de incêndio. Depois de visitar três delas e falar com cinco vendedores, finalmente consegui, por sessenta dólares, passar um extintor de primeira linha em meu cartão de crédito agora-quase-estourado.

Estou, no momento, reprimindo meus impulsos de resmungar, xingar e fazer pausas para respirar enquanto contrabandeio meu extintor novinho em folha para o meu apartamento. Estou fazendo isso com meu único braço funcional. Minha vizinha bisbilhoteira, que temo ser possível me flagrar e se dar conta de que eu menti, não faz ideia dos esforços que fiz para proteger sua vida.

Sinto o equipamento deslizar alguns milímetros em meu aperto suado. Começo a me imaginar derrubando-o. Penso nele rolando pelos degraus da escada e arrebentando o chão. Penso no barulho que ele fará. Visualizo-o atravessando o teto de alguém, despencando pelo ar e golpeando o crânio de alguma pobre vítima incauta. Imagino minha vizinha emergindo de seu apartamento no roupão cor-de-rosa, para confrontar a mim e à cena do crime.

Derrubo as chaves duas vezes enquanto tateio para destrancar a porta. Quando enfim consigo entrar, fecho-a com um chute e arremesso o equipamento de vinte e poucos quilos em minha cama desarrumada. Ele imediatamente quica no colchão de molas e cai no chão com um estrondo.

Sinto uma pontada no coração.

Corro até lá para examinar os danos. Vejo que o extintor caiu diretamente sobre o controle remoto da minha TV, por mim jogado com desleixo no chão ontem à noite.

Verifico o controle estragado. Está rachado ao meio. Cinco dos botões estão afundados no plástico e não podem mais ser clicados. *Tudo bem. Posso trocar de canal na TV daqui em diante,* digo a mim mesma, e o arremesso de volta ao chão. As pilhas saem voando, como tripas evisceradas.

Eu as observo rolando pelo chão e, em seguida, passo os olhos pelo cômodo. O que mais devo fazer para garantir que não serei responsável pela morte de ninguém que mora neste prédio?

Verifico o filtro da minha secadora.

Jogo fora as duas velas que tenho.

Tiro o fogão da tomada.

Abro o armário que fica sob o forno. Encaro amontoados de correspondência e papéis dentro da gaveta. Assimilo, ao analisar a massa de material combustível, a realidade de que represento um perigo.

Não tenho muito espaço para armazenar coisas em meu apartamento. Ando mantendo toda a minha papelada aqui. Eu nunca cozinho, portanto a ameaça não é iminente, mas ainda assim...

Me ajoelho em frente ao armário e começo a escavar os montes de correspondência fechada, jornais e cartas.

Já remexi em um punhado de contas vencidas quando localizo uma propaganda.

Ela diz: VOCÊ TEM SE SENTIDO TRISTE?

Sim.

VOCÊ PRECISA DE ALGUÉM COM QUEM CONVERSAR?

Aparentemente, sim.

CONSIGA AUXÍLIO GRATUITO PARA SUA SAÚDE MENTAL: RUA PEACH TREE, Nº 1919.

...

As palavras GATO DESAPARECIDO me encaram de um pôster triste e amassado colado no poste de telefonia em frente ao meu prédio. Botinha, de sete anos, visto pela última vez cochilando em seu parapeito favorito, desaparecido desde que sua casa pegou fogo. É amigável e responde quando chamado pelo nome. Sua família está oferecendo uma recompensa por seu retorno em segurança para casa. Ele é cinza e tem as patas da frente brancas — daí o nome "Botinha".

— Botinha? — chamo, passando em frente aos arbustos escuros. — Aqui, gatinho.

Espio um quintal por cima de um cercado. A grama está coberta de geada.

— Botinha? — grito para uma garagem aberta. — Botinha? Você está aqui? — sussurro na escuridão sob o alpendre de algum vizinho.

— Se estiver, venha cá, Botinha.

...

O número 1919 da rua Peach Tree é uma enorme igreja gótica. Estou parada no gramado em frente a esta construção intimidadora, me permitindo assimilar a constatação de que fui ludibriada por uma propaganda evangelizadora. Este não é um local de terapia gratuita; é onde as pessoas são convertidas para qualquer que seja a religião que esta igreja prega.

Encaro o papel em minhas mãos e reconheço que é o folheto que aquela freira me entregou.

— É linda, não é? — a voz de um homem diz às minhas costas.

Alarmada pela presença inesperada, tropeço em coisa nenhuma.

Ele dá uma risadinha, estende a mão em minha direção e diz:

— Oi, eu sou o Jeff.

Me reequilibro e respondo:

— Oi, Jeff.

— Um prazer conhecer você, querida. Veio por causa da vaga de emprego?

Abro a boca para responder. E me contenho antes de a palavra "não" escapar. Reparo na gola de Jeff. Ele é um padre.

— S-sim — gaguejo.
— Maravilha! — Ele junta as mãos, batendo palma.

. . .

— Perdemos nossa antiga recepcionista para o Senhor no mês passado — Jeff me conta quando me sento em seu escritório.

Perder alguém para o Senhor faz parecer que Deus sai sequestrando pessoas por aí.

— Ah, sinto muito — digo, ao mesmo tempo tentando disfarçar quanto me sinto desconfortável na presença de tantos bonequinhos de Jesus.

O bonequinho mais próximo de mim mostra Jesus com a cabeça inclinada, olhando pesaroso para o céu. Evitando os olhos melancólicos dele, dou uma relanceada pelo cômodo. O escritório me lembra meu quarto quando eu tinha nove anos e era obcecada por tartarugas marinhas, só que, no caso, Jeff é obcecado por crucifixos. Eu tinha um jogo de cama de tartarugas, pôsteres de tartarugas e tartarugas de pelúcia. Jeff tem uma galeria de técnica mista na parede atrás de sua mesa, com uma cruz de madeira, uma cruz de ouro, uma cruz de cerâmica e fotos emolduradas de cruzes. Um prato de doces em formato de cruz à minha frente contém caramelos Werther's Original empoeirados, e uma xícara suja de café mostra uma pintura renascentista de Jesus segurando — adivinha? — uma cruz.

— Obrigado, querida — ele diz.

Começo a imaginar um mundo no qual Jesus fora morto usando algum outro dispositivo. Imagino pequenas guilhotinas de cerâmica. Visualizo forcas em miniatura penduradas sobre as camas das crianças. Colares e brincos de cadeiras elétricas.

— Sei que Grace foi confiada às mãos de Deus — ele acrescenta.

Mantenho os olhos fixos à frente, incerta de como responder. Será que eu deveria pedir um caramelo?

Ele baixa os olhos para a mão, para um anel em seu dedo.

— Este era o anel de Grace — ele me diz. — Eu o uso para me lembrar dela.

Não sei o que dizer. Olho para o anel. Me pergunto por que Grace o deixou para ele.

— Bom. — Ele pigarreia, limpando a garganta. — Todos que têm se candidatado para a antiga vaga de Grace são... ah, como devo dizer? — ele murmura. — Bom, digamos apenas que todos os candidatos tinham idade o bastante para ganhar desconto no Denny's, capta a ideia?

Forço uma risada para demonstrar meu bom humor.

— Todos andam de ônibus de graça às quartas-feiras, se é que me entende.

Forço uma risada novamente.

— Bom, quem sou eu para falar, não é? — Ele sorri. — Estou com setenta e dois anos, dá para acreditar? Pareço ter?

Abro a boca.

— Ah, não responda! — ele diz, dando outra risadinha. — Mas, falando sério, eu adoraria ter uma pessoa jovem aqui. Você sabe usar a internet?

— Se eu sei usar a internet? — repito.

Ele assente.

— Sim, estou procurando alguém que tenha familiaridade com a internet. Você é proficiente?

— Bem, si... — começo a responder.

— Maravilha! — Ele une as mãos mais uma vez, batendo palma. — Maravilha, maravilha, maravilha! E a sua audição, é boa?

Me atrapalho para responder:

— É normal, até onde eu sei. Acho que ouvi tudo que o senhor diss...

— Bom, senhorita... — Ele sorri. — Estou achando que encontramos nossa candidata ideal! Você é católica, é claro?

— Sou — digo, embora seja lésbica e ateia.

Ele dá um tapinha na mesa.

— Perfeito!

...

Duas testemunhas de Jeová bateram à nossa porta quando eu tinha sete anos. Me perguntaram se eu era batizada. Eu disse que não, e elas, então, me falaram que era porque meus pais eram ateus. Me lembro de suas vozes ficarem mais graves quando disseram a palavra "ateus", como se fosse uma obscenidade. Tendo sete anos de idade, eu era propensa a prestar atenção em xingamentos, então guardei aquela palavra na memória. Passei os três anos seguintes chamando as pessoas de "ateus", sem fazer a menor ideia do significado, pensando ser uma mestra dos insultos.

Minha professora me deu nota F em uma prova de ortografia e eu murmurei: "Mas que ateu ela é".

Gemma Igmund espalhou uma fofoca dizendo que eu era lésbica, e eu a confrontei. "Cala essa boca de ateu, Gemma."

Minha mãe me fez ir para a cama mais cedo, e eu guinchei do topo das escadas que estava vivendo com uma família de ateus cruéis.

...

Saio da igreja como se estivesse fugindo da cena de um crime. Espio por cima do ombro enquanto disparo pela rua, preocupada que o padre esteja me seguindo.

A propaganda que tinha me atraído até lá continua apertada em meu punho. Depois de ter corrido para longe o bastante da igreja e me sentir segura de que não estou sendo observada, eu a desamasso. Examino o folheto, buscando qualquer indício de que a terapia gratuita que ele promove é oferecida por uma igreja católica. Viro o papel e checo o outro lado, confirmando que não há nem sequer um crucifixo decorativo ali.

• • •

Meus olhos estão abertos. Estou deitada na cama, acordada. É madrugada. Não consigo dormir. Estou matutando sobre igrejas e religião. Reflito, em particular, sobre o conceito do inferno.

Pisco. Meu foco intenso vai até o fogo, como deve ser a sensação de queimar até a morte. Visualizo chamas ardentes, vívidas. Visualizo pele sufocando, formando bolhas.

Toda vez que tento torrar um marshmallow, eles pegam fogo. O branco do açúcar borrachudo e as bolhas de gelatina douram antes de serem engolfados pelo fogo, e eles só queimam e escurecem depois de certo tempo envoltos pelas chamas.

Começo a imaginar o que deve se passar pela mente de um gato em uma casa pegando fogo. Imagino chamas quentes agarrando-se a fios de pelo felino. Penso em pele escaldante de gato, em ossos chamuscados de gato.

Gatos dormem o dia todo. Gostam de ficar deitados em travesseiros, em áreas quentinhas onde bate a luz do sol. São animais tímidos; se assustam com facilidade. Se escondem sob camas e em cantos dos armários quando estão com medo.

Me sento na cama. O ritmo do meu coração está irregular.

Estou tendo palpitações?

Coloco a mão no peito.

Sinto a velocidade das batidas aumentar rapidamente.

Sinto que minhas costelas são uma gaiola e meu coração é um pássaro em chamas.

• • •

As portas do pronto-socorro se abrem automaticamente quando paro na frente delas, confirmando que existo no plano físico. É uma constatação reconfortante.

Eu me dirijo à mesa da recepção. A enfermeira me vê chegando. A vejo expirar e murchar.

Ela está exasperada comigo. Acha que eu sou hipocondríaca. Acha que estou desperdiçando o tempo dela.
— Qual o problema hoje? — ela questiona, com frieza.
— Acho que é meu coração — explico.

• • •

— Botinha? — grito da calçada.
Me ajoelho para enxergar debaixo de um carro. O cimento está frio.
— Botinha?
— Está aqui embaixo?
— Consegue me ouvir?

• • •

Minha mãe está organizando nossas fotos de família. Tem centenas delas espalhadas pela mesa da cozinha. Estão sendo colocadas em pilhas, separadas por ano.

Meus boletins escolares antigos também estão empilhados na mesa. Provavelmente estavam guardados na mesma caixa. Dou uma olhada neles. Vejo que recebia notas altas até a sexta série, quando as coisas desandaram. Meus boletins dos anos anteriores levam comentários como "Gilda aprende rápido" e "É um prazer ensinar a Gilda". Eles me descrevem como "curiosa" e "questionadora". Depois da sexta série, os comentários mudam. Eles dizem "Gilda é socialmente retraída", "Gilda tem dificuldades de concentração", e me apresentam como "desanimada". Noto uma comparação especialmente marcante quando vejo que meu professor da terceira série recomendou que eu fosse inscrita em um programa para alunos superdotados, enquanto a da sétima série aconselhava que me colocassem em uma classe para pessoas com deficiência de aprendizado.

— Como é que vamos jantar aqui? — meu pai alfineta, olhando as pilhas de fotografias e papéis.

— Ah, olha só vocês dois! — Minha mãe ignora meu pai, erguendo uma foto minha com Eli na praia. Meu irmão está usando óculos de natação, e eu, boias de braço em um tom vivo de laranja.

— Você parece uma maluca. — Eli solta uma risada pelo nariz. Minha mãe franze a testa.

— Não parece, não, Eli. Deixe disso.

— Todo mundo em nossa família é perfeitamente são — meu pai diz.

Pego a foto das mãos da minha mãe para examiná-la mais de perto. Olho para meu rosto polpudo de criança, para o sorriso largo de Eli.

Às vezes, me pergunto se realmente fui a mesma pessoa durante minha vida inteira. Encaro a fotografia e penso: essa sou mesmo eu? Tenho uma sensação bizarra de que fui uma pessoa diferente a cada etapa da minha vida. Me sinto tão afastada de quem era antes.

Às vezes, sinto que era uma pessoa diferente há um mês. Há um dia. Cinco minutos. Agora.

. . .

— Por que pintar uma coisa dessas, Eli? — meu pai perguntou.

O colégio estava organizando uma exposição de arte. A arte de Eli estava em exibição no hall de entrada.

Ele fez um retrato de si mesmo morto. Era uma pintura a óleo impressionante. Incrivelmente realista. De certa distância, pensei ser uma foto. Ele pintou a pele pálida e cadavérica. Seus olhos estavam abertos, mas sem vida. Os braços cruzados sobre o peito. Era visível que estava morto.

— É uma pintura muito bonit... — comecei a dizer. Era uma obra muito detalhada: dava para ver cada poro na pele.

— É horrorosa — meu pai me interrompeu.

Minha mãe entrou no meio.

— Uma pintura horrorosa e muito boa. Você é muito talentoso, Eli. Só teria sido melhor escolher algo menos mórbido para pint...

— Todos os seus professores estão vendo isso — meu pai observou, exasperado. — Vão achar que você tem um parafuso solto. Está nos fazendo passar vergonha. Me deixou decepcionado.

• • •

— Quando eu tinha a sua idade, estava pagando um financiamento, trabalhando quarenta horas por semana e criando você e seu irmão — minha mãe diz ao me passar uma xícara grande de chá preto.

Envolvo a xícara com os dedos, percebendo, no mesmo momento, que ela está quente demais para ser tocada. Me apresso a pousá-la no balcão. Chacoalho a mão depois, em uma tentativa vã de me livrar da sensação de queimadura.

— Como você vai se sustentar se não consegue nem se aquietar com um simples trabalho numa livraria? Espero de coração que seu plano não seja se casar com algum ricaço, querida. Não suporto pensar que...

— Eu sou lésbica — relembro a ela.

— Exato! — ela retorque. — Seria sobretudo desonesto de sua parte.

— O que é pior, ser desonesta ou desempregada?

— O quê? — Ela contorce o rosto. — Que tipo de pergunta é essa?

— Você preferiria que eu fosse honesta ou que tivesse um emprego? — torno a perguntar.

Ela sacode a cabeça.

— O que eu preferiria é que você resolvesse esse tipo de coisa por conta própria. Você é adulta.

• • •

Restam vinte dólares disponíveis no meu cartão de crédito. Estou prestes a comprar um sanduíche, subtraindo cinco da quantia.

Hoje, faz um mês que fui demitida. Tudo que resta de comestível em minha geladeira está estragado.

— Só isso? — o caixa me pergunta, indicando com a cabeça o sanduíche que coloquei no balcão de vidro entre nós.

Eu faço que sim e começo a digitar minha senha na máquina de cartão. Considero, enquanto o faço, que meu aluguel é de mil e cem dólares e que ele vence em duas semanas. Penso em meu carro, contas da casa, fatura do cartão, combustível, internet, mercado e conta de telefone. Me lembro que fui multada no mês passado por estacionar cinco minutos a mais do que o permitido em uma rua residencial deserta. Penso no custo de conserto do meu carro. Penso em minhas embalagens quase vazias de xampu e desodorante. Penso no valor de frutas, vitamina D, e que preciso comprar ibuprofeno.

— Obrigada — digo ao caixa, ao sair mais pobre da loja.

Queria não ter perdido meu emprego na livraria. Eu sabia que, se não desse as caras no trabalho, acabaria demitida, mas ainda assim não apareci. Não sei o que há de errado comigo. Nos últimos tempos, estou exausta. Não tenho motivação nem para acordar de manhã, que dirá a energia para ir até uma livraria e interagir com outras pessoas.

Qual seria um jeito fácil de conseguir dinheiro? Será que deveria tentar a prostituição? Duvido que exista uma grande demanda por prostitutas lésbicas, e não sou boa atriz, portanto trabalho sexual hétero está fora de questão. Suspeito que não seria difícil para meus clientes homens perceberem que eu não estava gostando da nossa transação comercial se eu ficasse tendo ânsias de vômito e chorando no processo. Dito isso, acredito que existam caras que curtem esse tipo de coisa. Talvez seja este meu nicho no mercado: homens asquerosos que gostam de enojar lésbicas tristes.

Como alternativa, eu poderia simplesmente aceitar trabalhar na igreja. Assim como na opção da prostituição, eu teria que representar um papel, mas acho que talvez prefira enganar a igreja católica do que fazer sexo com canalhas.

. . .

Aos berros, minha TV exibe um comercial de calcinha com enchimento. Caí no sono com ela ligada, porque o controle remoto está quebrado e eu estava cansada demais para me levantar e desligá-la. Em vez de fazer isso, acrescentei a xícara da qual estava bebendo à torre de louça suja em meu quarto e dormi.

O volume do comercial está mais alto do que o do programa que passava antes. "Ligando agora, você ganha uma calcinha extra de graça", o apresentador do anúncio grita. Mulheres na TV estão desfilando com calça jeans antes e depois de usarem o produto. Uma delas, às lágrimas, conta à plateia que a calcinha mudou sua vida.

Olho para o meu celular. Tem uma mensagem do meu irmão. *Fjmekr*, ela diz.

Franzo o cenho diante daquilo por um instante, e respondo: *Tá tudo bem?*

Ele responde: *j4riiiiiiir*.
Onde você tá?, escrevo.

. . .

Os olhos de Eli estão vidrados de uma maneira que me lembra os da nossa coelhinha morta. Fico encarando o rosto dele, procurando seus olhos normais.

Já passa da meia-noite. Estamos sentados em um bar com teto de metal. A mesa está grudenta e o lugar tem cheiro de cerveja velha. Pisca-piscas brancos de Natal estão pendurados em torno do bar, e uma placa de néon vermelho na parede diz: MANDA GOELA ABAIXO.

Eli está emborcando cerveja como se fosse água.

Observo as marcas que as digitais dele deixam na condensação do copo. Reparo que ele parece ter esmalte lascado nas unhas.

— Você já pensou no que se passa na mente de um gato? — pergunto.

Ele bebe um gole da cerveja.

— Acha que eles pensam na morte ou em qualquer coisa assim? — pergunto.

— Duvido. — Ele bebe mais um gole.

Fito o copo se esvaziando e os olhos enevoados dele.

— Acho que você já bebeu o sufic... — começo.

— Você já quis ser outra pessoa? — ele me interrompe, bebendo mais cerveja.

Assinto com a cabeça.

— Sim.

Por um momento, ficamos em silêncio.

— Você acha que eu devia aceitar um emprego em uma igreja católica? — pergunto.

Ele ri.

— Que porra é essa?

Ele se levanta para ir ao banheiro. Quando está fora de vista, bebo o que resta em seu copo e dou goladas no que sobrou na jarra.

...

Estou me equilibrando no meio-fio como se fosse uma corda bamba. Não sei quantas vezes já perdi o equilíbrio e caí.

— E aí, Eleanor, sabe da maior? — Ouço a mim mesma arrastando a voz.

Não há nenhum carro na rua e está escuro. Estou andando nas sombras entre as luzes dos postes.

— Consegui outro emprego. Não me pergunte onde. — Dou um soluço. — Você não vai querer saber.

...

Ponho um dedo dentro da igreja como se estivesse testando a água em uma banheira quente. Dois dias se passaram desde minha entrevista de emprego acidental. Fico parada na entrada, esperando para ver se meu corpo entra em ebulição antes de submergir por inteiro no lugar. Deus não mostra sinais de que planeja me fulminar quando adentro a igreja por completo, pronta para dar início ao meu primeiro dia como ateia à paisana.

Estou usando o único vestido que tenho.

Perambulo pelo interior do lugar até encontrar o escritório de Jeff. Bato em sua porta quando a localizo.

— Pode entrar!

Ele ergue os olhos quando entro. Óculos grandes e grossos estão pousados na ponta de seu nariz. Ele está usando um colete de tricô vermelho, e diz:

— Ah, poxa vida, é você.

Não tenho certeza se ele estava usando a expressão com uma conotação positiva, tipo "que coisa boa!", ou se o seu "poxa vida" significava "ah, não".

Sorrio, desconfortável, e permaneço em silêncio até conseguir avaliar melhor o tom de nossa interação.

Ele fica em pé.

— Falhei em lhe fazer algumas perguntas bem importantes em nosso último encontro, não foi?

Eu o encaro, agora preocupada que ele tenha descoberto algo a meu respeito.

— Por exemplo… — ele continua, olhando agora para mim por cima do aro dos óculos. — Qual o seu nome?

— Qual o meu nome? — repito.

Ele sorri.

— Sim, perdoe-me, mas eu não perguntei! Qual o seu nome, querida?

Solto a respiração, aliviada por meu disfarce não ter sido arruinado.

— Gilda.

PARTE DOIS
DIA DE REIS

— É aqui que fica o computador. — Jeff me indica um enorme computador de mesa. Ele acabou de me mostrar toda a igreja para me orientar em meu primeiro dia. Está com as mãos apoiadas nos quadris e o cenho franzido, olhando apreensivo para a máquina bege e primitiva. — Você sabe ligá-lo? — ele pergunta, tímido.

Aperto o botão de *Start* saliente. O computador faz um som que lembra um cortador de grama girando.

— Uau! — O rosto de Jeff se ilumina junto do monitor. — Não acredito que você já o botou para funcionar!

Dou um sorriso nervoso, feliz em descobrir que o homem se impressiona com facilidade.

• • •

Estou sentada à minha mesa, folheando uma pilha de panfletos da igreja. Jeff me entregou um monte para eu ler. Disse que quer que eu me familiarize com as notícias e eventos do lugar.

Tenho a sensação de estar vestindo uma fantasia. Esqueço o tempo todo que estou usando um vestido e que preciso cruzar as pernas. Sinto que as palavras "ateia" e "lésbica" estão estampadas em minha testa.

Tem algo se agitando em meu peito, e minhas mãos estão úmidas. O que estou fazendo aqui? É melhor eu ir embora.

A sensação de agitação se intensifica. Eu fecho os olhos.

Escuro.

Preciso me distrair.

Abro os olhos e encaro a placa de identificação na mesa.

Grace Moppet.

Minha perna treme. A agitação começa a diminuir.

Grace Moppet.

Grace Moppet.

Grace Moppet.

Às vezes, quando encaro alguma coisa por tempo o bastante, fico tão concentrada que todos os meus outros sentidos se acalmam. O nome de Grace está escrito em dourado. Os cantos das letras estão enferrujando. O *r* parece ter sido escrito em uma fonte diferente das outras letras, e...

— Gilda? — A voz de Jeff interrompe minha linha de raciocínio.

Ergo os olhos para ele.

— Você sabe mandar e-mails? — ele pergunta.

Pauso por um instante antes de responder:

— Sim.

Ele bate palmas.

— Maravilha! Desde que perdemos Grace, não consigo entrar no e-mail da igreja. Poderia checá-lo para mim, por favor?

...

Grace ou era distraída, ou generosamente visionária. Ela deixou um post-it no qual estava escrito o endereço e a senha do e-mail da igreja. A senha de SaoRigoberto@SaoRigoberto.com é "Senha".

Faço o login e descubro 203 e-mails não lidos.

O primeiro é de uma pessoa chamada Viola Blackwell. É uma corrente contendo imagens de cachorros com roupinhas de abóboras. Viola incluiu uma mensagem ao encaminhar o e-mail, que diz:

LINDOS. O TERCEIRO PARECE O MEU POMPOM.

Presumo que Pompom seja o nome do cachorro dela.
Avanço para o segundo e-mail, que diz:

Grace

Não tenho notícias suas há eras! Como está? O que conta de bom?

Com amor,
Rosemary

Releio o e-mail duas vezes, e um nó se forma em minha garganta; meus olhos começam a embaçar. Rosemary provavelmente não sabe que sua amiga Grace está morta.

Minhas mãos começam a ficar úmidas de novo.

Uma imagem de como imagino que Rosemary seja começa a tomar forma em minha mente. Imagino que ela é baixinha e de aparência frágil. Seu cabelo é curto, branco e encaracolado com permanente. Imagino que ela usa uma bengala, ou um andador, talvez — ou, quem sabe, valha-me Deus, uma cadeira de rodas.

Será que vou precisar dar a notícia, à doce e decrépita Rosemary, de que sua amiga Grace morreu?

Olho de relance para a mensagem outra vez.

Não tenho notícias suas há eras!

É porque ela morreu.

Como está?

Morta.

O que conta de bom?

Grace não tem e nunca mais voltará a ter algo de bom a contar.

Começo a digitar *Grace morreu*, mas então clico Delete, Delete, Delete. Esse palavreado é insensível, brusco demais.
Grace não está mais conosco.
Não, assim fica vago demais. Ela pode pensar que Grace foi apenas demitida ou que pediu demissão.
Grace foi dormir o sono eterno.
Ela entregou a alma ao Senhor.
Ela deixou o plano material.
Grace partiu desta para uma melhor.
Não sei como expressar isso de forma adequada. Nunca precisei contar a uma pessoa que um amigo dela morreu. Não esperava ser responsável por algo assim. Eu...
Um peso esmagador está sobre mim de repente, sem aviso algum. É como se um gigante invisível tivesse desabado em cima do meu peito. Arquejo, mas não consigo puxar o ar. Meu coração está martelando. Uma sensação avassaladora de pavor toma conta de mim.
Pavor.
Pavor.
Pavor.
Me levanto, em pânico.
Como me livro dessa sensação?
Sinto que nunca mais vou conseguir me livrar dela.
Me sinto como um gato em uma casa pegando fogo, encurralado em um cômodo sem janelas.
Pavor.
Pavor.
Pavor.
Sinto que estou debaixo d'água, em profundezas tão distantes que a superfície está a sessenta andares acima de mim.
Pavor.
Pavor.
Pavor.

Não consigo gritar. Nem abrir a boca. Eu estou morrendo?
EU ESTOU MORRENDO?

Ofego. Um som arfante, alto e profundo sai da minha garganta quando uma pequena porção de ar alcança o interior dos meus pulmões.

Ofego mais uma vez, engolindo pequenos tragos de oxigênio.

Está passando.

Levo a mão ao peito e me concentro em respirar.

Estou bem.

Estou bem.

Estou "bem" no sentido vago da palavra, o que, em grande parte, significa: consigo respirar. Contudo, provavelmente não estou bem de verdade. É óbvio que tem algo errado comigo. Sinto como se tivesse acabado de escapar de um ataque de urso. Por que meu corpo reage como se estivesse sendo perseguido por predadores quando isso não é verdade? Estou sintonizada fisicamente a alguma espécie de desgraça iminente que não consigo notar de outra maneira? Estou pressentindo alguma coisa, ou só estou desequilibrada? Por que sinto esse pavor físico horrível? Será que tenho câncer? Será que...?

Pare.

Preciso focar qualquer outra coisa que não seja isso. Analiso o cômodo. Olho para a tela do meu computador. Me concentro no rascunho de minha resposta para Rosemary.

Grace partiu desta para uma melhor.

Por que estou lidando com isso? Não é problema meu. Não posso fazer nada com o fato de Grace estar morta, ou com o de ninguém ter compartilhado o acontecido com Rosemary, quem quer que ela seja.

Não tenho nada a ver com essa situação. Sou uma impostora em uma igreja, não uma terapeuta do luto. Não devo nada a Grace nem a Rosemary. Não devo nada a ninguém, na verdade.

Sou um animal, trazido à existência sem meu consentimento, abandonado à própria sorte. Tenho meus problemas. Um prato cheio deles: preciso pagar minhas contas; preciso me fazer passar por uma pessoa católica; preciso limpar o filtro da minha secadora; preciso me concentrar em respirar.

Pairo o cursor em cima do botão Excluir e, então, clico. Apagado.

Minha perna está tremendo. Preciso de mais distrações.

Abro a escrivaninha e vasculho as gavetas, tirando canetas, borrachas e outras coisas para as quais eu possa olhar. Paro quando abro uma gaveta onde há um jogo de palavras cruzadas incompleto, metade de um pacote de chiclete e um livro de romance. Fito com tristeza o interior da gaveta, os espaços vazios nas palavras cruzadas, o pedaço de papel marcando o livro na metade.

— Gilda?

Levanto o rosto. Minha visão está borrada pelas lágrimas que se acumularam em meus olhos.

Jeff inclina a cabeça.

— Está tudo bem, querida?

Eu pisco, derramando as lágrimas, que escorrem pelas minhas bochechas.

— Alergia — minto.

— Alergia? — ele repete, seus olhos indo rapidamente até a geada na janela.

— Sou alérgica a poeira — minto, esfregando o rosto.

— Ah. — Ele balança a cabeça, aceitando a explicação. — Este lugarzinho está meio empoeirado mesmo, não é?

• • •

— Alô? — atendo o telefone em minha mesa.

É meio-dia. Cheguei à metade do meu primeiro expediente. É mais do que achei que conseguiria.

— Que horas é a missa neste domingo? — uma idosa de voz instável me pergunta.

Não faço ideia.

— Vou perguntar ao Padre Jeff — digo à mulher. — Pode aguardar, por favor?

— Certo — ela diz.

Bato na porta do escritório de Jeff.

— Oi, desculpe te incomodar, mas a que horas é a igreja?

Ele ergue os olhos de seu livro e responde:

— As missas são às sete da manhã durante toda a semana, oito da noite aos sábados e às nove e às onze da manhã aos domingos, querida.

— Todos os dias? — eu confirmo.

Ele balança a cabeça.

— Sim.

Volto para minha mesa, pego o telefone e repito:

— É às sete da manhã durante toda a semana, oito da noite aos sábados e às nove e às onze da manhã aos domingos.

— Certo — a mulher responde antes de desligar.

...

— Alô? — atendo o telefone em minha mesa novamente.

— Que horas é a missa neste domingo? — uma voz familiar me pergunta.

— Foi você que acabou de ligar? — questiono.

— O quê? — a mulher diz. — Não.

— É às sete da manhã durante toda a semana, oito da noite aos sábados e às nove e às onze da manhã aos domingos — digo com cautela, agora preocupada que esteja recebendo um trote.

— Certo — ela diz antes de voltar a desligar.

...

— Que horas é a missa neste dom...?

— Tá bom — eu a interrompo. — Por que você não para de me ligar e perguntar a mesma coisa? É algum ritual de iniciação?

— Ai, Deus meu, eu já liguei? Me desculpe.

Me dou conta de que a mulher é desmemoriada. Meu rosto esquenta, a culpa por tê-la confrontado por sua caduquice toma conta de mim.

— Não, não, me desculpe. As missas são às sete da manhã durante toda a semana, oito da noite aos sábados e às nove e às onze da manhã aos domingos.

— Certo — ela responde, a voz fraca.

...

Mais de setenta e cinco por cento dos e-mails que a igreja recebe são encaminhamentos de Viola. Passei a manhã toda lendo e deletando todas as correntes politicamente conservadoras e histórias motivacionais, curiosamente justapostas a imagens de personagens de cartuns.

Depois dessa tarefa dolorosa, Jeff me pediu para colocar panfletos em todos os bancos da igreja. Terminado o afazer, ele me pediu que cuidasse do telefone e continuasse a monitorar nossos e-mails.

Não houve nenhuma ligação nem e-mails nas últimas duas horas. Eu, portanto, passei a tarde sentada, olhando para a parede e lendo notícias disfarçadamente em meu celular. Aconteceu um terremoto no Japão. Centenas de mortos.

Não consigo parar de passar os dedos pelo cabelo. Sacudir a perna. Me remexer.

— Você está bem, querida? — Jeff me pergunta.

— Sim — respondo, rápido demais, fingindo um sorriso.

É a quarta vez que ele me pergunta se estou bem. Acho que minha cara não é de alguém que está bem.

Olho para a frente, para a tela escura do computador diante de mim — para o reflexo do meu rosto.

Acho que minha expressão neutra é impassível demais. Preciso estar mais atenta a como meu rosto relaxa. Não posso permitir que ele descanse: preciso sustentar conscientemente um semissorriso para aplacar Jeff.

Sorria.

Continue sorrindo.

Será que parece forçado?

Sorria.

Eu devo parecer uma doida varrida.

Será que sou uma doida varrida?

— É difícil para você digitar com esse gesso? — Jeff me pergunta, indicando meu braço quebrado.

Baixo os olhos para meu gesso. Fito o pênis que aquela garotinha desenhou em mim.

Cubro o desenho com a mão.

— Não. Bom, fico um pouco mais lenta, eu acho, mas consigo dar conta.

— Como aconteceu?

— Tive um pequeno acidente de carro.

— Que horror. — Ele estala a língua em sinal de reprovação. — Acidentes de carro podem ser bem feios. Fico feliz que você esteja bem.

— Estou bem. — Assinto com a cabeça, solidificando a hipótese.

Estou bem.

...

A síndrome do impostor é um padrão psicológico no qual indivíduos duvidam de si mesmos e têm um medo internalizado persistente de serem descobertos como uma fraude. No ano passado, minha amiga Ingrid me falou que era o meu caso. Eu havia acabado de dizer a ela que achava que meu emprego anterior, na livraria, não era para mim. Falei que não entendia

1984 direito e que odeio poesia, então estava incerta se trabalhar em uma livraria seria o certo a se fazer.

— É um caso clássico de síndrome do impostor — ela me falou.

Eu respondi que achava que aquilo não era uma síndrome de verdade. Falei que fico pensando se não somos todos impostores. E se por baixo dos ternos de cada advogado ou advogada, dos aventais de cada dono ou dona de casa, todos são só bebês que não sabem o que estão fazendo? Me pergunto se tem alguém que realmente se identifica com o adulto no qual se metamorfoseou.

Me lembro de ter dezesseis anos e me sentir com onze. Me lembro de pensar: como é possível que eu seja uma adolescente? Me lembro de terminar o colegial e pensar: sou adulta agora? É essa a sensação? Eu me sinto igual a antes.

Acho que sou uma impostora. Há vinte e sete anos, eu era um bebê. Antes disso, era um aglomerado de células. Antes disso, não existia. Como eu poderia ser a funcionária de uma livraria, uma adepta do catolicismo, uma mulher, ou mesmo uma pessoa? Sou uma força vital contida no corpo deformado de um bebê. É claro que sou uma fraude. O fato de ser capaz de me arrastar vida afora sem ser esmagada sob o peso psicológico de estar viva prova que sou uma farsante. Não somos todos farsantes?

Fecho os olhos.

Estou mentindo para um padre e para esta igreja a respeito de quem sou, mas está tudo bem. Estou trabalhando aqui e fingindo ser alguém que não sou porque é isso que eu teria que fazer em qualquer lugar.

Inspiro.

Preciso de dinheiro para pagar meu aluguel e comprar comida para sustentar minha existência, porque é este o propósito da minha vida.

Expiro.

Preciso empurrar para as profundezas das grutas de meu estômago a tristeza que sinto por Grace e Rosemary e por idosas caducas, junto de meus pensamentos sobre gatos em casas pegando fogo, porque é isso que significa existir.

É assim que as pessoas continuam vivas.

• • •

— Por que tanta tristeza?

São oito da manhã, e eu estou sentada à minha mesa, na igreja.

— O quê? — Ergo os olhos. Um homem rechonchudo está em pé à minha frente. Ele veste uma camisa social xadrez de manga curta enfiada para dentro da calça cargo. Óculos de sol estão pousados em sua testa, como uma bandana.

— Você está com uma cara péssima — o homem esclarece.

Merda.

— Não estou péssima — minto, agitada. — Só estava concentrada.

— Concentrada no quê?

Levanto o livro que estou lendo.

Ele estreita os olhos.

— A Bíblia?

Faço que sim com a cabeça. No meu emprego anterior, eu passava o tempo livre lendo. Estava me interessando por quadrinhos e livros de suspense. Aqui, minhas opções de leitura são um pouco mais escassas. Precisei escolher entre a Bíblia, um livro de louvores e algo chamado de catecismo.

— Você é a nova secretária?

Faço que sim com a cabeça novamente.

— Bom, é mais bonita que a última que tivemos, com certeza! — Ele gargalha.

— Obrigada — respondo em voz baixa, apesar de me sentir ofendida pelo comentário.

Por que aquele velho está pensando se sou ou não bonita, para começo de conversa? Ele achou que eu me sentiria lisonjeada ao revelar que passou parte da nossa interação de dois segundos avaliando a minha aparência, ao mesmo tempo que insultava a de uma mulher morta?

Eu o observo uivar com o próprio comentário. Seu rosto se avermelha. Seus olhos se estreitam. Ele dá tapinhas no joelho. Fico imaginando como seria ser aquele homem. Vocalizar os pensamentos idiotas que passam por sua cabeça sem pensar em como outras pessoas vão interpretá-los. Ele simplesmente atravessa seus dias, alegre e aos tropeços, dizendo tudo o que sente vontade... Enquanto isso, cá estou eu, me esforçando para produzir expressões faciais agradáveis.

Sorria.

Continue sorrindo.

Estou franzindo a testa?

— Vejo que você e o Barney estão se conhecendo! — Jeff cantarola ao passar pela minha mesa. — Barney é o nosso contador — ele explica.

Barney dá uma piscadinha para mim.

— É um prazer te conhecer, docinho.

— Igualmente — eu minto.

• • •

A notificação de um novo e-mail surge no canto da tela do computador. Dou um clique duplo nela, feliz por finalmente ter alguma coisa para fazer, e leio:

Grace,

Encontrei uma receita de biscoitos de bordo que é de morrer. Deixei em anexo para você neste e-mail. Sei o quanto você ama uma receitinha nova. Acho que finalmente encontrei uma digna

de ser compartilhada. Queria poder te mandar uma fornada dos biscoitos em vez de apenas a receita. Morar longe uma da outra tem tantas desvantagens, não é?
Me conte se gostar, por favor. Espero ter notícias suas logo. Estou com saudades.

Sua amiga,
Rosemary

— Você está bem? — Jeff me pergunta. Lágrimas quentes escorrem pelo meu rosto.

— Estou bem — minto ao passar em disparada por ele, indo em direção ao banheiro.

• • •

Estou em pé dentro do banheiro individual apertado da igreja. Minhas mãos estão apoiadas nos dois lados da pia. Encaro o espelho oxidado, tentando me motivar para poder voltar à minha mesa.

Se controle.

Por que estou tão perturbada? De que me importa o fato de que Grace nunca mais vai comer um biscoito, ou de que Rosemary não sabe disso? Eu nem sequer conheço essas pessoas. Que diferença faz para mim essa mulher não ter sido informada de que sua amiga morreu? Por que eu me importaria com isso? Neste exato momento, há coisas mais tristes acontecendo no mundo do que mulheres idosas morrendo depois de terem vivido uma vida longa…

Ah, mas isso torna tudo pior. É claro que existem coisas mais tristes. Essa é só a gota d'água. O mundo está repleto de tanta tristeza que esta tristeza em particular é eclipsada. Isso não a torna menos triste, nem um pouco, apenas significa que existe tanta angústia em potencial na Terra que uma coisa como essa se torna banal. Tudo se torna banal. Nada importa. Gatos estão sendo queimados vivos em incêndios. Idosas estão morrendo e suas amigas não sabem, mas elas também vão morrer em breve; deixarão livros lidos pela metade em suas mesas, e estes serão encontrados por pessoas mais jovens, que um dia morrerão também, e o ciclo vai se repetir, e se repetir, e se repetir, até que o sol engula a Terra, até que algum tipo de catástrofe nuclear aconteça, ou…

Pare.

Encaro meus olhos vermelhos no espelho.

Você precisa pensar em outra coisa.

Me concentro em meu reflexo.

Me sinto uma palhaça com estas roupas. Repuxo minha gola. Tinha tentado me vestir de forma profissional. Deve ser óbvio para Jeff que estou desconfortável assim. Pareço ridícula.

Troco um olhar de pena com meu reflexo, comunicando a mim mesma que lamento por mim.

— Olhe só pra nós — sussurro para mim mesma. — O que estamos fazendo aqui?

Meu rosto parece estranho. Seria por causa do espelho? É um espelho antigo, meio torto. Talvez ele esteja distorcendo meu rosto. Meus olhos parecem imensos, e minha boca, muito pequena. Minha boca sempre foi tão pequena assim comparada a meus outros traços? Esse rosto é mesmo o meu? Estou olhando para uma pintura? Quem é essa?

...

— Você precisa pensar em outra coisa — minha mãe me disse.

Eu estava chorando ao pé da cama dos meus pais. Estávamos no meio da noite. Eu tinha dez anos.

— Pense em outra coisa — minha mãe repetiu.

Eu tinha sonhado que eles morriam. Foi um sonho vívido. Acordei pensando que era verdade. Corri até o quarto deles para ver se estavam vivos. Estava escuro demais para enxergar. Precisei ligar a luz.

— Que porra é essa?! — meu pai guinchou.
— Você está bem? — Minha mãe se sentou na cama, em pânico. — O que houve?
— Eu sonhei que vocês tinham morrido — eu falei. Estava hiperventilando.

• • •

Roubei um pacote de biscoitos da igreja. Não sei quando devo esperar meu primeiro pagamento, e a única comida de que disponho é um bloco de queijo.

Hesitei ao enfiar os biscoitos no bolso. De acordo com o livro que estava lendo hoje, roubar é uma das dez piores coisas que alguém pode fazer. Decidi prosseguir com o roubo, no entanto, porque o inferno não existe e, se existir, a minha vaga já está garantida.

• • •

Minha vizinha me bombardeia quando tento entrar em meu apartamento.
— Você viu aquela notícia do casal operando um cartel de drogas dentro do apartamento em que moravam?

Faço uma pausa para olhar para ela antes de virar a chave. Ela está usando pantufas. A calça de pijama cor-de-rosa é coberta de desenhos de tacinhas de martíni.

— É terrível o que as pessoas fazem na própria casa — ela acrescenta, fitando o gesso em meu braço. — Colocam em perigo todos ao redor. — Ela me olha dos pés à cabeça.

• • •

Descubro que os biscoitos que roubei são o corpo de Cristo. Depois de ter comido mais de metade do pacote, pesquisei no Google a marca do biscoito e descobri que combinei queijo marmorizado da Cracker Barrel com o corpo transubstanciado de Deus. Havia pesquisado, a princípio, para deixar uma avaliação para a marca. Pretendia escrever: *SEM GRAÇA. Quem criou esses biscoitos não tem imaginação. Sem gosto e insosso.*

...

— O Eli tá bêbado — a voz de um homem me diz.

Eu estava dormindo antes de atender o celular. Minha visão está embaçada.

— O qu...? — murmuro. Um som sibilante sai das fissuras ao redor da minha janela. Um vento invernal lutando para entrar no quarto.

— Seu irmão — o homem repete. — Ele está zoado.

— Onde ele está?

...

Encontro Eli sentado em um banco no centro da cidade, comendo um pão de hambúrguer. Ele não está vestindo casaco nenhum, e começou a nevar.

— Onde você conseguiu isso? — pergunto, indicando o pão.

— Encontrei por aí — ele responde.

...

Levo Eli para casa, para a casa de nossos pais, em um táxi.

Ele diz ao taxista que o ama.

— Você é o melhor taxista do mundo.

...

Peço a Eli que beba um copo d'água.

Ele se recusa.

— Você vai se arrepender se não beber água — explico, colocando em suas mãos vacilantes o copo que enchi.

Ele me diz que sou irritante e empurra minha mão. Derramo água em minhas pernas e no carpete.

...

Eli está chorando e vomitando no banheiro.

Ele não para de gritar que é feio.

— Você não é feio — eu digo, enquanto ele vomita na pia.

Eli mora com meus pais. Ele trancou a faculdade dois anos atrás e voltou para casa. Estava estudando artes visuais. Estava no último ano quando desistiu. Desde que voltou, não conseguiu manter nenhum emprego. O amigo do meu pai o colocou para trabalhar em sua marcenaria no ano passado, mas Eli se demitiu. Disse que odiava o lugar.

Ele vomita na privada.

O banheiro fica ao lado do quarto deles. Apesar de todo o barulho que Eli está fazendo, nenhum dos dois se mexeu.

Eu sei que estão nos ouvindo. Estão fingindo dormir. Eles não seriam capazes de continuar dormindo com um alvoroço desse nível. Quando eu morava aqui, não conseguia nem me sentar na cama sem que um deles se materializasse.

"Indo a algum lugar?", a voz do meu pai ecoava no corredor escuro todas as vezes que eu sequer pensava em sair às escondidas.

...

— Sua irmã é esquisita. — Pelo duto de ar em meu quarto, eu ouvi Max Hardstark dizer a Eli. Tínhamos voltado da escola. Eu estava no ensino médio, Eli no fundamental, mas pegávamos o mesmo ônibus. Eu tinha subido as escadas imediatamente ao chegar em casa, para evitar ter que conversar com Max.

— Ela é lésbica e as calças dela são esquisitas — Max disse, a boca cheia de petiscos, cortesia da despensa dos meus pais.

Eu não fazia ideia que minhas calças eram esquisitas. Estava acostumada a críticas em relação ao meu lesbianismo, mas o comentário das calças me acertou feito uma bola de golfe na cabeça dentro de um barco.

Assim que tirei a calça e comecei a inspecionar o restante das peças dobradas nas gavetas do meu armário, avaliando se também eram esquisitas, ouvi Eli gritar:

— Tá de brincadeira comigo, Max? Olha pra sua calça, caralho! Você bem que queria que minha irmã não fosse lésbica!

. . .

— Quando você se assumiu? — Eleanor me perguntou. Estávamos em nosso segundo encontro.

Eu nunca sei como responder a essa pergunta, porque não sinto que tenha me assumido. Sinto que estou em um estado constante de me assumir, e que sempre estarei. Tenho que me assumir cada vez que conheço alguém.

Estávamos em um restaurante. Pouco antes, a garçonete havia nos perguntado se éramos irmãs. Nenhuma de nós se assumiu para ela: apenas dissemos que não. Portanto, tecnicamente, eu não tinha saído do armário naquele Applebee's.

Presumo que, ao me perguntarem quando eu me assumi, se referem à primeira vez que contei que sou lésbica, então respondi:

— Eu tinha onze anos.

Eu contei para Eli. Estávamos no meu quarto, respondendo o questionário de uma revista. O teste, em teoria, deveria nos dizer o nome da pessoa com quem casaríamos. Para mim, saiu o nome "Kevin". Me lembro de ter torcido para pegar um nome neutro, como Robin ou Jordyn. Falei para mim mesma que, se isso acontecesse, eu interpretaria como um sinal para contar a Eli que sou lésbica. Me lembro de olhar para a revista e pensar: *Preferiria morrer do que me casar com um Kevin.* Com isso em mente, anunciei: "Acho que sou lésbica". Eu mal tinha terminado a frase antes de Eli dizer: "Você com certeza é lésbica. Faz o teste de novo como menino, pra sair seu nome de verdade".

— Foi com essa idade que você percebeu que era lésbica? — Eleanor perguntou.

— Não — falei. — Acho que sempre soube que era lésbica. Toda vez que brincava de boneca, eu criava histórias românticas com duas Barbies meninas. Eu sabia que era lésbica antes de sequer conhecer a palavra "lésbica".

— O que seus pais acham disso? — ela indagou.

— Ficam de boa — falei. — Não fui deserdada nem nada do tipo.

Ela riu.

— As expectativas estão bem baixas.

— E quanto aos seus? — questionei.

— Mais ou menos do mesmo jeito — ela respondeu.

Eu me sentia fora do meu corpo naquele encontro. Não namorava ninguém, nem socializava muito, havia mais de um ano. Estava desconfortável. Não parava de morder as unhas e a parte de dentro das bochechas.

— Quando você se assumiu? — perguntei a ela.

— Quando tinha vinte e dois anos — ela disse. — A primeira pessoa para quem contei foi o meu namorado.

— Como ele reagiu?

— Não muito bem — ela falou. — Achou que eu só estava tentando encontrar o jeito mais fácil de terminar com ele. Me acusou de traí-lo. Falou que eu estaria com outro namorado em um mês. Só me invalidou e basicamente insistiu que eu não era lésbica.

Quando a garçonete se aproximou com nossa comida, eu pensei: *Por que a Eleanor namorou uma pessoa assim, para começo de conversa?*

— Está com uma cara boa. — Eleanor indicou com a cabeça o salmão cajun que havia pedido.

— Há quanto tempo vocês namoravam? — perguntei.

Ela tinha comido um pedaço do salmão. Cobrindo a boca, respondeu:

— Três anos.

— Três anos? — repeti. — Por que namorar alguém péssimo assim por três anos?

Ela riu.

— Ele não era de todo ruim. Só era inseguro e tinha uns problemas de masculinidade tóxica. Fora isso, era bem engraçado e inteligente. — Ela tomou um gole de sua bebida. — Você já teve algum namoro de que se arrepende?

Pensei na questão.

— Devo ser eu a pessoa que os outros se arrependem de namorar.

Ela deu uma risadinha.

— Eu duvido. Dá pra ver que você é um partidão.

...

Estou sentada em meio a uma pequena multidão de pessoas de terceira idade que se reuniram nos bancos da igreja. Barney está sentado ao meu lado. Estou cutucando o emplastro do meu gesso.

Meus joelhos doem. Dou uma olhada nas pessoas ao meu redor, tentando ver se mais alguém parece angustiado de tanto se ajoelhar.

— Seus joelhos estão doendo? — pergunto a Barney.

— É claro, né? — ele responde a minha pergunta, sussurrando. — Mas acho que essa dor não é nada quando comparada à sentida em uma crucificação. Você não concorda?

— Imagino — murmuro, esfregando meus joelhos.

— Essas pessoas vêm aqui todos os dias, sabia? Somos os fregueses da igreja — Barney sussurra para mim pelo canto da boca. — Acho que agora você é uma de nós — ele acrescenta, cutucando minha perna.

Eu nunca tinha ido à missa em uma igreja católica. Sou um lobo em pele de cordeiro, ou um cordeiro em pele de lobo, dependendo da perspectiva.

As palmas das minhas mãos estão suadas. O lugar é ornamentado com muitas estátuas de anjos em tamanho real, e eu sinto os olhos pétreos de todos eles em mim.

Um órgão começa a tocar.

Jeff caminha pelo corredor entre os bancos, como uma noiva.

Ele faz uma reverência quando alcança o altar à frente do salão. Olho de relance para Barney e para as pessoas à minha volta, buscando pistas do que deveríamos estar fazendo agora.

Jeff faz o sinal da cruz e diz em voz alta:

— Em nome do Pai, do Filho e do Espírito Santo.

Para meu horror, a multidão que me cerca responde em uníssono:

— Amém.

Alarmada, levo a mão ao peito.

A gente tem falas?

Jeff grita:

— Que o Senhor esteja convosco!

Mais uma vez, me assusto com todos respondendo em conjunto:

— Ele está no meio de nós!

Sinto meu coração acelerar. Será que o negócio vai ser assim do começo ao fim?

— Irmãos e irmãs — Jeff continua —, reconheçamos os nossos pecados e nos preparemos para celebrar os mistérios sagrados. — Ele faz uma pausa.

— Amém — eu digo, mas sou a única a falar. Merda.

Ficamos parados, em silêncio. Sinto o suor gotejar em meu cenho.

De repente, a multidão começa a recitar, espontaneamente:

— Confesso a Deus Todo-Poderoso e a vós, irmãos, que pequei muitas vezes, por pensamentos e palavras, atos e omissões, por minha culpa, por minha culpa, minha tão grande culpa; peço

à abençoada Virgem Maria, a todos os Anjos e Santos, e a vós, irmãos e irmãs, que rogueis por mim a Deus, Nosso Senhor.
Permaneço muda. Atônita.
A casa caiu. É assombroso quão bem a plateia tem o roteiro memorizado. Barney com certeza vai reparar que não é o meu caso.
Sinto o sangue se esvair do meu rosto, meu corpo ficar gelado.
Preciso dar o fora daqui.
Como dou o fora daqui?
É melhor fingir que estou passando mal.
Me viro para Barney e anuncio:
— Acho que vou vomitar.
Ele salta para fora do meu caminho, e eu saio em disparada até o banheiro feminino.

...

Depois de passar uma hora e meia sentada em um vaso sanitário, finalmente reúno a coragem para sair do banheiro. Assim que dou o primeiro passo para fora, o órgão soa uma nota aguda do nada. Levo a mão ao peito, assustada pelo som inesperado e gritante.
— Jesus Cristo — murmuro, tentando estabilizar as batidas do meu coração.
Tu-tum.
Eu bem que gostaria de saber de quem foi a grande ideia de instalar órgãos nas supostas casas de Deus, quando esses instrumentos foram claramente criados à mão pelo próprio Satanás. Os sons de um órgão, para mim, remetem mais ao Dia das Bruxas e demônios do que ao paraíso e querubins. É o instrumento tocado em todos os filmes do Drácula, tenho certeza. Será que assustar é o verdadeiro propósito deles? Deveríamos sentir medo aqui dentro?
Dou uma espiada pela igreja. Ergo os olhos para os pilares imponentes, para o teto alto em forma de arco. Reparo que os vitrais nas janelas deixam toda a luz do sol vermelha. Talvez este

lugar realmente seja feito para me assustar. Eu me sinto, de fato, muito pequena neste espaço imenso e ecoante. Isso sem falar na estátua tenebrosa de um homem crucificado à frente da sala. Entendo que seja emblemático, mas não se pode negar que é uma imagem grotesca.

O órgão volta a soar ruidosamente.

Conforme caminho pela igreja, imagino que sou uma vampira e que o órgão, com sua música angustiante, está narrando todos os meus movimentos sinistros.

Sou uma criatura da noite, estou aqui em busca de sangue.

Durmo em um caixão.

Queimo sob a luz do sol.

— Gilda?

Tu-tum.

Alarmada, me viro e encontro Jeff.

— Não se esqueça de fazer a genuflexão em frente ao tabernáculo. — Ele pisca para mim.

Eu sorrio.

— É claro.

O que diabos isso significa?

...

Eleanor não para de me enviar mensagens. Não me sinto confortável respondendo durante o expediente, porque temo que Jeff e os católicos pressintam que estou fazendo alguma coisa gay.

Oi?

Gilda?

Por que não está respondendo?

Um novo e-mail de Rosemary está tiquetaqueando feito uma bomba na caixa de entrada da igreja. Fito o assunto como se fosse os olhos de um animal brilhando em uma floresta. Se me mexer bem devagar, talvez o e-mail se afaste e eu não precise confrontá-lo.

O assunto diz: *Preciso das suas orações.*
Por que ela precisa das orações de Grace?
Ah, meu Deus, será que ela está doente?
Apesar de não acreditar que orações possam alcançar quem quer que seja, ainda me deprime imaginar uma pessoa pedindo orações de outra que está morta demais para responder.
Abro o e-mail.

Querida Grace,

É com o coração muito pesado que compartilho que meu querido Jim faleceu. Estamos todos fazendo o nosso melhor para nos mantermos fortes. Foi um derrame. Muito inesperado, mas as crianças estão bem. A Cindy está bem chateada, mas você conhece minha Cindy.

É tão estranho ser viúva depois de cinquenta e dois anos. Dormir sozinha tem sido difícil para mim. Gostaria que tivesse acontecido depois do Natal.

Nos inclua em suas orações se puder, Grace. Espero que você esteja melhor do que eu. Adoraria ter notícias suas...

Sua amiga,
Rosemary

Meu rosto está quente, e eu, arfando. Estou, mais uma vez, chorando sentada no vaso do banheiro da igreja. Não consigo pensar em nada além da pobre da Rosemary, que está triste, e no pobre do Jim, que está morto.
"*Controle-se!*", minha força vital, planando no teto acima de mim, instrui meu corpo.
Mal consigo inspirar.

"Você nem sequer conhece a Rosemary e o Jim!"
— Eu sei! Não sei o que há de errado comigo! — explico ao meu espírito, histérica.

• • •

Barney se aproxima da minha mesa, cobrindo a boca e o nariz.
— É contagioso? — ele me pergunta, a voz abafada por trás da mão encardida.
— O quê? — Franzo a testa.
— Seu micróbio — a voz sufocada dele explica. — Sua doença. Será que eu vou pegar?
— Ah. — Me lembro. — Não, acho que foi só alguma coisa que eu comi mais cedo. Um pão com uma cara meio suspeita — minto. — Provavelmente foi isso.
— Você não está grávida ou algo assim, está?
— O quê? — Franzo a testa outra vez.
— Seria um escândalo e tanto se a nova secretária da igreja estivesse carregando um filho antes de se casar. — Ele ri pelo nariz.

Fito os olhos risonhos dele e percebo, quando ele solta um chiado, que é uma brincadeira descabida. Ele acha que sugerir uma possível gravidez minha é engraçado.

Se eu estivesse grávida, seria uma concepção imaculada.

Eu o observo gargalhar enquanto penso no verdadeiro escândalo que poderia ser revelado sobre a nova secretária da igreja.

• • •

— Você foi assaltada? — minha vizinha me pergunta, parada ao batente da porta.

Estou coberta de sujeira porque passei os últimos quarenta minutos perseguindo um animal que achei ser Botinha. Me arrastei de joelhos em meio à neve lamacenta. Rasguei a manga do casaco em uma videira espinhosa. Estava a dois centímetros de agarrar a bunda de um guaxinim quando me dei conta. O guaxinim se virou para me olhar, mostrando uma máscara preta e um nariz pontudo, bem como uma expressão que mostrava sua profunda confusão por ser perseguido.

— Eu estava cuidando do jardim — minto para minha vizinha, porque a verdade é complicada demais para se explicar.

— Jardim? — ela repete, estreitando os olhos para mim.

• • •

É uma da manhã. Eu estava pesquisando o que dizer nas missas quando fui distraída por um artigo alegando que, antigamente, padres se matavam para se unirem a Deus.

Uma notificação obstrui o artigo em meu celular.

É Eleanor. Ela me mandou uma mensagem, perguntando: *Tá acordada?*

Sim, eu digito, e volto para meu artigo.

Acho que é por isso que os católicos pregam que o suicídio é pecado. Estavam ficando sem padres.

Outra notificação esconde o artigo. *O que tá fazendo?*, Eleanor pergunta.

Escrevo: *Pesquisando a ordem da missa.*

Talvez o paraíso parecesse tão bom para os homens santos que eles pensaram: e aí, o que a gente tá esperando?

Ela envia outra mensagem: *Pesquisando o quê?*

• • •

Minha TV está exibindo o noticiário matutino regional. Dormi mais uma vez com ela ligada porque o controle remoto continua quebrado.

Fico o tempo todo caindo no sono e acordando, assistindo a bocadinhos das notícias entre meus próprios sonhos.

Uma enfermeira da região confessou ter assassinado cinco idosos.

Estou sonhando que sou muito alta.

Todas as vítimas da enfermeira eram seus pacientes, mas nenhuma das mortes fora atribuída a ela.

Consigo enxergar as copas das árvores.

Ela estava injetando sobredoses de remédios neles. Se não tivesse confessado, nunca teria sido pega.

Passarinhos estão se emaranhando no meu cabelo, um atrás do outro.

"Essa mulher é maluca", um homem anuncia na calçada.

Estico os braços tão alto para cima que as pontas dos meus dedos alcançam o fim da atmosfera terrestre e tocam o espaço, frio e escuro.

...

Uma bebê está sendo batizada hoje. Ela está agora no colo da mãe, diante do altar da igreja. Eu estou sentada em um banco nos fundos, observando.

Passei o dia inteiro ontem decorando a igreja para o Natal. Estamos no final de novembro. Precisei trazer pinheiros falsos, guirlandas e velas de um depósito no porão. Depois de um esforço enorme para desemaranhar os fios, os pisca-piscas não ligaram. Tive que testar as lâmpadas, uma por uma.

Observo as luzes no salão. Me pergunto se alguma pessoa presente neste batismo suspeita quanto esforço empreguei para enriquecer o ambiente.

A bebê fora enfiada em um vestido branco bufante. Ela não para de chorar, e a mãe não para de consolá-la:

— Está tudo bem, está tudo bem, está tudo bem.

Deve ser difícil ser um bebê.

Deve ser tudo muito confuso.

— Está tudo bem, está tudo bem, está tudo bem.

A bebê não faz ideia de por que os pais a colocaram naquela roupa desconfortável. Ela não imagina que um velho de robe vai afundar sua cabeça debaixo d'água hoje.

Fito seu rosto cor-de-rosa enquanto a criança grita. Me solidarizo com ela. Está desconfortável e confusa, exatamente como eu. Por que estou aqui? Por que você está fazendo isso comigo? Por que estamos usando essas roupas ridículas?

Aposto que aquela bebê ficaria absolutamente perplexa se soubesse o motivo de estar suportando aquilo. Imagine se você fosse forçada a usar um vestido de noiva em miniatura, te enfiassem debaixo d'água diante de uma plateia de seus entes queridos e, então, te explicassem que a lógica para tal era que, quando você morrer, seu espírito vai poder voar para as nuvens. Se eu fosse aquela bebê, minhas primeiras palavras seriam "vai se foder".

...

O batizado acabou. A alma da bebê foi salva. Agora, se ela morrer, Deus me livre, não vai mais precisar sofrer o eterno fogo do inferno, ao contrário de alguns de nós. Graças a Deus, ela já não está condenada como eu, porque eu a estou segurando e com medo de acabar deixando-a cair e matá-la.

Estávamos prestes a nos deslocar para o porão da igreja, para uma comemoração, quando fui parada pela mãe da bebê. Ela tocou meu braço e me perguntou se eu poderia, por favor, segurar sua filha enquanto ela procurava algo na imensa bolsa de fraldas.

Eu deveria ter falado que não, mas me pareceu grosseiro me recusar a segurar o bebê de alguém.

Meu braço está engessado e, a criança, histérica. Estou nesse momento lutando contra um pensamento intrusivo que envolve a moleira na cabeça dela e o chão de mármore abaixo de nós.

Pare de imaginar isso.

Não sei muito bem se a estou carregando do jeito errado, se ela apenas quer a mãe ou se está tendo um surto psicótico. Ela está jogando o crânio para trás, acertando meu maxilar, e guinchando.

Guincho.

Guincho.

Guincho.

— Você é ótima nisso — a mãe da bebê me elogia.

— Está sendo sarcástica? — pergunto, mas ela não me ouve.

— Você tem filhos? — ela indaga, em meio ao pranto horripilante da filha.

— Não — respondo, tentando transferir a criança aflita de volta para o colo da mãe.

Estou perturbada pelo instinto primitivo que não sabia ter, que reage a bebês angustiados com uma sensação extrema de ansiedade física e alerta. É como se cada grito fosse uma carreira de cocaína. Cada vez que a bebê guincha, sinto minhas pupilas se dilatarem.

— Mas quer ter, não é? — a mãe pergunta, finalmente afastando a filha de mim. Ela começa a balançá-la para cima e para baixo.

— N... sim.

Ela sorri; a filha vomita em seu ombro. Vômito de bebê escorre por suas costas.

— Você é casada? Namora?

Nego, balançando a cabeça.

— Só não encontrou o cara certo ainda, ou...?

— Isso, exatamente — afirmo, temendo que seja óbvio que estou mentindo.

— Eu devia te apresentar ao meu cunhado — ela sugere. — Ele é bem bonitinho, de verdade. É italiano. Gerencia o próprio negócio. É por isso que ele não veio. Está com um cliente bem importante. Ele é muito requisitado. E sabe cozinhar! Você ia amar. Tem Facebook?

Hesito. Eu tenho Facebook. Não o uso muito, mas tenho quase certeza de que minha presença na rede social é notoriamente homossexual. Me lembro com clareza de ter curtido as páginas *The L Word* e *Ellen DeGeneres*. Definitivamente deixei avaliações positivas em muitos botecos lésbicos. Tudo isso, teoricamente, poderia ser explicado; no entanto, também me identifiquei, sem ambiguidades, como "interessada em mulheres" na minha descrição e, na foto atual de perfil, se me lembro bem, estou de mãos dadas com minha ex-namorada. Posso estar me lembrando mal das palavras exatas, mas estou praticamente certa de que escrevi na legenda dessa foto "Eu e minha namorada (somos lésbicas)".

— Não tenho — minto, minhas mãos suando.

— Ah, poxa, tudo bem. Bom, que tal me passar o seu número, então? — ela sugere, me entregando o próprio celular.

...

Tem uma freira parada ao meu lado. Estamos ambas próximas de uma mesa coberta por um belo banquete de café, frutas, petiscos cortados em quadradinhos e outros comes e bebes variados. Também há uma poinsétia e um enorme bolo retangular, coberto de glacê cor-de-rosa, que diz: QUE DEUS ABENÇOE LUCY EM SEU BATIZADO.

Não sei muito bem o que deveria estar fazendo. Não paro de colocar e tirar as mãos dos bolsos.

Eu deveria estar em pé aqui?

Tenho permissão para comer esse bolo?

Sinto que deveria puxar conversa com a freira. Olho de esguelha para ela.

— Li que fraldas de bebê não se decompõem nunca — digo.

É o primeiro assunto que veio à tona na poça nebulosa de minha mente em que elaboro inícios de conversas.

Ela se vira para me olhar.

— É verdade? Poxa, isso não é nada bom. Bebês produzem fraldas aos montes.

Balanço a cabeça.

— Pois é, isso significa que têm aterros sanitários transbordando de fraldas que não são recicláveis, de bebês que até já cresceram e morreram.

— Minha nossa — ela responde. — Preocupante, não é?
Assinto.
— O lixo dura mais tempo do que as pessoas.
Faz-se um silêncio palpável.
Estendo o braço na direção do café sobre a mesa. Pego um dos copos brancos de isopor.
— Fico pensando se este copo vai passar mais tempo na Terra do que eu — pondero em voz alta enquanto luto para servir um pouco de café com cheiro de queimado.
A freira baixa os olhos para o próprio copo.
— Bem, eu acabei de fazer oitenta e seis — ela diz —, então, tenho praticamente certeza de que o meu vai me superar! Aposto que até aqueles biodegradáveis vão durar mais que eu! — Ela ri.
Forço uma risada.

• • •

Estou agora pesquisando no Google quanto tempo leva para o conteúdo do meu lixo se decompor. Esvaziei o cesto no chão da cozinha e estou investigando os itens, um por um.
Latinhas de alumínio duram cinquenta anos.
Pilhas duram cem anos.
Garrafas de plástico duram quatrocentos e cinquenta anos.

• • •

Você tem algum bicho de estimação? Eleanor me perguntou.
Nós demos "match" em um aplicativo de relacionamentos. Estávamos trocando mensagens há cerca de uma hora. Ela me contou que trabalhava em uma start-up de tecnologia, e eu disse a ela que trabalhava em uma livraria. Ela me falou que tinha gostado da minha foto, e eu disse a ela que tinha gostado da que ela estava em um zoológico. A imagem a mostrava em pé ao lado de uma girafa bebê.
Não, respondi.

Não posso ter um bichinho de estimação porque algum dia ele morreria, e eu duvido que me recuperaria disso.

E você?, perguntei.

Não, ela respondeu. *Quem me dera. Nunca tive nenhum.*

Eu não sabia muito bem o que responder àquilo, então não respondi.

Passado um tempinho, ela me mandou outra mensagem.

Você já teve algum bichinho?

Sim.

Qual foi o nome do primeiro?

Flop.

Qual animal Flop era?, ela perguntou.

Uma coelhinha, escrevi.

Que fofo. Então você cresceu nessa região?

Sim, e você?

Também. Qual o nome da rua onde você cresceu?, ela perguntou.

Rua Maple. E a sua?

Av. Fairview.

Todas as conversas que eu estava levando com meus "matches" eram igualmente monótonas. Não sou uma pessoa muito boa nesse tipo de papo trivial, e todas as interações me pareciam iguais. Contávamos uma à outra qual era o nosso trabalho, elogiávamos fotos, fazíamos perguntas insossas até que uma das duas, por fim, parava de responder. Eu estava deitada no chão da cozinha, examinando perfis sem muita atenção, tendo a mesma conversa repetidamente.

Qual o nome de solteira da sua mãe?, Eleanor me escreveu.

Comecei a responder, mas parei. Rolei a tela, retrocedendo nas mensagens, e analisei as perguntas que ela tinha me feito. *Espera. Essa pessoa está tentando roubar minha identidade?*, pensei. Eram todas as perguntas necessárias para acessar meu e-mail ou minha conta bancária. Quanto mais eu pensava na questão, mais me convencia de que ela era uma golpista.

Dei um nome falso a ela. *Kenny*, falei.

Eleanor continuou me mandando mensagens. Mesmo pensando que ela queria acessar minha conta do banco, continuei respondendo. Calculei que, de qualquer forma, eu não tinha dinheiro para ser roubado, e era empolgante estar livre da pressão de estabelecer uma conexão romântica. Parei de me importar se ia dizer algo idiota ou esquisito. Se ela era uma estranha determinada a me aplicar um golpe, não havia ninguém melhor para eu incomodar com minha conversa, certo?

Qual você acha que é o sentido da vida?, perguntei a ela.

Ainda estou tentando descobrir isso, ela falou.

Você costuma pensar no espaço? Em buracos negros?, falei.

Ela respondeu: *Sim, o tempo todo.*

Ela me mandou vídeos sobre matéria escura. Me contou de um livro que leu. *Uma breve história do tempo.* Falou de viagens no tempo e alienígenas. Disse que experimentou LSD uma vez e que se sentiu em mais sintonia com a própria vida e a natureza. Disse que olhou para as plantas como se nunca as tivesse visto. Tudo parecia estar mais vivo.

Ela me contou sobre uma droga chamada DMT. Disse que a maioria das pessoas que usam DMT vê a mesma coisa. Elas veem criaturas que chamam de Elfos Mecânicos. Quando se usa DMT, os elfos te recebem dizendo: "Que maravilha você estar aqui! Você aparece tão pouco! Estamos tão felizes em te ver!".

Achei aquilo interessante. Debatemos se Elfos Mecânicos eram criaturas reais, impossíveis de perceber sem os efeitos do DMT, ou se a droga fazia alguma coisa com o cérebro humano que criasse a mesma alucinação.

Ela sugeriu experimentarmos DMT juntas, e eu respondi: *De jeito nenhum.* Ela perguntou por que não, e eu falei que sei, em meu íntimo, que se usasse DMT, ou LSD, ou qualquer droga alucinógena, seria a última coisa que faria, porque tenho crises de pânico crônicas e provavelmente me mataria.

Ela me perguntou se eu fazia algum tratamento psicológico. Eu disse a ela que já me encaminharam para consultas com psiquiatras, mas que nunca tive notícias depois. *É, demora bastante tempo,* ela disse. Me falou que fez terapia porque tem traumas com abandono. Contou que o pai deixou a família quando ela tinha dez anos e que a mãe era negligente. Por causa disso, ela tem problemas de autoestima. Tem medo de ficar sozinha.

Perguntei a ela se a terapia tinha ajudado; ela disse que sim, mas não por completo.

Ela me perguntou se eu achava que havia alguma razão para minha ansiedade, e eu falei: "Acho que pode ser hereditário".

Contei a ela que meu pai teve um colapso nervoso quando eu era criança, depois que meu tio morreu. Durante meses, ele mal saía de casa. Tinha variações de humor extremas. Ficava o tempo todo acusando minha mãe de querer abandoná-lo e parou de tomar banho. "Como seu pai está?", me lembro de nosso vizinho me perguntar. Eu respondi com sinceridade: "Não muito bem". Acho que o vizinho mandou um cartão para ele ou algo assim, porque meus pais descobriram o que eu disse. Os dois gritaram comigo. Me lembro de estar sentada no pé das escadas, minha mãe me passando um sermão a respeito de privacidade e meu pai berrando "Eu estou bem!" a plenos pulmões, o rosto colado no meu.

Contei a Eleanor que achava ter herdado questões de saúde mental pelo lado da minha mãe, também. Falei que, em certo Dia de Ação de Graças, depois de beber uma garrafa inteira de Pinot Grigio, a irmã da minha mãe, Dorothy, me disse que achava que meu avô era bipolar. Falou que ele não conseguia controlar a raiva. Que, quando eram crianças, todos os quadros nas paredes da casa eram posicionados de jeitos estranhos para cobrir os buracos que ele fazia socando o reboco. Imagino que minha mãe minimizava os acessos de raiva do meu pai porque o pai dela agia da mesma maneira.

Por que você acha que seu pai não quis admitir que estava passando por problemas?, Eleanor perguntou.

Não sei, eu respondi. *Acho que ele via aquilo como fraqueza. Talvez tenha aprendido com os pais a não falar sobre esse tipo de coisa. Aparências são muito importantes para ele.*

Perguntei a Eleanor sobre seu relacionamento com os pais. Ela disse que raramente fala com o próprio pai. Ele quase sempre esquece do aniversário dela. Nunca telefona. É ela que tem que ligar. Com a mãe é melhor, Eleanor contou. Ela se desculpou por ter sido ausente e a relação das duas melhorou hoje em dia.

Continuamos trocando mensagens durante alguns dias. Eu parei de achar que ela era uma golpista.

E então, o que você tá fazendo nesse aplicativo?, ela me perguntou.

Eu tinha baixado o aplicativo deitada no chão do meu apartamento, enquanto pensava que não tinha namorado ninguém em mais de um ano e que havia me distanciado dos poucos amigos que já tive. Estava tentando definir o motivo de andar me sentindo tão deprimida nos últimos tempos, e pensei que talvez fosse porque não estava conectada o bastante com nenhuma pessoa. Em um momento de energia ofuscante, fui cutucando a tela do celular até que o download estivesse feito. Precisei tirar uma selfie.

Só estou tentando me conectar com alguém, respondi. *E você?*

Também, ela respondeu.

...

— Você sabe quanto tempo leva pra uma garrafa de vidro se decompor? — questiono Eleanor pelo telefone.

— Gilda, são duas da manhã.

— Ah. Desculpa... — eu digo. Não tinha me dado conta do horário.

— Não tem problema. — Ela boceja. — Na verdade, eu estava sonhando com você agorinha. Você participava de uma competição de comer cookies. Estava comendo Samoas.
— Interessante — respondo. — Mas Samoas? Prefiro os cookies da Thin Mints. Eu estava ganhando?
— Sim. — Ela ri.
— Certo, que bom.
Ela fica em silêncio.
— Desculpa por te acordar — digo a ela.
— Tudo bem. Não tem problema.
— Boa noite.
— Boa noite.

...

Estou analisando o teto sobre minha cama, me perguntando há quantos anos este prédio foi construído. É um prédio de dois andares, sem elevador. Antigamente, era uma loja de sapatos com apartamentos no andar de cima para os donos da loja morarem.

Olho para a sanca que contorna o cômodo e me pergunto quem mais morou aqui. Penso em como podem ter sido a vida dessas pessoas. No que será que pensavam quando olhavam para este teto? Por quanto tempo este prédio ainda vai existir, e quem vai ocupar meu lugar no futuro?

Me pergunto se alguém já morreu olhando para este teto.
Me pergunto se eu vou morrer olhando para este teto.
"Um dia, vou morrer", meu diálogo interno afirma.

Essa realidade reverbera em meu crânio como um grito dentro de uma caverna. Como quer que seja a experiência de sentir minha força vital se extinguir, eu vou vivenciá-la. Vou encará-la. Aquilo que faz meu corpo se mexer vai cessar. Escuro. Nada. Não é um simples medo inquietante de filmes de terror; é verdade. As pessoas vão precisar lidar com o meu cadáver.

• • •

Abro passagem pelas portas do hospital feito um pássaro que escapou de uma estação do metrô depois de ficar semanas preso lá embaixo.

Preciso de ajuda.
— Você está bem?
Não estou.
— É o seu coração?
Talvez seja.
— Você consegue falar?
Eu não estou falando?

Quando era criança, eu costumava ficar inclinando minha cadeira para trás na escola. Me lembro da sensação de ter inclinado demais e estar prestes a cair com tudo de costas no chão. É assim que me sinto neste momento. No entanto não estou sentada em cadeira nenhuma e a sensação não passa. Quando eu era criança, sempre conseguia parar. Sempre conseguia me impedir de cair de verdade.

— Estou caindo de verdade agora?
— Não. Acalme-se.
— Eu não consigo.
— Acalme-se.
— Eu adoraria me acalmar! — Estou gritando com a recepcionista.

Ela está do outro lado do vidro e pegou o telefone vermelho fixado na parede ao seu lado.

— Você precisa se acalmar! — ela me diz mais uma vez.
Acho que acabei de virar uma mesa.

• • •

— Você está bem? — o homem sentado comigo na sala me pergunta.

Olho para o homem. Ele está segurando um pano ensanguentado sobre o olho.

Balanço a cabeça, confirmando.

— Você não para de bater no peito — ele observa.

Não percebi que estava fazendo isso. Minha pulsação parece irregular.

Olho para o homem. Tem sangue por toda a frente da camiseta que ele está vestindo.

— Você está bem? — pergunto a ele.

— Eu? — ele responde. — Já estive melhor.

— O que aconteceu?

— Me meti em uma briga — ele explica. — E você? O que aconteceu com você?

Faço uma pausa.

— Estou morrendo.

Ele faz uma careta.

— Morrendo?

Confirmo com a cabeça.

Ele expira.

— Caramba. Quanto tempo você ainda tem?

Respondo com seriedade:

— Não faço ideia.

• • •

Às vezes, fico vidrada em como os humanos são repugnantes. Penso no tipo de coisa que fazemos, como jogar lixo no chão e inventar bombas nucleares. Penso em racismo, guerra, estupro, maus-tratos infantis e mudanças climáticas. Penso no quanto as pessoas são nojentas. Penso em banheiros públicos, axilas, nas mãos sujas de todo mundo. Penso em infecções e doenças se espalhando. Que cada ser humano tem uma bunda, no quanto isso é asqueroso.

Em outras ocasiões, eu me concentro no quanto as pessoas são encantadoras. Dormimos em superfícies macias, gostamos de estar aconchegados. Quando vejo gatos aninhados em travesseiros, acho meigo: nós também somos assim. Gostamos de comer cookies, gostamos do cheiro de flores. Vestimos luvinhas e capuzes. Visitamos nossa família mesmo depois de velhos. Gostamos de fazer carinho em cachorros. Nós rimos: fazemos sons involuntários quando achamos algo engraçado. Rir é uma coisa muito bonitinha, se pensarmos bem no assunto.

Temos hospitais. Inventamos prédios com o propósito de ajudar a consertar os outros. Médicos e enfermeiros estudam anos para trabalhar aqui. Eles vêm para cá todos os dias, só para remendar outras pessoas. Se descobríssemos que algum outro animal criou uma infraestrutura esperando que seus coleguinhas animais se machucariam, ficaríamos todos comovidos e maravilhados.

Estou observando uma enfermeira como se ela fosse um cervo em uma campina, um pedacinho de vida selvagem vestindo jaleco, com luvas de látex e tênis práticos nos cascos. Observo-a preparar uma maca como se assistisse a um passarinho construir um ninho.

— Tem certeza de que está bem? — o homem ao meu lado me pergunta novamente.

Limpo lágrimas do meu queixo.

— Sim, obrigada, estou bem.

...

— O problema é que você está pensando demais — Frank, o zelador do hospital, me diz enquanto passa pano no chão de azulejos ao meu lado.

Frank e eu já conversamos em minhas visitas anteriores. Cerca de um mês atrás, eu vomitei no chão, e foi ele que limpou. Eu pedi muitas desculpas e expliquei que estava me sentindo ansiosa, com dores no peito. Frank disse que não havia problema, que ele compreendia. Agora, quando me vê, ele me cumprimenta como se fôssemos velhos amigos.

Ele me perguntou o que havia me levado ali hoje, e eu falei:
— Estou com ansiedade de novo.
Não tem ninguém além de nós dois na sala de espera. Sou a última paciente esperando.
— Talvez você não se sentisse tão ansiosa se simplesmente se ocupasse um pouquinho mais. — Ele enxágua o esfregão em seu balde com sabão. — Provavelmente está só pensando demais — ele diz. — Aposto que é esse o seu problema.
— Certo. — Concordo com a cabeça. Talvez seja verdade. — Como eu me ocupo?
— Eu percebo que me sinto menos ansioso quando me dedico a tentar deixar as pessoas ao meu redor mais felizes — ele compartilha. — Talvez você deva tentar fazer isso.

...

A neve despenca das nuvens e reveste tudo que se vê. Todo o lixo e os cocôs de cachorro na rua estão sendo envoltos por um edredom branco e brilhante. Meu casaco, meu gorro e meu cabelo estão cobertos de neve. Sou como o lixo e o cocô de cachorro: também estou sendo envolta pelo edredom de neve.
Passo os olhos pelos coitados que estão estremecendo junto de mim no ponto de ônibus.
— Adorei seu casaco — elogio a estranha parada ao meu lado.
Estava há dez minutos reunindo a coragem para dizer isso.
Ela se vira para mim.
— Tá falando comigo?
Balanço a cabeça, humilhada.
— Sim. Só estava dizendo que adorei o seu casaco.
— Obrigada... — ela diz, abraçando o casaco com mais força, como se estivesse se preparando caso eu tentasse roubá-lo.

...

O motorista do ônibus não para de afundar o pé no freio.

Ofereci meu assento para uma grávida cambaleante.

Apesar de ter perdido o equilíbrio e esborrachado meu rosto atrás do crânio de outro passageiro, ainda faço questão de dizer "Muito obrigada" para o motorista antes de fugir de seu ônibus.

— Disponha. — Ele acena com a cabeça.

— Agradeço mesmo pela viagem — eu reforço.

— Desça logo do ônibus, por favor — ele responde.

...

Barney está levando, com certa dificuldade, uma pilha de caixas de papelão para dentro da igreja.

— Quer ajuda? — pergunto, correndo ao lado dele.

— Sim — ele resmunga, passando para mim todas as caixas que carregava.

Barney estava fedendo a suor, e o cheiro se transferiu para as caixas. É como se eu estivesse carregando duas caixas de lixo e presunto podre.

Ele não abre a porta para mim, que estou sofrendo para levar as caixas com um braço só. Segue em frente, feliz por estar livre de sua tarefa. Eu enfio um pé no vão da porta antes que ela se feche por completo e, com muito esforço, entro na igreja feito uma mula de carga inválida.

...

— Como eles ficaram tão cheios de nós? — pergunto à irmã Jude enquanto desemaranhamos uma caixa cheia de terços.

— Alguém deve tê-los guardado sem muito cuidado — ela suspira.

Acho que fui eu.

Quase arrebento o terço em minhas mãos ao desfazer um nó especialmente apertado.

— Tome cuidado! — ela diz, tirando o terço de mim da mesma maneira que confiscaria uma faca de uma criança. — Arrebentar um terço dá azar. Significa que tem alguém bravo com você — ela explica.

Tenho a sensação de que, se eu arrebentasse um terço, esse "alguém" seria ela.

...

Meu celular está tocando. Atendo-o com o máximo de alegria possível.

— Alô?

— Olá! — A voz equipara meu entusiasmo. — Estou falando com a Gilda?

— Isso mesmo — respondo, ainda tentando me portar como uma pessoa animada.

— Oi, Gilda, aqui é Giuseppe. Minha cunhada me passou o seu número...

Ah, não.

— Eu estava pensando, você aceitaria um convite para jantar?

Merda.

— Você gosta de sushi?

— S-sim.

— Perfeito! — ele responde. — Quando estará livre?

Como é que eu poderia deixar Giuseppe feliz se o rejeitasse? Como eu poderia sustentar esta fachada de mulher heterossexual católica se me recusasse a comer sushi com um solteirão italiano?

— Olá? — Giuseppe diz.

— Oi — respondo, engasgada.

Ele ri.

— Que dia ficaria bom para você?

Faço uma pausa.

— Posso confirmar e falar com você depois? — pergunto, a animação em minha voz esmorecendo.

— É claro! — ele responde. — Vou te mandar mensagem e, aí, podemos combinar uma boa data. Pode ser?

— Certo — digo.

— Ótimo! Nos falamos logo mais, então. Estou ansioso para te conhecer!

— Está? — pergunto, confirmando que consegui deixar este estranho feliz.

Ele ri.

— Com certeza!

...

Fiz café para Jeff e para mim. Estou transportando as duas xícaras da cozinha da igreja até os nossos escritórios. É uma tarefa difícil, levando em conta meu braço quebrado; estou prensando com o gesso uma das xícaras contra meu peito. O café fica respingando das xícaras e me escaldando. Apesar de tudo, estou sorrindo. Estou mostrando ser alguém feliz, porque as pessoas preferem assim. É menos provável que eu alegre o dia dos outros se pestanejar e fizer cara feia ao me queimar.

Bato na porta de Jeff.

— Trouxe um café para você.

Estendo a xícara a ele.

Minhas mãos estão em um tom vermelho vivo.

— Ora, que gentileza a sua! — Ele abre um sorriso, aceitando minha oferenda. — Agradeço, querida.

— Sem problemas — eu respondo, também sorrindo.

...

Faço o login no computador da igreja. Abro o e-mail mais recente de Rosemary e faço uma pausa.

Encaro o e-mail por um momento antes de digitar:

Rosemary,

Sinto muito por ter demorado tanto para responder. Andei doente, mas já melhorei bastante agora.

Lamento muitíssimo pela notícia sobre o Jim. Não sei o que dizer para melhorar seu ânimo, mas quero que saiba que eu gostaria muito de poder fazer isso. Espero que você sinta um pouco de alegria hoje, mesmo que seja só um pouquinho, apesar de tudo.

Com amor,
Grace

Assim que clico em Enviar, algo se ativa em meu peito e meu coração explode. Me ponho em pé, acidentalmente derrubando da mesa minha xícara de café. O líquido espirra no carpete e nas caixas que carreguei para Barney hoje cedo.

Não consigo respirar.
Não consigo respirar.
Não consigo respirar.

Minha pele dói. Se a sensibilidade fosse uma cor, a saturação de minha pele estaria um vermelho intenso.

Me sinto intensamente vermelha.

...

Tem alguém batendo na porta do banheiro.

Estou ensopada em meu próprio suor frio.

— Tudo bem aí dentro? — irmã Jude me pergunta.

— Estou bem — minto, mas não estou.

Acho que os conselhos médicos de Frank não estavam corretos. Não acho que focar a alegria de outras pessoas vai funcionar para curar a minha ansiedade. Tentei passar a manhã toda deixando as pessoas ao meu redor mais felizes e fui recompensada com um hematoma na cabeça, mãos escaldadas, um encontro indesejado com um cara e uma crise de pânico.

Encaro minha boca no espelho.

Sorria, digo a mim mesma.

Sorria.

Li uma vez que fingir um sorriso pode enganar nosso cérebro, fazendo-o acreditar que estamos felizes, o que, por sua vez, pode fomentar sentimentos reais de felicidade.

Encaro meu reflexo sorridente, pasma. Contemplo meus próprios olhos mortiços enquanto sorrio feito uma lunática para mim mesma, como um chimpanzé demente.

• • •

Estou abrindo as caixas nas quais derramei café para inspecionar se destruí o conteúdo delas. Arranco a fita de uma, esperando descobrir algo que possa ser limpo sem dificuldades. Fico desapontada ao revelar pilhas e pilhas de papel encharcado. Puxo uma das folhas molhadas para fora da caixa.

O papel diz, em tipografia grande e vermelha: SALVE SUAS CRIANÇAS DA HOMOSSEXUALIDADE.

— Que porra é essa? — digo em voz alta.

— O que aconteceu com os folhetos?! — Barney lamenta às minhas costas.

— Não faço ideia! — minto.

• • •

Oi, Gilda! É o Giuseppe. Está livre para um sushi na sexta-feira?, recebo por mensagem de um número desconhecido.

Começo a digitar que não, mas apago a mensagem.

Sinto muito, escrevo no lugar. *Já tenho planos.*

Sem problemas! Que tal na próxima sexta? Ou no próximo sábado?

Às pressas, vasculho a minha mente, procurando por uma desculpa plausível que possa ser usada para rejeitar as duas datas propostas. Talvez eu devesse fingir que sou o único respaldo para minha avó de idade avançada, que não tenho uma única noite livre.

Não, não vai funcionar. E se ele pedir para conhecê-la?

Talvez devesse dizer que tenho uma doença terrível, que minhas noites são lotadas de consultas médicas e exames de sangue.

Não, isso também não vai funcionar. Ele poderia dizer a Jeff. Já é difícil o bastante fingir ser uma católica solteira, não vou dar conta de ser uma católica solteira e doente. É muita coisa.

Digito e apago, digito e apago, até que por fim escrevo: *No sábado seria ótimo.*

Na sexta-feira, vou simplesmente escrever para ele e dizer que peguei uma gripe.

Fantástico!, ele responde.

...

— Como você cortou sua mão? — a enfermeira, dando pontos em minhas articulações, pergunta.

Eu dormi com o aquecedor ligado na temperatura alta demais. Acordei com minhas próprias arfadas, os pulmões repletos de ar quente. Achei que meu apartamento estava pegando fogo. Me sentia atordoada e confusa. Comecei a gritar "Cadê o gato? Não quero que o gato morra!" antes de me lembrar que não tenho gato nenhum. Quando processei isso, meu cérebro também já registrara que não havia chamas nem fumaça.

Diminuí o nível do aquecedor. Então fui para o banheiro, confundi meu próprio reflexo com um intruso e soquei o espelho.

— Quem é você?! — gritei, cerrando rapidamente o punho e tentando me defender.

Meu reflexo rachado e eu rimos quando nos demos conta do meu engano.

— Como você cortou sua mão? — a enfermeira repete.

— Ah — deixo escapar. — Fui puxar uma coisa do lixo e não percebi que tinha vidro quebrado lá dentro.

A verdade é complicada demais para se explicar.

Estou tendo dificuldades para manter minha mão parada. Estou tremendo involuntariamente.

Ela para o que está fazendo e pergunta:

— Você está nervosa?

— Um pouco, sim — respondo.

— Eu também tenho alguns problemas com ansiedade. — Ela sorri. — Já tentou a técnica da consciência plena?

— Não. O que é isso?

— É prestar atenção de um jeito específico — ela explica. — Intencionalmente, no momento presente. Talvez ajude. Quer tentar?

— Tudo bem — respondo, muito embora estar profundamente presente neste momento, em que tenho meus dedos costurados, pareça desagradável. — O que eu tenho que fazer?

— Pense nos seus sentidos. Pergunte a si mesma: O que estou vendo? O que estou ouvindo? Qual cheiro sinto? Qual gosto? Que sensação identifico? Que tal dar uma olhada na sala e me contar o que você vê?

Olho de relance pela sala.

— Coisas de hospital — respondo.

— Como o quê? — ela indaga.

Olho para a parede.

— Um pôster falando da vacina contra a gripe.

— O que mais?

— Uma cadeira preta.

— O que mais?

— Você.

— Que cheiros você sente?

— Nenhum. Alvejante, acho.

— O que está ouvindo?

— O ventilador no teto. Gente conversando fora da sala.

— Sente algum gosto?

— Meu chiclete.

— Sente alguma outra coisa?

— Dor nos dedos, acho. — Baixo os olhos para minhas mãos: uma está engessada, e a outra, ensanguentada com pontos. — E dor no braço — digo, erguendo o gesso para a enfermeira ver.

...

Vejo estrelas no céu escuro pela janela do meu quarto. Vejo um pouco de neve caindo. Vejo minhas cortinas balançando. Vejo as silhuetas indistintas dos meus móveis. Vejo a louça empilhada ao lado da minha cama e espalhada pelo resto do quarto. Sinto o cheiro do meu cabelo sujo e do burrito que comi deitada na cama. Ouço carros na rua do meu apartamento, os pneus passando por neve derretida. Ouço a geladeira zumbir. Ouço o ar entrando e saindo de minhas narinas. Sinto os cobertores em minha pele. Sinto a dor em meu braço quebrado e nas juntas dos dedos.

Penso profundamente na dor em meu braço e nos dedos. Me sento na cama. Onde estão meus analgésicos?

Começo a revirar os bolsos das roupas. Procuro atrás do espelho do banheiro, no balcão da cozinha e debaixo da cama.

A sensação dolorida pulsa.

Esvazio o filtro do aspirador, apesar de saber que não o usei nos últimos seis meses.

Sei que não joguei os analgésicos fora sem querer porque passei os últimos dois dias examinando meticulosamente todos os meus cestos de lixo.

Jogo todas as roupas das minhas gavetas sobre a cama desarrumada. Vasculho a cômoda vazia. Abro minha mochila. Procuro em cada bolso.

Me deito no chão, minha respiração pesada, e agora me concentro na dor pulsante que irradia de meu braço e meus dedos.

Encaro o teto e, então, encaro a mim mesma.

Espera. Eu estou encarando a mim mesma?

Como eu poderia estar encarando a mim mesma?

Este é meu rosto. Estes são meus olhos; este é meu corpo, vestindo minha camiseta, minha calça e minhas meias.

— Pense na sensação de dor — me instruo, tentando me manter sintonizada com meu corpo.

Não sinto nada. É como se eu fosse um cadáver.

— Pense na sensação de dor — sugiro novamente a mim mesma, sentindo minha força vital ser puxada para os céus.

— Pense na sensação de dor! — repito, sentindo-me elevar acima da cidade, acima do país, acima do planeta, acima do sistema solar, acima da galáxia, até a escuridão profunda, vasta, vazia.

Encaro, lá embaixo, a partícula do universo que meu corpo ocupa.

Sou um ácaro; sou menor do que um ponto.

...

— Um dia, vocês vão morrer — a voz retumbante de Jeff ecoa pela igreja. — Todo mundo aqui vai morrer um dia.

Estou roendo as unhas. Gostaria que ele tivesse escolhido outro assunto.

— Olhem ao seu redor — ele instrui. As pessoas se remexem nos bancos. — Alguns de nós não estarão aqui no ano que vem.

Um bebê começa a chorar.

— É importante lembrar que cada dia que passa nos aproxima do dia em que morreremos.

Ele segue em frente, monótono, dizendo palavras como "vida eterna", "o mistério pascal" e "sacrifício". Olho de esguelha para as pessoas próximas a mim, esperando trocar um olhar com alguém tão perturbado quanto eu estou com este sermão. Observo seus olhos brilhantes, assistindo a Jeff no púlpito, serenos, absorvendo suas palavras, balançando a cabeça em concordância.

...

Estou me camuflando com sucesso como católica há quase duas semanas. Escapei por um triz em alguns momentos. Ontem, por exemplo, eu guinchei "Jesus Cristo!" depois de topar com o dedão do pé em um genuflexório, bem na frente da Liga das Senhoras Católicas.

Quando Barney comentou que meu futuro marido será um homem de sorte, eu soltei uma risada pelo nariz e falei "Até parece". Em geral, contudo, fui aceita como aquilo que estou me mostrando ser.

Sou uma garota católica bem-educada.
Leio a Bíblia.
Espero, um dia, ter um marido devoto.
Irei para o paraíso quando morrer.
— Gilda? — Jeff interrompe meus pensamentos.
Ergo os olhos para ele.
— Você vai atender? — ele pergunta, indicando o telefone em minha mesa, que está tocando.
— Ah — eu gaguejo. — Sim, é claro.
Ele dá um sorriso fraco.
— Alô? — Levo o aparelho à orelha, esperando ouvir a mulher senil que está sempre ligando para perguntar o horário da missa. Jeff saiu da sala, então eu brinco com a ideia de dizer a ela que a Igreja Católica foi cancelada, que ela deveria aproveitar o restante de seus domingos sem se preocupar com a missa.

— Olá, sou a Delegada Parks do departamento de investigações da polícia municipal — uma mulher de voz grave responde. — Estou ligando para falar de Grace Moppet. Ela trabalhava neste local, correto?

— S-sim — respondo. — Bom, foi o que me disseram. Na verdade, eu sou a substituta dela. Não a conheci.

— Alguma pessoa presente que tenha a conhecido?

...

Estou com o telefone à orelha, no modo silencioso.

Estou ouvindo Jeff às escondidas enquanto ele conversa com a polícia.

— Grace foi ao hospital diversas vezes no inverno passado — a delegada diz a ele. — Nossos registros mostram que ela teve pneumonia, sofreu uma queda e realizou uma grande quantidade de exames. Ela parecia bem no trabalho? Saudável?

— Ela tirou alguns dias de licença médica — Jeff responde. — Mas tinha uma boa disposição. Parecia bem feliz e satisfeita. Parecia saudável.

— Ela passou por uma ressonância magnética em janeiro — a delegada diz. — Parece que o exame mostrou um princípio de demência. Ela conversou com você a respeito disso? Exibiu algum sintoma da doença?

— Ah, meu Deus. — A voz de Jeff suaviza. — Não, ela não mencionou nada para mim. Era esquecida, mas a doença não deve ter avançado muito enquanto ainda estava conosco. Ela parecia bem. Posso perguntar por que estão examinando os registros médicos de Grace?

A policial pigarreia.

— Não sei se tem lido as notícias, senhor, mas uma enfermeira da região chamada Laurie Damon confessou recentemente ter administrado, de forma intencional, sobredoses de remédios em pacientes idosos, para dar fim à vida deles. Nosso departamento foi encarregado de investigar todos os pacientes dela, para determinar se podem ter sido suas vítimas. Infelizmente, o motivo de minha ligação é que nossos registros mostram que Grace foi uma das pacientes de Laurie Damon.

Jeff fica em silêncio.

— Entendo — ele murmura depois de um momento. — Uma notícia difícil de se ouvir.

— Sinto muito — a delegada diz, sua voz mais suave. — É possível que ela não tenha sido uma das vítimas. Estamos só investigando todos os casos possíveis, para garantir que a justiça seja feita da maneira correta.

Jeff pigarreia.

— Deus abençoe vocês por isso.

• • •

Pesquiso "Laurie Damon" no Google e leio todas as notícias que aparecem.

Ela foi à polícia e confessou ter matado os pacientes.

Era enfermeira há mais de vinte anos.

Seus pacientes vivos estão perplexos com a situação.

"Meu juízo de caráter deve ser péssimo", Mae Ross relata. "Achei que Laurie fosse uma pessoa boa."

• • •

Estou passando os dedos pelo tecido da almofada de meu assento. Extremamente sintonizada com a sensação da ponta dos dedos se movendo pelos fios entrelaçados. Minha mente se agita com o fato de eu estar sentada em uma cadeira ocupada recentemente por uma mulher que está agora morta, e que talvez tenha sido assassinada.

Me pergunto com qual frequência ocupo espaços recentemente habitados por pessoas mortas.

Me pergunto quem vai ocupar os espaços que habitei depois que eu estiver morta.

Se eu for enterrada, meu caixão vai ser meu último espaço. Ninguém nunca vai ocupar aquele espaço além de mim. É um consolo ter um local reservado para sempre apenas para mim.

Imagino que insetos talvez venham morar comigo.

Roedores.

Começo a pensar em minhocas.

Vermes.

Pare.

Abro a Bíblia à minha frente com um estrondo, sacudindo a cabeça como se ela fosse uma lousa mágica. Imagens de cavidades oculares e larvas se desintegram em minha mente feito um quebra-cabeças desmontado. Luto para impedir que a imagem se reconstrua, cantarolando e dizendo a mim mesma para ler algo que me distraia.

Escolho uma página arbitrariamente, como se estivesse escolhendo cartas de tarô. Decido que a página em que eu parar, qualquer que seja, foi oferecida a mim por algum poder cósmico superior.

Encaro meu trecho predestinado e absorvo a história sobre uma mulher de nome Jezebel que é atirada de uma janela, pisoteada por cavalos e devorada por cães.

...

Uma notificação de um novo e-mail aparece no computador. É de Rosemary.

Grace,

Nem consigo dizer quanto fiquei feliz por finalmente ver seu nome em meu e-mail!

Você esteve doente? Lamento por isso. O que houve?

Estamos bem por aqui, levando tudo em conta. A cerimônia para o Jim foi linda, e as crianças têm sido de enorme ajuda para mim. Tenho muita sorte.

Também sei que meu Jim gostaria que eu ficasse bem, então estive focando minha arte e minha gata. Como estou tentando ser uma "mãe de pet" melhor, coloquei a Lou em uma dieta bem regrada. Ela já perdeu meio quilo desde então, mas não para de tentar entrar escondida nos armários. Eu a encontrei dentro do cesto de lixo há alguns dias. Ela tinha comido meia casca de banana, juro por Deus.

Espero que se recupere logo, Grace.

Com amor,
Rose

Sinto meu coração se apertar nas profundezas do meu corpo. Começo a digitar "Grace pode ter sido assassinada...", e então Jeff entra na sala. Ele me vê digitando e sorri.

— Você está sempre com a mão na massa, não é?

Assinto com a cabeça. É isso aí, essa sou eu.

— Não vou te interromper — ele diz, entrando no próprio escritório.

Fico sentada e imóvel por um minuto inteiro, pensando na tristeza na voz de Jeff quando ele falou de Grace com a polícia. Penso em quão terrível deve ser a sensação de saber que um amigo ou amiga não apenas morreu, como também tenha talvez sido assassinado. Imagino aquela viúva enlutada vendo um e-mail de Grace em sua caixa de entrada e se sentindo feliz. Eu a imagino abrindo a mensagem, ansiosa para saber o que diz sua amiga, lendo que essa amiga está morta e, aí, tendo um ataque cardíaco.

Apago o que estava escrevendo e digito:

Rose,

Fico feliz por saber que você está bem. Também estou empolgada por Lou estar emagrecendo e ficando saudável.
Um gato desapareceu no meu bairro. Se a Lou se perdesse, aonde você acha que ela iria?

Com amor,
Grace

• • •

O sushi no sábado ainda está de pé?, Giuseppe me envia por mensagem.

Merda.

Eu tinha esquecido.

Me desculpe, acabei marcando outro compromisso no mesmo dia, minto. *Podemos remarcar?*

É claro! Que tal no próximo fim de semana?

Combinado, escrevo.

• • •

Chego no trabalho na manhã seguinte e encontro mais um e-mail de Rosemary me aguardando.

Grace,

Acho que a Lou entraria debaixo da varanda dos fundos e ficaria lá até alguém encontrá-la. Essa minha Lou é bem medrosa.

Está começando a fazer muito frio. Espero que o gato que fugiu seja encontrado logo e não acabe congelando por aí. Não dá para acreditar que já estamos em dezembro, não é? O tempo está passando tão rápido...

Já está com tudo pronto para o Natal?

Com amor,
Rosemary

• • •

Estou usando a lanterna do celular para espiar sob as varandas de meus vizinhos.

— Botinha?... Botinha? — grito.

Minhas mãos estão geladas, meus pés doem, e eu começo a aceitar a realidade sombria de que Botinha se foi. Morreu. Continuo a gritar "Botinha", para assegurar a qualquer um que me vir em seu quintal que não sou uma assaltante.

— Botinha?... Botinha?... Botinha? — Faço sons de clique com a língua e continuo repetindo o nome, sem sucesso.

...

Nas noites de inverno, sempre fico procurando por janelas iluminadas e cortinas abertas. Gosto de ter um vislumbre do interior da casa de outras pessoas. Vejo qual programa a TV está exibindo. Olho para os móveis. Mesmo quando está passando algo desinteressante na TV, mesmo que a casa esteja repleta de móveis feios e fora de moda, sempre desejo estar lá dentro.

Tem uma árvore de Natal na casa do outro lado da rua. As luzes na árvore são todas brancas. Um gato está sentado no parapeito. Uma mulher toca piano.

Aperto o cachecol com mais força em torno do rosto e continuo a encarar o cenário além da janela. Penso no quanto o interior parece confortável, que o gatinho parece aconchegado.

Minha mente volta a divagar até Botinha. Penso na família aflita dele. Visualizo a imagem triste daquelas pessoas no Natal sem o amado bichinho de estimação. Visualizo uma cama de gato vazia ao lado de um pinheiro enfeitado, junto de um novelo de lã deprimente e intocado.

Minha mente vai mais longe, até Rosemary e a cena de uma velha mulher sem o marido no Natal. Penso no fato de ela ter passado quase a vida inteira ao lado dele. Visualizo a cadeira vazia à mesa de jantar. Visualizo Rosemary tendo dificuldades para fatiar o peru, porque era seu marido que costumava fazer isso. Penso nos dias que antecedem o Natal; imagino que ela se reconforta em seu luto, imaginando o quanto vai desfrutar da comemoração — mas, então, quando a data chega, ela se dá conta de que não está se sentindo melhor. Talvez até mesmo se sinta pior.

• • •

Abro o e-mail da igreja, aperto Responder e escrevo:

Querida Rose,

Tenho a mesma sensação a respeito do passar do tempo. No fim de cada dia, eu penso: Mas eu não acabei de acordar? Em cada ano novo, penso: Mas o ano passado não acabou de começar?

Rose, quero que você saiba que estou com você em meus pensamentos neste Natal. Nem imagino quanto está sendo difícil esta época do ano, depois de ter perdido o Jim. Por favor, me diga se há qualquer coisa que eu possa fazer para te ajudar a passar por isso.

Mande minhas lembranças à Lou.
Feliz Natal.

Sua amiga,
Grace

• • •

— Esta é a Gilda, minha convidada. — Eleanor me apresenta a um grupo de colegas de trabalho. Estamos na festa de fim de ano da empresa dela. Eu estou segurando uma bebida.

Estamos no salão de festas de um restaurante. "All I Want for Christmas Is You", da Mariah Carey, toca suavemente. As mesas estão cobertas com toalhas de linho vermelhas; velas brancas iluminam a sala.

— É um prazer te conhecer, Gilda. — Um dos colegas de trabalho me cumprimenta, sacudindo minha mão engessada com mais agressividade do que o necessário. Minha bebida respinga um pouco da borda do copo e molha minha mão.

Eu estava me demorando de propósito com a bebida, porque segurá-la me dava algo para fazer com as mãos. Não gosto de estar em situações sociais sem ter algo para fazer com as mãos.

— Como vocês se conheceram? — o homem que me fez derramar a bebida nos pergunta.

— Em um aplicativo de relacionamentos — Eleanor responde.

— Faz quanto tempo que estão saindo? — o outro homem bisbilhota.

— Só uns dois meses, não é, Gilda? — Eleanor se vira para mim.

Não faço ideia de quanto tempo faz que estamos saindo.

— A gente adora a Eleanor — o homem que me fez derramar a bebida diz enquanto eu luto para contribuir com a conversa.

— E o que você faz da vida, Gilda?

Dou um golinho na bebida, tentando conseguir um momento para formular a resposta.

— Sou assistente administrativa — respondo.

— Ah, e você gosta de trabalhar com isso? — o homem xereta. Bebo mais um gole.

— Quer ir procurar nossos lugares? — Eleanor me pergunta.

Olho em seus olhos e aceno, incerta se a pergunta significa que ela quer de fato encontrar nossos lugares ou se está sintonizada o bastante com meus sentimentos para entender que eu queria escapar da conversa.

— Com licença. — Eleanor sorri para os colegas de trabalho. Acho que ela entende.

...

Nossa mesa é em um canto do salão. Minha cadeira fica de costas para a parede, me dando uma visão do cômodo todo. Estou passando os olhos pela multidão, ouvindo os barulhos de pratos tilintando e vozes tagarelando.

Estou no interior de um ecossistema ao qual não pertenço. Essas pessoas passam juntas uma parcela significativa de suas vidas. Vão a reuniões, saem para tomar café ou almoçar. São uma comunidade com relacionamentos e objetivos conjuntos. É esquisito que eu esteja aqui. Me sinto um objeto estranho dentro de um corpo, esperando para ser rejeitado.

— Como está o seu braço? — Eleanor me pergunta.

— Meu braço? — repito, confusa.

Ela ri.

— Seu braço está quebrado, esqueceu?

— Ah. — Baixo os olhos para o gesso. Solto um pouco de ar pelo nariz. — Esqueci, na verdade. Às vezes dói, e às vezes eu nem noto.

— Imagino que agora seja um dos momentos em que você não nota?

Sopro ar pelo nariz de novo.

— Pois é.

— Acha que vão fazer uma festa de fim de ano no seu trabalho novo? — ela pergunta.

Tenho sido vaga com Eleanor em relação ao meu novo emprego. Disse a ela que estou trabalhando como secretária em um escritório, o que, tecnicamente, é verdade.

— Eu duvido — respondo.

Decido não mencionar que, mesmo que essa festa existisse, eu definitivamente não poderia levá-la como minha convidada.

— Qual é o nome da empresa? — Eleanor me pergunta.

— Empresa?

— Onde você está trabalhando — ela continua. — Seu trabalho novo. Onde é?

Tem um prato de doces folhados à minha frente. Em vez de responder, enfio dois deles na boca.

— Você gosta mesmo desses doces, né? — Ela sorri.

Balanço a cabeça, concordando.

— Obrigada por ter vindo comigo. — Ela dá um empurrãozinho em minha perna por baixo da mesa. — Sei que você não gosta muito desse tipo de coisa.

Olho para cima. Nos encaramos por um momento antes de ela rir.

— Você deve gostar muito de mim, pra ter vindo — ela diz.

Ela quer que eu diga que gosto dela.

— Sim, eu gosto muito de você — respondo.

...

— Como você quer que sua vida seja quando estiver velha? — Eleanor me perguntou.

Estávamos saindo havia pouco tempo. Era a primeira noite que eu passava na casa dela. Estávamos deitadas na cama, com as luzes apagadas.

— É difícil para mim me imaginar velha — respondi.

Quando era mais nova, eu ficava imaginando várias vidas diferentes para mim. Pensava em me tornar veterinária, ou trabalhar em um abrigo animal. Pensava em fazer faculdade, viajar, me mudar para bem longe.

Em outros momentos, pensava em talvez comprar uma van, reformá-la e viajar pela América do Norte. Eu gostava de devanear sobre o que poderia fazer, aonde poderia ir, o que poderia acontecer comigo. Não faço mais isso hoje em dia. Não consigo me imaginar velha.

— E você, o que quer? — perguntei a Eleanor.

— Quero morar em um chalé — ela disse. — Quero um jardim perene e árvores frutíferas. Quero aprender a fazer pão e a moldar argila. E quero um gato.

Um panorama difuso do jardim dela se formou em minha mente. Vi imagens enevoadas de malva-rosa e lavanda. Imaginei um gato laranja dormindo sob uma árvore com frutas.

— Parece legal — falei. — Como o gato se chamaria?

— Como você quiser — ela brincou.

• • •

— Parece que uma das vizinhas tem agorafobia — meu pai fofoca.

Minha mãe está servindo com uma colher pequenas colinas de ervilhas enlatadas em nossos pratos.

— Acho que o Joe, da casa ao lado, tentou limpar a entrada da garagem dela, e sabem o que ela fez?

Antes que qualquer um pudesse dar um palpite, ele nos conta:

— Gritou da janela para ele dar o fora do terreno dela.

— Deus do céu. — Minha mãe estala a língua.

— Dá para acreditar? — meu pai diz. — Parece que a mulher não sai de casa. Não quer ninguém por perto.

Ele olha para mim.

— Consegue imaginar ficar dias sem sair de casa, Gil?

Eu o encaro.

— Não é insano? — ele pergunta.

Eu olho para Eli. Ele está se servindo de vinho tinto. Já bebeu três taças na última meia hora.

— Enfim, é uma maluca — meu pai diz, e suspira. — Receio que tenhamos doidos na vizinhança, pessoal.

• • •

Eli está deslizando um marcador azul pelo meu gesso. O atrito da ponta de feltro contra o emplastro faz rangidos agudos. Ele está com um olho fechado e o outro aberto; cobrindo o desenho do cachorro-pênis com uma floresta. Desenhou pequenos pinheiros e montanhas. No momento, está desenhando um rio; a água reflete o céu e a linha das árvores.

Eu não sei desenhar. No ano passado, fui arrastada por minha amiga Ingrid e os colegas de trabalho dela para jogar Imagem e Ação. Precisei desenhar "o elefante na sala". Todos acharam que meu desenho, que eu pensava parecer um elefante em uma sala, era um sapo. "É um sapo em uma caixa?", Ingrid tinha exclamado.

— Não tinha nada a ver com um sapo — eu digo a Eli enquanto detalho a história.

Ele está usando um corretivo em caneta para desenhar ondulações no rio.

— Desenha animais na floresta? — peço a ele.

Ele desenha pássaros no céu, um pato na água e um cervo deitado sob uma árvore.

— Tentei pintar um quadro da Flop uma vez — digo a ele.

— Nossa coelha?

Faço que sim.

— Como ficou?

— Horrível.

...

Uma mulher musculosa, usando um rabo de cavalo baixo e roupas escuras e monocromáticas, está parada em frente a Jeff. De costas, ela parece com uma garota com quem saí, chamada Ruth. Nós namoramos por uns seis meses, quando eu tinha vinte e um anos. Ela terminou comigo. Falou que eu não tinha ambição e que era esquisita.

— Ruth? — Me aproximo da mulher, temendo que Ruth tenha reaparecido para arruinar meu disfarce.

Ela me odiava.

A mulher se vira e fico aliviada ao ver que não é Ruth. É uma policial um pouco parecida com ela.

— Gilda, esta é a agente Parks — Jeff diz.

Ela estende a mão para apertar a minha. Ofereço meu braço engessado.

— Prazer — ela diz, apertando, hesitante, os dedos que surgem do meu gesso. — Espero que isso não machuque seu braço.

— Não machuca — respondo, apesar de estar machucando um pouquinho. — O prazer é meu. Desculpe, achei que você fosse alguém que eu conheço.

— Ah, é? Quem? — ela pergunta.

Engulo em seco. Não posso responder isso.

— Err... — gaguejo. — Uma pessoa chamada Ruth. Era só uma amiga.

Por que falei *só* uma amiga?

— Era *uma* amiga, melhor dizendo — eu me corrijo.

Engulo em seco mais uma vez. A correção deixou a coisa pior.

— O que houve com seu braço? — ela muda de assunto, piedosa.

— Um pequeno acidente de carro.

— Ah, sinto muito por isso.

— Obrigada.

— Estava dizendo ao padre Jeff agora mesmo que estou investigando um caso envolvendo Grace Moppet. — Ela volta a redirecionar a conversa. — Tudo bem se eu der uma olhada por aqui? — ela pergunta a Jeff.

— É claro. — Jeff confirma com a cabeça. — Nos avise se precisar de alguma coisa.

Ela sorri.

— Obrigada.

...

O sushi amanhã ainda está de pé?, Giuseppe me envia por mensagem.

Merda.

Estou sonhando com sashimi, ele acrescenta, junto de dois emojis de sushi.

Não, eu respondo. *Sinto muito. Não estou me sentindo bem.* Adiciono dois emojis vomitando para harmonizar com o estilo de comunicação dele.

Ah, não!, ele responde com uma carinha triste. *Quer que eu leve sopa para você?*

Digito *não* mais uma vez, mas apago. *É muito gentil da sua parte*, opto por escrever. *Mas não, obrigada. Estou enjoada demais para comer.*

Será que deveria colocar mais emojis vomitando?

Ah, ele responde. *Tudo bem. Podemos remarcar.* Ele adiciona um rostinho feliz.

Com a testa franzida, respondo com outro rostinho feliz.

...

A igreja finalmente me pagou. Fui a uma cafeteria, para celebrar com um café; descobri, no entanto, que todo o dinheiro que saquei e guardei em minha carteira desapareceu. Estou começando a duvidar de meu ateísmo, porque essa pode ser a prova de que Deus existe e me odeia.

Estou segurando o café em uma das mãos e minha carteira vazia, desajeitadamente, com meu braço engessado. Uma funcionária no caixa está esperando que eu pague pelo café.

— São dois dólares e vinte e cinco centavos — ela me diz.

O calor do café é absorvido pela minha mão e sobe pelo meu corpo. Meu rosto está suando.

Eu costumo já estar com o dinheiro na mão antes de sequer entrar em uma loja. Faço isso porque segurar filas enquanto as pessoas esperam que eu revire minha carteira para pagar me deixa excessivamente ansiosa. Hoje, me senti ousada o bastante para entrar nesta cafeteria sem ativar meu procedimento neurótico, mas acabou que ele era uma atitude justificada.

— Eu não tenho dinheiro — confesso em um sussurro, a terrível compreensão tomando conta de mim.

O sorriso animado dela desaparece, dando lugar a uma expressão nervosa.

— Ah, err, bom, eu não tenho permissão para te deixar levar de graça...

— Eu não teria te pedido isso — gaguejo.

Ela pega o café de volta.

— Vou jogar na pia e pronto.

...

— Eu me casei logo depois de fazer vinte e cinco anos — Barney anuncia, orgulhoso. Ele está sentado na beirada da minha mesa.

A quantidade de espaço que seu corpo ocupa, tão próximo de mim, está me deixando desconfortável. Não paro de afastar minha cadeira lentamente.

Ele está me contando do próprio casamento porque nós dois acabamos de ver um jovem casal entrar no escritório de Jeff. Vieram vê-lo para o aconselhamento pré-matrimonial. Aparentemente, isso é algo obrigatório na igreja. Casais católicos precisam discutir o casamento com o padre antes de se casarem, apesar de padres serem proibidos de se casar e, teoricamente, não terem experiência alguma em relacionamentos românticos.

Me pergunto do que é que eles falam.

— Conheci minha esposa na igreja — Barney continua a tagarelar.

Não estou respondendo a nada do que ele diz, mas ele não reparou nisso. É um homem capaz de falar puramente consigo mesmo. Eu não estou contribuindo em nada com a conversa.

A agente Parks dá uma batidinha na porta aberta. Outro policial a acompanha.

— Bom dia — Barney os cumprimenta. — O padre Jeff acabou de entrar em reunião. Gostariam que eu o chamasse?

— Não, tudo bem — a agente Parks diz. — Podemos esperar.

Os dois se sentam nas cadeiras ao lado do escritório de Jeff.

— Enfim. — Barney se volta para mim. — Nosso casamento foi lindo. Foi simplesmente incrível. Nos casamos em abril, então estávamos preocupados que pudesse chover, mas, no fim das contas, fez um dia muito bonito. Foi maravilhoso, de verdade.

Gostaria que ele não estivesse sentado em minha mesa.

— Ela usou um vestido de renda, e eu, um terno.

Olho de relance para os policiais, que conversam aos sussurros.

— A irmã dela foi a dama de honra. Darla. Garota bonita.

Me pergunto do que estão falando.

— Ela vem de uma família ótima, minha esposa.

Observo os uniformes dos policiais. Eles têm brasões nos ombros. Estão usando gravatas. Por que o uniforme tem que incluir uma gravata?

— Pessoas ótimas, mesmo. Irlandeses.

Os sapatos não parecem muito práticos. Parecem sapatos formais masculinos. Será que conseguem correr com aquilo?

— Meu sogro, caramba, aquele cara era um tesouro. Vou te contar.

A agente Parks ergue os olhos para mim. Eu desvio o rosto no mesmo instante.

— E a mãe dela, então? Nos chamava para jantar todo domingo à noite. Dá para imaginar?

Odeio quando as pessoas me flagram olhando para elas.

— Ela cozinhava muito bem. Fazia bife de contrafilé e charuto de repolho. Era uma senhora incrível, de verdade. Fazia espaguete. Bife Wellington.

Encaro minhas mãos enquanto Barney divaga. A voz dele entra e sai de minha consciência, e eu penso em como se formam as rugas. Me pergunto quantas vezes a pele precisa se dobrar para que uma ruga se forme. Flexiono o punho. Olho para as linhas nas palmas das mãos.

— Quantos anos você tem? — Barney me questiona.

Eu não registro a pergunta. Estou hipnotizada por minhas mãos.

— Gilda? Terra chamando Gilda?

Ergo os olhos.

— O que você me perguntou?

— Quantos anos você tem?

— Vinte e dois — respondo. — Não, espera — me corrijo. — Tenho vinte e sete.

Ele ri.

— O tempo está passando.

...

Todas as peças de louça que tenho estão agora no chão do meu quarto. A ideia de recolher essas peças, que dirá lavá-las, me parece excepcionalmente árdua. Me imaginar erguendo uma xícara que seja me deixa sem fôlego. Um pouco mais cedo, havia me esticado para pegar uma delas e tive a sensação de ter corrido uma maratona. Adormeci quase de imediato.

...

Tem gelo nas minhas botas, minhas meias estão ensopadas e meus dedos dos pés estão congelando. Estou indo a pé para o trabalho. As ruas estão forradas de pilhas de neve suja e lixo. O ar frio faz minha garganta queimar, e meus lábios estão rachando. Olhando para a frente, noto que a neve está quase da mesma cor que o céu. É como se o mundo inteiro fosse esbranquiçado e cinzento.

Os postes estão envoltos com fitas vermelhas. Em postes alternados, aparece pendurada uma guirlanda murcha e desbotada pelo sol. A cidade deve reutilizar essas decorações todos os anos. As fitas estão amarrotadas e rasgadas em alguns pontos. As guirlandas, caindo aos pedaços.

...

Alguém morreu. Tem um caixão em frente ao altar da igreja, coberto de peônias brancas. Uma guirlanda verde está à direita do caixão, emoldurando a foto de uma adolescente bonita, com cabelo longo e preto. Um grupo de pessoas sentadas encara o caixão à frente. O lugar está em silêncio, exceto por fungadas intermitentes.

Há velas do advento no altar. Três delas são roxas e uma é cor-de-rosa. Jeff começou a acendê-las na semana passada. A cada semana, ele vai acender uma. Na semana passada, acendeu uma roxa; nesta semana, acenderá uma segunda roxa; na próxima, será a cor-de-rosa; e, na última semana, a última vela roxa. Me parece que o esperado seria que a vela rosa fosse a última, já que só existe uma; contudo, por algum motivo que não entendo, ela é a terceira a ser acesa.

A primeira vela, de acordo com Jeff, simboliza a esperança. A segunda representa a fé. A terceira, de cor rosa, simboliza a alegria e, a quarta vela, a paz.

Passo os olhos pela igreja e noto que a atmosfera não é de esperança, fé, alegria ou paz, pelo contrário. Parece sombria. Deprimente.

— Dai-lhe, Senhor, o descanso eterno — Jeff proclama. — Que a luz perpétua a ilumine.

A garota no caixão morreu em um acidente de carro. Havia gelo na estrada, e ela não estava usando pneus próprios para neve. Bateu em uma árvore.

Meu peito esvazia e infla conforme respiro.

Talvez eu esteja inalando e expirando profundamente demais.

Estou encarando o caixão imóvel, pensando na garota dentro dele, cujo peito está imóvel.

Ela tem os mesmos órgãos e partes do corpo que eu.

Ela tem pulmões.

Um coração.

Um cérebro.

Olho para as pessoas espalhadas pelos bancos. Olho para a boca de todas elas. Encaro a boca das pessoas na primeira fileira. A mulher que penso ser mãe da garota tem o rosto impassível. Sua boca está inerte. Ela parece em choque. O homem que penso ser o pai está com o rosto escondido nas mãos. Não consigo ver sua boca. Enxergo lágrimas emergindo de sob suas palmas, escorrendo por seu pescoço, umedecendo a gola da camisa. Continuo observando até ele finalmente revelar a própria boca, e testifico a expressão desolada em seu rosto.

Lágrimas se formam em meus olhos.

Desvio meu rosto deles e o direciono para outras pessoas nos bancos. Me pergunto há quanto tempo todos os outros aqui a conheciam.

Passo os olhos pelo rosto das pessoas sentadas nos fundos da igreja. Me pergunto quem são. Vizinhos antigos, talvez. Estranhos que trabalham com o pai dela.

• • •

Jeff passa apressado pela minha mesa, as mãos cobrindo o rosto. Ele não sabe que estou sentada aqui. Entrei de fininho quando o funeral terminou, para escapar da multidão. Ele não me vê; meu computador é tão grande que me esconde de seu campo de visão.

Ele está tendo dificuldade para destrancar a porta do seu escritório por causa das mãos trêmulas.

Lágrimas escorrem por seu rosto.

Estou imóvel em minha cadeira como um coelho frente aos faróis altos de um carro, torcendo para que ele não repare em mim.

Finalmente, ele abre a porta e arrasta os pés para dentro.

Ouço o *clic* da tranca sendo fechada.

• • •

Estou de cabeça baixa, encarando minhas mãos, tentando me distrair da imagem mental de Jeff chorando na sala ao lado. Estou olhando para o desenho que Eli fez no meu gesso. Estou observando os patos na água.

Jeff é um homem velho. Suas mãos tremem quando ele tenta segurar objetos. Sua voz é ofegante, sua postura meio que faz uma curva para dentro. Ele usa as calças altas demais.

Meus olhos ficam embaçados. Não consigo suportar a ideia de um idoso chorando.

Jeff deve comparecer a muitos funerais. É estranho que este o tenha afetado tanto.

Ouço-o fungando do outro lado da porta.

Eu deveria reconfortá-lo? E se eu cometer algum deslize? E se eu disser algo do tipo: *Não se preocupe, Jeff, a vida não faz sentido; o mero fato de existirmos já é estranho e inexplicável. Todos já estamos basicamente mortos no contexto geral das coisas e nossos sentimentos de tristeza não servem de nada, são apenas o jeito de nossos sacos de carne reagirem às substâncias químicas em nosso corpo.*

Ouço-o fungar mais uma vez.

Merda.

...

Bato na porta.

Ouço sons de agitação e a voz de Jeff, falhando:

— Só um instante!

Eu o escuto assoar o nariz antes de abrir a porta, exibindo um sorriso fajuto.

— Oi, querida — ele diz. — Entre.

Fito os olhos vermelhos dele. Suas íris estão cinza. Suas sobrancelhas afundaram sobre os olhos; olheiras, rugas e marcas da idade os cercam.

— Como posso ajudar, Gilda? — Jeff pergunta. Ele passa as mãos pelos tufos de cabelo branco que restam na cabeça.

— Está tudo bem? — eu pergunto.

Ele aperta os lábios enrugados e sorri. Noto que a luz é refletida em seus olhos lacrimejantes.

— Estou bem, obrigado, querida. Só tenho me sentido um pouco deprimido.

Não sei como responder.

— Por causa do funeral?

Ele assente, balançando a cabeça.

— Sim, por causa do funeral. — Ele limpa a garganta e toca o anel no próprio dedo. — Também tenho pensado muito em minha amiga Grace. A cerimônia hoje foi a primeira desde o funeral dela. Por isso, foi difícil não pensar na vida e na morte dela.

— O senhor descobriu se foi aquela enfermeira que a matou? — pergunto.

Me dou conta, depois que a pergunta me escapa, que talvez devesse tê-la fraseado com mais gentileza.

— Foi o Barney que te contou isso? — Jeff pergunta.

Abro a boca, depois a fecho e concordo com a cabeça.

— Ainda não sei — ele diz. — Mas, sim, isso tem me preocupado. É grande parte do motivo de eu não andar me sentindo muito bem, para ser franco. A questão tem me perturbado muito. — Ele investiga meu rosto e sorri. — Você é astuta, não é, Gilda? É boa em sentir o que há de errado com os outros. Esta é uma habilidade e tanto, sabia? Tenho sorte por ter alguém tão sagaz e atenciosa por perto.

Não sei como responder.

Sinto o princípio de um silêncio desconfortável começar a brotar.

— Eu andei pensando — falo sem pensar, tentando impedir que o silêncio cresça. — Talvez eu pudesse criar um site para a igreja, o que acha?

— Um site? — ele repete.

— Sim — digo, encarando e buscando aprovação na boca triste dele.

Ele abre um enorme sorriso.

— Você quer criar um site para a igreja?

...

Desenvolvo uma página única e estática em HTML com uma foto da igreja, o endereço dela e uma frase que diz: "Junte-se a nós na missa a qualquer dia da semana", e seria de pensar que alimentei cinco mil pessoas com dois peixes e cinco pães. Barney e Jeff estão enlouquecidos, mostrando nosso novo site a todos que entram na igreja. A agente Parks apareceu de novo por aqui hoje e Jeff disse a ela:

— A Gilda é uma gênia da informática! Ela fez tudo isso com uma mão só!

Barney acrescentou:

— Dá para acreditar que ela fez tudo em um dia?

...

Meu ego, agora inflado por toda a estima que os paroquianos idosos têm me oferecido por criar uma página na internet, está implorando que eu dê mais um passo. Em uma tentativa de contribuir para a modernização da igreja, e também para conter a culpa que sinto por estar enganando Jeff, tomei a iniciativa de criar um perfil no Twitter para a igreja.

Até o momento, dei apenas dois "likes" em tuítes inapropriados, esquecendo que não estava logada em meu perfil pessoal. Os dois tuítes inapropriados envolviam fotos de bundas de mulheres.

— Você está sendo de grande ajuda — Jeff me diz, colocando uma xícara de café em minha mesa.

— Obrigada — falo, preocupada que ele veja a tela do computador.

• • •

É aniversário da minha amiga Ingrid. Estou parada em frente ao apartamento dela com uma garrafa de vinho e um pato amarelo de pelúcia.

Ingrid e eu somos amigas de infância. Todo ano, em nosso aniversário, sempre presenteamos uma à outra com um animal de pelúcia. Não sei bem se ela vai se lembrar ou não dessa tradição.

Ela abre a porta. Está usando um batom vermelho vivo.

— Gilda! — Ela me abraça.

Está com cheiro de álcool.

— Entre! — ela gesticula, indicando que eu avance.

Um pequeno grupo de pessoas está sentado no chão em torno da mesa de centro.

Não conheço ninguém ali.

— Oi — me dirijo a todos no cômodo.

Todos erguem os olhos para mim.

— O que é isso? — Um cara de bigode enrolado indica com a cabeça o pato em minha mão.

— É um pato — respondo.

• • •

Quando Ingrid fez oito anos, comprei um panda de pelúcia para ela. Ela deu o nome de "Gil" ao panda, em minha homenagem. No mesmo ano, ela me comprou uma tartaruga-marinha de pelúcia. Eu a batizei de "Ing" em homenagem a ela. Nós brincávamos que Gil e Ing eram melhores amigas, assim como nós. Brincávamos que eram irmãs adotadas e que lutavam juntas contra os vilões. Por alguma razão, os vilões eram um boneco do Bob Esponja e uma pelúcia em tie-dye da Beanie Babies que decidimos chamar de Dr. Rude.

• • •

Ingrid nasceu um ano antes de mim. Ela repetiu a segunda série e sofreu bullying por isso. Eu também sofri bullying, por motivos que me são mais difíceis de determinar. Acredito que minhas habilidades sociais não eram das melhores. Encontramos uma à outra quando eu tinha sete anos, nos arredores do parquinho, tentando evitar todo o resto das pessoas. Dali em diante, começamos a nos sentar lado a lado nas aulas. Nosso senso de humor era parecido, assim como nossos gostos musicais e por programas de TV, e o trauma por causa do bullying nos uniu. No colegial, organizamos nossos horários de aulas da mesma forma. Ela foi minha dupla em todos os trabalhos em dupla, dos meus sete até os dezoito anos.

...

Em seu aniversário de dezessete anos, Ingrid fez uma festa do pijama. Além de mim, ela convidou duas outras garotas, chamadas Kylie e Fatima. Eu não conhecia Kylie e Fatima muito bem.

Naquele ano, dei a Ingrid um urso-polar de pelúcia. Ela soltou um gritinho quando abriu a embalagem de presente, entusiasmada.

Kylie e Fatima riram do meu presente. Kylie sussurrou alguma coisa no ouvido de Fatima. Eu não ouvi, mas tenho quase certeza de que foi algo depreciativo.

A janela do quarto de Ingrid estava aberta, e nós nos aglomeramos em torno dela, fumando cigarros de cravo e soprando a fumaça para fora.

— Você tem namorado? — Kylie me perguntou.

Eu tinha começado recentemente a usar um bracelete de arco-íris, apesar de preferir não vestir cores chamativas, só para evitar ter que estabelecer minha orientação sexual com as pessoas com quem interagia.

Ergui o punho, mostrando o arco-íris que indicava que eu era lésbica.

— Ai, meu Deus, você não devia estar numa festa do pijama com outras meninas — ela disse.

Antes que eu sequer pudesse processar a ofensa, Ingrid me defendeu. Garantiu a Kylie que eu não era uma maníaca sexual e disse a ela que calasse a boca.

— Ainda assim, não é como se fosse um garoto dormindo aqui? — Kylie perguntou.

Em um momento de coragem, eu falei:

— Kylie, você não faz meu tipo, então não precisa se preocupar.

Aquele comentário deve ter provocado alguma insegurança nela, porque sua postura mudou. Ela passou o resto da noite falando comigo, se interessando pelo que eu dizia. Quando as outras garotas dormiram, ela tentou me beijar. Eu não quis.

Tempos depois, ela espalhou um rumor de que eu a estava perseguindo. Um de nossos professores telefonou para minha casa e disse a meus pais que eu não tinha mais permissão de falar com Kylie na escola. Eu já não falava com ela antes disso, de qualquer forma. Meu pai me disse para parar de usar o bracelete e ficar na minha. Ingrid rompeu a amizade com Kylie por conta disso, mas muitas pessoas acreditaram que eu era uma tarada.

...

Meu celular vibra.

Olho para baixo e vejo uma mensagem de Giuseppe. Ela diz: *Oi, Gilda! Sei que está um pouco em cima da hora, mas você está livre hoje à noite?*

Checo o horário. São nove da noite. Será que encontros de última hora às nove da noite significam, para católicos heterossexuais, a mesma coisa que significam para nós, lésbicas ateias? Espero que não, porque 1) este homem me conhece como a recepcionista de uma igreja católica, o que pode ser um insulto à personagem que estou representando, e 2) eu preferiria levar um tiro na cabeça.

Se eu não parar de dizer que estou ocupada, ele vai suspeitar que há algo errado.

Passo os olhos pelo apartamento de Ingrid. Tiro uma foto dela do outro lado do cômodo.

Mando a foto para ele, orgulhosa por ter uma prova de que estou ocupada, e escrevo: *Não posso, me desculpe. Estou na festa de aniversário da minha amiga.*

Sem problemas. Diga a ela que eu desejei um feliz aniversário!, ele responde. *Que tal no sábado que vem, então?*

Me desculpe, vou estar trabalhando, respondo.

Posso te buscar na igreja depois do seu expediente, o que acha?, ele escreve.

Tento pensar em uma desculpa.

Digito: *Certo, ótimo.*

No sábado que vem, vou fingir que quebrei a perna ou algo assim.

...

— Não acredito que estou com vinte e oito anos — Ingrid se lamenta na sacada do apartamento. — Parece que a gente tinha quinze agorinha há pouco, não é?

Concordo com a cabeça. *O tempo está passando.*

— Juro que se eu acordasse amanhã na casa dos meus pais, na minha antiga cama, e me dissessem que tudo que aconteceu de lá até aqui foi só um sonho e que eu preciso ir para a escola, eu acreditaria — ela diz. — Eu superacreditaria.

— Eu também — respondo.

Se eu acordasse amanhã e me dissessem que minha vida inteira foi uma simulação, eu acreditaria.

— Acha que o resto da nossa vida vai passar tão rápido assim? — ela pergunta.

...

Ingrid está bêbada. Está dançando na cozinha com o pato de pelúcia que dei a ela.

Seus amigos estão o tempo todo falando de pessoas que eu não conheço. É difícil contribuir com a conversa. Para preencher o tempo, estou bebendo demais.

— A Molly é anoréxica — uma garota de franja reta anuncia para a sala.

— O Tommy fez a tatuagem mais idiota do mundo.

— Viram a foto de perfil da Isla? Quase parei de seguir ela.

Eu pensei em não vir à festa. Não tive vontade de sair de casa. Mal conheço Ingrid hoje em dia, e não gosto de estar perto de pessoas que não conheço.

Dou um gole em minha bebida.

Observo Ingrid rodopiar pela cozinha com o pato.

Dou mais um gole e descubro que meu copo está vazio.

Ingrid e eu não somos mais amigas próximas. Ela não é mais a mesma pessoa. É adulta. Eu não a conheço; conheço a versão adolescente dela. Estou nesta festa porque, como amiga, me sinto em dívida à sombra da criança que Ingrid costumava ser. O mero fato de eu estar aqui já é estranho. Me pergunto quanto tempo leva para as células em nosso corpo serem substituídas. Me pergunto se, literalmente, não sou mais a mesma pessoa que era quando Ingrid e eu éramos amigas.

Beber álcool é bizarro. Estou me envenenando.

— Alguém quer um pouco do meu vinho? — ofereço em voz alta, decidindo que quero me livrar do que resta em minha garrafa.

A garota de franja reta estende o copo para mim.

— Valeu. — Ela sorri enquanto sirvo a bebida. — Foi mal por estarmos falando de gente que você não conhece.

— Sem problemas.

Ela me mostra o próprio celular, exibindo uma foto de uma garota com cabelo castanho denso e olhos azuis.

— É dela que estamos falando. Ela é esquisita, não é?

Estreito os olhos, fitando a foto.

— O que você acha? Acha que ela é esquisita?

— Err... — examino a imagem.
— Seja sincera.
— Certo, err...
— Só diga o que acha de verdade.
Não sei o que dizer.
Ela balança a cabeça, me encorajando a falar alguma coisa.
Fale alguma coisa.
— Acho que a nossa aparência não significa nada — balbucio.
— Somos só esqueletos cobertos de pele.
A garota me encara.
Me sinto fora do meu corpo.
Ela ri.
— Não, sério, o que você acha?

...

Estou em um bar com Ingrid e os amigos dela. Eu gostaria de não estar aqui. Estou tentando escapar do ambiente ao imergir em meu celular. O sinal está fraco dentro do bar, então recorri a reler minhas conversas recentes. Me dei conta de que Eleanor me enviou oito mensagens hoje e que esqueci de responder a todas elas. O bar está barulhento demais e as pessoas não param de roçar os braços em mim. Me sinto embriagada e desconfortável.

Serpenteio em meio a uma multidão e levanto o celular acima da cabeça.

Oi, escrevo para Eleanor.

A mensagem não é enviada.

Oi, escrevo mais uma vez.

Falha no envio.

Oi.

Oi.

Oi.

A mensagem fica azul. Uma pequena notinha abaixo dela diz: *Lida 1h23.*

Um balãozinho me informa que Eleanor está digitando.

Você me ignorou o dia todo, ela envia.

A bebida de alguém respinga de um copo e escorre pelas minhas costas. Um homem está pulando ao meu lado, esfregando os braços nos meus. Sou engolfada por um impulso primitivo de berrar. Talvez, se eu agir feito uma louca, possa assustar e afastar as pessoas ao meu redor. Talvez, se gritar o mais alto que consigo, terei o espaço pessoal de que preciso para respirar algum ar que não tenha sido exalado por terceiros.

Estou quase bêbada o bastante para ceder ao impulso de gritar, mas sou contida pelo treinamento que me foi imposto para demonstrar estar bem mesmo em situações em que estou chorando por dentro. Mantenho a compostura.

Estou em um bar, digito para Eleanor, decidindo não responder ao comentário dela. Gostaria de não tê-la ignorado, então, se eu fingir que não ignorei, talvez seja como se não fosse verdade.

Ela não responde.

Queria não estar aqui, digito.

Ela não responde.

Pode vir me buscar?

...

Eleanor está me levando de carro para casa. Ela me ajudou a apertar o cinto de segurança, porque minha destreza não está das melhores.

— Você bebeu demais — ela comenta.

Meu cérebro parece muito pequeno para o meu crânio. Sinto que ele está chacoalhando dentro da minha cabeça.

— Sua amiga gostou do aniversário? — Eleanor pergunta, enquanto ajusta o aquecedor.

— Ela sente que tem quinze anos — digo.

— O quê?

— Deixa pra lá.

— Você se divertiu? — ela pergunta.

Soluço.

— Não.

Observo montinhos de neve arrastados até o meio-fio passarem em um borrão pela janela conforme disparamos pela rua. Estou pensando em como está quente dentro deste carro, em como faz frio do lado de fora.

Começo a pensar em pessoas desabrigadas no inverno. Penso em como seria dormir na neve. Penso em estar com sede e não ter água limpa para beber. Começo a me sentir culpada por ter uma cama entre quatro paredes, por ter água. Abaixo o vidro da janela. Ar gelado acerta meu rosto.

— Por que abriu a janela? — Eleanor me pergunta. — Feche. Está congelando.

— Desculpa — digo, me dando conta, enquanto tento fechá-la, que sou egocêntrica em um nível nojento. Eu decidi que não merecia estar confortável e deixei Eleanor desconfortável por tabela. Não consigo descobrir como fechar a janela. Estou destrancando e trancando as portas sem parar.

Eleanor usa o controle de pais, que fica do lado do motorista, para fechar minha janela por mim.

— Desculpe por isso — eu repito.

Ela ri pelo nariz.

— Tudo bem.

• • •

Jeff arremessa violentamente sua xícara de café na cuba da pia. A porcelana se estilhaça ao acertar os outros pratos sujos, e a bebida respinga para fora da pia, acertando o balcão. Ele se vira, alheio, até então, à minha presença atrás dele. Nossos olhos se conectam; fico imóvel, alarmada por ter testemunhado sua manifestação de raiva.

Nossa competição de "quem pisca primeiro" logo é vencida por mim quando Jeff cede e começa a chorar.

Eu entrei no cômodo planejando curar minha ressaca com uma quarta xícara de café. Não vim preparada para isso.

— Você está bem? — gaguejo, incapaz de disfarçar quanto estou assustada pela intensidade e inconstância das emoções de Jeff.

— Grace — ele diz, chorando por trás das mãos. — A agente Parks me ligou. O exame toxicológico identificou a morte dela como suspeita.

— Deus do céu — respondo, em voz baixa.

Cacete. Não devia ter usado o nome de Deus em vão.

— Sinto muito — acrescento rapidamente. — Pela Grace e por dizer "Deus"...

— Não consigo acreditar. — Ele continua chorando, as mãos na frente do rosto. Seus ombros estão tremendo.

Eu deveria abraçá-lo?

— Vai ficar tudo bem — digo, colocando a mão em seus ombros trêmulos.

Ele me abraça com força. O aperto inesperado expulsa meu espírito do corpo. Do teto, assisto à minha própria mão dar tapinhas nas costas de Jeff enquanto ele soluça em minha camisa.

• • •

Por que alguém mataria uma senhora de idade?

Estou contemplando o rosto da enfermeira assassina. Abri o link de uma notícia no meu computador. Estou examinando a fotografia dela. Ela tem cabelo castanho curto e usa óculos. Tem rugas entre as sobrancelhas e sua pele é bronzeada, envelhecida.

Eu poderia dar um passo em falso, cair do meio-fio e ser esmagada por um ônibus. Poderia me engasgar com um pedaço de pão. As artérias em torno do meu coração poderiam estar entupindo neste exato momento. Provavelmente já tenho câncer. Alguém no meu prédio poderia queimar uma pizza congelada hoje à noite e me fritar até a morte enquanto durmo. Um mosquito poderia me transmitir malária. Não sei identificar se estou ou não inalando monóxido de carbono. Eu poderia ser atingida por um raio. Poderia ter um aneurisma. Poderia morrer de fome. Um tornado poderia me arrancar da minha cadeira e me lançar nos céus. Eu poderia ter um derrame. Poderia ser soterrada por um tsunami ou um terremoto. Poderia pegar raiva. Poderia me afogar em uma correnteza. Poderia pegar a peste. Um buraco poderia se abrir na terra e me engolir. Eu poderia ter febre tifoide… e um psicopata poderia me matar? É difícil assimilar o fato de que uma pessoa pode deliberadamente dar fim à vida de outra. Com todos os jeitos de se morrer que já pairam sobre mim, também preciso me preocupar com psicopatas?

...

Estou encarando intensamente minhas próprias mãos. Estou sentada em um banco, me concentrando nas rugas em minhas juntas e nas veias sob minha pele. Estou pensando que essas sempre foram minhas mãos. Eu nasci com elas. Usei-as para segurar mamadeiras, blocos de montar, gizes de cera. Tudo que já comi na vida. Todos os livros que já li. Tudo que já toquei foi usando estas extremidades.

Nunca vou ter outras mãos senão estas.

— Que o Senhor esteja convosco — a voz de Jeff ressoa pela igreja.

— Ele está no meio de nós — eu repito em uníssono com a multidão.

— Oferecei uns aos outros a saudação da paz.

Todas as pessoas ao meu redor se viram para estender as mãos enrugadas em minha direção.

— Que a paz esteja com você — eles me dizem, apertando minha mão fria e úmida.

Encaro intensamente as mãos que apertam a minha. A pele é enrugada, transparente, manchada. Penso que essas mãos, em dado momento, já foram mãos de bebê. Penso em bebês agarrando os dedos de adultos. Penso que essas pessoas provavelmente já tiveram seus próprios bebês, os seguraram com essas mesmas mãos.

— Preciso apertar as mãos de outras pessoas também, querida — um homem velho me diz, tentando se afastar de mim.

— Desculpa — digo, soltando a mão dele.

Penso em mãos de cadáveres. Penso em esqueletos. Baixo os olhos para os ossos em minhas mãos e tento contar quantos existem ali. Tem pelo menos três em cada dedo. Será que articulações têm ossos também?

— O corpo e o sangue de Cristo — Jeff exclama à frente da igreja, erguendo um cálice e um pequeno vaso de ouro, cheio do que, supostamente, é o corpo do próprio Jesus Cristo.

Olho de relance pelo lugar para ver se mais alguém parece intimidado por esse conceito macabro e canibal.

A multidão ressoa com um "Amém" confiante; me dou conta, com isso, de que estou sozinha em meu desconcerto.

Jeff leva um pedaço de Deus à boca e mastiga.

Espero que o perfume que estou usando disfarce que não tomei banho hoje. Para ser sincera, não me lembro de quando foi a última vez que tomei banho. Para poder fazer isso, preciso revestir meu gesso com sacos plásticos de mercado e ficar com o braço para fora da cortina do chuveiro. É difícil reunir a motivação para encarar esse tipo de tarefa.

Para ser ainda mais sincera, eu praticamente não tomava banho antes de quebrar o braço. O único lado bom de tê-lo quebrado é que agora tenho uma desculpa para justificar ser uma porca nojenta.

Todos estão se pondo em pé para fazer fila e esperar pelos próprios bocadinhos do Senhor.

Me sinto enjoada, com sede. Tem uma fonte nos fundos da igreja, de onde sai água benta. Eu fantasio beber um enorme gole dela. Batizar o revestimento do meu estômago. Lavar os pecados de minhas tripas.

— Você vai? — o homem ao meu lado pergunta.

— Desculpa — digo, me arrastando para sair de meu banco junto do resto das pessoas. Coloco as mãos em concha à frente, imitando aqueles ao meu redor.

— O corpo de Cristo — a idosa à frente da fila me diz, erguendo uma porçãozinha branca e circular do corpo humano de Deus.

Assinto com a cabeça, e ela coloca a carne em minhas mãos.

Relutante, mastigo o corpo de Deus, insosso e com gosto de bolacha de isopor, enquanto os olhos pesarosos de Jesus me encaram do crucifixo acima de mim.

...

— Lamento muito saber sobre a Grace — uma senhora consola Jeff.

Estamos no porão da igreja, tomando chá e comendo bolo de limão.

— Obrigado, Mabel. — Jeff balança a cabeça.

— A enfermeira foi condenada? — ela pergunta.

— Ainda não — Barney intervém. Ele está com a boca cheia de bolo de limão. — Esse sistema não presta. A mulher já confessou, e o exame toxicológico confirmou, mas, por algum motivo, os tiras se recusam a dizer que Grace foi uma das vítimas.

— Com licença — Jeff diz a nós, pousando o chá e se afastando de nosso canto do porão. Ele atravessa o cômodo e se senta ao lado de um homem em uma cadeira de rodas.

— Ouviu falar que ela também assassinou Geraldine Axford? — Barney pergunta a Mabel.

Mabel se engasga com o chá.

— Nossa Senhora! Eu conhecia a Geraldine.

— Bom, meus pêsames. — Barney mastiga. — Pegaram ela nas câmeras de segurança.

— Oh, céus. — Mabel leva a mão ao peito.

— Estão achando que ela matou Alfred Wilkins também. — Barney enche a boca com mais bolo de limão. — Você conheceu o Alfred, Mabel? Ele se casou com uma protestante.

— Não. — Mabel nega com a cabeça. — Que horror.

Barney a cutuca com o cotovelo.

— Pois é, casar com uma protestante foi um horror mesmo.

Ele e Mabel gargalham.

— Rá, rá. — Finjo uma risada para me integrar.

• • •

O castelo de louça suja em meu quarto começou a soltar um cheiro azedo. Um pequeno ecossistema nasceu dentro do velho copo de vitamina. Ele está cheio de mofo verde e felpudo. Tenho bebido água direto da torneira quando estou com sede, em vez de lavar um dos copos. A integridade estrutural da pilha depende deles. Se eu tirar um que seja do lugar, o negócio todo pode desmoronar.

• • •

Eleanor me mandou uma mensagem.

Está tudo bem?

Eu li a mensagem duas vezes, confusa. Por que ela me perguntou aquilo? Aconteceu um tiroteio perto da minha casa ou algo assim? Soltaram algum alerta de tempestades?

Abro o aplicativo de notícias em meu celular para conferir se tem algo acontecendo. A primeira notícia fala de uma tartaruga de duzentos anos chamada Joan.

Estou bem, respondo a ela. *Por quê? Você está bem?*

É que você anda meio quieta ultimamente, ela escreve.

Solto a respiração, aliviada em saber que não tem nenhum asteroide prestes a colidir com a Terra, nem um atirador à solta pelas ruas.

Em vez de responder ao comentário dela, eu mando a reportagem sobre a tartaruga.

Que bonitinho, né?, escrevo.

...

— Acredito que a Sharon virou acumuladora depois que o Cliff largou dela — meu pai compartilha ao cortar um pedaço de seu bife vermelho.

Sharon e Cliff eram um casal que costumava visitar nossa casa para jogar Trivia com meus pais.

— Ouvi falar que não tem como dar dois passos na casa dela sem tropeçar em jornal velho, potes da Tupperware ou aparelhos quebrados.

Minha mãe abre uma garrafa de cerveja para meu pai.

— Obrigado, querida — meu pai diz, antes de continuar: — Parece que ela também desenvolveu um descontrole emocional. Cliff disse que um dos netos deles perguntou a ela se podia usar um pouco dos jornais para fazer alguma coisa com papel machê, e ela surtou! Não consegue abrir mão do lixo. — Ele estala a língua, desaprovando. — A mulher é maluca.

— Posso beber uma também? — Eli pergunta à minha mãe, indicando com a cabeça a cerveja do meu pai.

...

Estou no terceiro livro da Bíblia. Este se chama Levítico. Viro a página e leio:

Quem amaldiçoar o pai ou a mãe será punido de morte.

Me parece algo um tanto extremo. Querem dizer amaldiçoar do tipo xingar, dizer obscenidades, ou amaldiçoar do tipo contratar uma bruxa que diga um conjunto de palavras para invocar um poder sobrenatural e fazer algum mal acontecer a eles?

Não tenho como não reparar no uso da flexão masculina no verbo. Me pergunto se a diretiva se aplica a mim. Estaria eu sujeita a uma brecha feminina? Quem quer que tenha escrito este livro priorizava tanto os homens que se esqueceu da outra metade da humanidade. Aparentemente, posso amaldiçoar meus pais sem quaisquer repercussões.

Se um homem dormir com outro homem, como se fosse mulher, ambos terão cometido um ato abominável. Serão punidos com a morte.

Eita. Graças a Deus, essa aqui também não parece se aplicar a mulheres. Fico decepcionada por Deus ser tão homofóbico que se esqueceu da existência das lésbicas, mas acho que prefiro ser esquecida do que condenada à morte.

Espera. Prefiro?

Pelos mortos não dareis golpes na vossa carne; nem fareis marca alguma sobre vós. Eu sou o SENHOR.

Puxo a manga da minha blusa por cima do punho, onde tenho tatuado um pequeno sinal de interrogação. Finalmente, um pecado que se aplica a mim.

Não usarás roupas tecidas de duas espécies de fios.

O quê? Por que não?

Não contaminarás a tua filha, fazendo-a prostituir-se.

Esta parece bem-intencionada, pelo menos. O uso da palavra "contaminarás" é um pouco ofensivo, porque eu não acho que a prostituição seja necessariamente indigna; contudo, com certeza concordo que nenhum pai ou mãe deveria transformar a filha em prostituta.

Não mentireis nem usareis de falsidade cada um com o seu próximo.

— Ooops — digo em voz alta, ao pensar em minha posição aqui.

— Ooops, o quê? — Jeff diz.

Ergo os olhos. Não tinha me dado conta de que ele estava na sala.

— Ah, nada.

— O que está lendo? — ele pergunta.

— Levítico — respondo, erguendo a Bíblia.

— Ah, Levítico. — Ele sorri. — Algo de bom aí?

— Por enquanto, não — admito sem querer.

A cabeça de Barney aparece à porta.

— Tem um rapaz aqui procurando por você — ele me diz.

— O quê?

Um homem baixo e de cabelo escuro entra na sala atrás de Barney.

— Gilda? — o homem se dirige a mim.

— Sim? — respondo.

— Sou Giuseppe. — Ele estende a mão para me cumprimentar.

Ah, meu Deus. Eu tinha me esquecido do Giuseppe. Aperto a mão dele. Ele passou gel no cabelo e está vestindo roupas um pouco apertadas demais. Consigo enxergar seus bíceps inchados através da blusa justa de tom salmão. Manchas de suor aparecem sob seus braços.

— Pronta para ir comer sushi? — ele pergunta, sorrindo.

. . .

Estou sentada no carro de Giuseppe, com as mãos cruzadas no colo.

Ele ligou o rádio. Uma música eletrônica dançante está tocando. Sua colônia, xampu perfumado, sabonete, aromatizador de ar, desodorante e loção pós-barba combinaram-se para criar um aroma avassalador e enjoativo. Estou prendendo a respiração. Ele me diz, gritando para se fazer ouvir sobre a música, que não comeu nada além de uma batida proteica hoje. Foi à academia mais cedo. Estava com o dia lotado, mas deu um jeito de "ir puxar ferro". Ele me conta que teve muitas ligações com clientes hoje. Em meio aos gritos, descubro que ele tem vinte e nove anos, é do signo de Gêmeos e trabalha como *coach* particular.

. . .

— Sabe, se você quer uma coisa de verdade e vai atrás dela, sem colocar limites para si mesmo, o universo faz acontecer — Giuseppe me diz depois de comer mais da metade do sushi de salmão empanado e picante que pedimos. — Sempre falo para os meus clientes: a única coisa que nos impede de viver a vida que queremos somos nós mesmos.

Bebo um gole de água e passo os olhos pelo lugar. Imagino Eleanor entrando no restaurante. Imagino-a dando de cara comigo em um encontro com este homem.

Afundo um pouco na cadeira.

— Se você quer escrever um livro, ganhar um milhão de dólares ou conquistar qualquer coisa que seja, tudo que precisa fazer, na verdade, é visualizar que já fez aquilo e, então, vai se tornar realidade. É assim que a energia funciona.

Bebo mais um gole de água.

Em meu primeiro encontro com Eleanor, nós fomos ao museu natural. As entradas eram grátis às quintas-feiras. Ossos de dinossauro estavam em exibição. Eu fiquei fascinada por eles. Não parava de tagarelar a respeito. Quase no fim do encontro, me dei conta de que havia monopolizado a conversa e sido uma companhia terrível. Minha ansiedade tinha se manifestado, me deixando atipicamente falante. Eu estava com medo de que surgissem silêncios constrangedores. Também estava preocupada com a possibilidade de ela mencionar coisas de que tínhamos falado por mensagem antes de nos encontrarmos pessoalmente. Estávamos trocando mensagens há dias. Antes de encontrá-la, eu tinha contado coisas que não costumo falar em voz alta, como histórias da minha família, ou como vinha me sentindo estranha nos últimos tempos. No fim do encontro, me senti insegura e fiquei calada.

Estávamos paradas em frente aos ossos de um megalossauro. Eu estava imersa em pensamentos de que havia me autossabotado e que Eleanor provavelmente nunca mais ia querer falar comigo.

"É estranho encontrar pessoalmente alguém que você já conheceu um pouco, não é?", ela disse.

"Desculpa por falar tanto", eu respondi. "Estou ansiosa."

Ela disse que não havia problema, que tinha percebido.

Perguntei se aquele era o pior encontro ao qual ela tinha ido, e ela me disse que não.

Em seguida, me contou mais de uma história de encontros horríveis. Em uma das ocasiões, foi roubada pela pessoa, ela falou. Em outra, foi levada a um lixão para observar ursos.

Eu disse a ela que aquele segundo encontro me parecia legal e, então, ela me levou de carro até o lixão. Nós assistimos a ursos remexendo lixo. Ela segurou minha mão.

— Olhe para mim, por exemplo — Giuseppe prossegue. — Eu gerencio uma empresa muito bem-sucedida, e isso é porque não me limito. Você só precisa agir como a pessoa que quer ser e, então, é o que você se torna. É simples assim.

— E se você agir como uma pessoa que não quer ser? — pergunto.

Ele pausa.

— O quê?

— E se você agir como alguém que não quer ser? Você se tornaria essa pessoa, também?

Ele franze a testa.

— Por que alguém faria isso?

• • •

— Adorei a noite com você — Giuseppe me diz quando para o carro em frente ao meu apartamento.

— Eu também — minto.

— Devíamos repetir a dose alguma hora — ele sugere.

Não respondo. Encaro o lado de fora através da janela, meu rosto inexpressivo.

Me pergunto se Eleanor gostaria de vir me ver.

Consigo pressentir Giuseppe me fitando com cara de bobo. Eu o sinto começar a se aproximar. Finjo tossir.

— Desculpe — digo, tossindo o mais forte que consigo.

— Tudo bem com você? — ele pergunta, dando tapinhas em minhas costas.

Continuo a fingir que estou me engasgando ao mesmo tempo que recuo do toque dele.

— Estou bem! Desculpe. Só preciso de um copo d'água — falo em meio aos engasgos.

Começo a sair do carro, ainda fingindo sufocar.

— Até mais! — grito para ele, cobrindo a boca e cuspindo até escapar de sua linha de visão.

...

Pesquiso o nome de Giuseppe no Google e examino os resultados. Clico neles, esperando encontrar uma ficha criminal, um mandado de prisão, qualquer evidência que me dê um motivo para justificar não voltar a vê-lo.

Não encontro nada legalmente incriminador; descubro, no entanto, que ele administra um canal no YouTube. Passo os olhos pelos títulos de seus vlogs, ainda esperando descobrir um empecilho incontestável ao qual eu poderia recorrer quando perguntassem por que eu, uma católica solteira e qualificada, o rejeitaria.

"Tornando-se a melhor versão de si mesmo."

"O segredo da vida."

"Como vencer o jogo."

Clico nos vídeos, ouvindo fragmentos de Giuseppe pregando: "As pessoas que conquistaram aquilo que você quer conquistar não têm nada que você não tenha. Elas simplesmente acreditam em si mesmas".

Eu pauso. Isso não é verdade. E se uma pessoa paraplégica quiser se tornar ginasta?

"Seja o seu verdadeiro eu e, assim, vai atrair as pessoas!"

Pauso mais uma vez. E se o meu verdadeiro eu for desagradável e fizer as pessoas se sentirem desconfortáveis? E se eu for uma psicopata?

"Nós todos somos capazes de nos tornar o que queremos ser, seja o que for! Você já tem tudo de que precisa para fazer o que quiser!"

E quanto às pessoas pobres? Ou pessoas que são discriminadas? Pessoas que não são cognitivamente capazes de fazer o que querem? E quanto a mulheres que querem ser padres católicos, ou homens que querem ser freiras?

"Sua vida tem um propósito!"

"Você existe por um motivo!"

"Você faz diferença!"

Eu fecho a cara.

Equilibro uma garrafa d'água na pilha de louça ao lado da minha cama, me perguntando: será que mulheres heterossexuais acham desinteressantes homens que são ruins em raciocínio lógico? Considero aquilo por um instante, avaliando se seria justificável rejeitar Giuseppe por mostrar uma irracionalidade perturbadora.

...

No ensino fundamental, eu me neguei a namorar com Paul Nguyen, citando o fato de ele segurar garfos com a mão virada para baixo, como se fossem uma pá. Foi trazido à minha atenção que aquele era um motivo banal para não querer namorar alguém tão gentil como Paul Nguyen. Não demorou para surgirem rumores de que eu devia ser lésbica.

...

Giuseppe e Eleanor acabaram de me mandar mensagens ao mesmo tempo.

Abro a mensagem de Eleanor. Ela diz: *Quer ver um filme hoje à noite?*

Quero e muito, respondo.

Outra mensagem de Giuseppe chega. Relutante, toco na notificação.

A primeira mensagem dele dizia: *Oi, Gilda.*
A segunda diz: *Como está seu dia?*
Deslizo a conversa com ele para o lado e deixo meu polegar pairar sobre a opção vermelha de Deletar. Hesito antes de apertá-la. Se eu der um perdido em Giuseppe, ele vai contar à cunhada, que pode contar a outras pessoas. As pessoas vão se perguntar o motivo. Vão achar suspeito.

Pondero por um momento.

Penso em como me sentiria horrível se Eleanor estivesse saindo com Giuseppe em segredo.

Meu rosto se contorce.

Mas eu não estou saindo com ele de verdade, digo a mim mesma. *É uma atuação. Sou uma atriz.*

Talvez, em vez de ignorá-lo, eu devesse apenas entediá-lo. Talvez consiga fazê-lo perder o interesse em mim.

Digito apenas: *Bom.*

Excelente!, ele responde, com uma carinha sorridente. *Acabei de almoçar com meu velho amigo Brandon. Agora estou trabalhando! Você está trabalhando hoje?*

Respondo: *Sim.*

Ele responde com outra carinha sorridente.

...

Eleanor e eu estamos vendo um filme. É uma comédia sobre duas mulheres que gerenciam uma empresa de máquinas de vendas. Estou tentando prestar atenção na história, mas a risada de Eleanor me distrai demais. Sempre que algo no filme a agrada, ela deixa escapar um grasnido repentino. Parece o som de um pato.

Fico arrebatada pelo quanto Eleanor está entretida com esse filme. Ela acha que estou rindo do filme, mas não é verdade: estou rindo de encanto por ela. Estou olhando para o seu sorriso, que deixa as gengivas à mostra, e ouvindo-a grasnar de rir. É tão bonitinho que sinto dificuldade para respirar. Minha visão está borrada de lágrimas, e me vejo incapaz de falar.

・・・

— É bem fácil substituir essas coisas, sabia? — Eleanor comenta, erguendo o controle quebrado da minha TV. — Custa só uns cinco dólares — ela explica. — Por que não arranja um novo?

Enfiei toda a louça suja dentro do armário mais cedo, para poupar Eleanor daquela visão. Não pensei em esconder os objetos quebrados.

Meu celular está tocando.

— Eu devia fazer isso, mesmo. — Concordo com a cabeça enquanto procuro meu celular no bolso.

Giuseppe está me ligando.

— Quem é? — Eleanor pergunta.

— Ninguém. — Clico em Recusar.

・・・

Eleanor ronca. Na primeira vez que dormiu aqui, ela me alertou antes de irmos para a cama: "Tem certeza de que não tem problema eu dormir aqui? Eu ronco muito alto. Você vai se arrepender de ter me convidado".

Ela me contou que nunca ia a festas do pijama quando era adolescente por conta do ronco. Disse que sempre foi uma insegurança para ela.

Eu achei que *sim*, me incomodaria, mas menti e disse que não, para poupar os sentimentos dela. "Consigo dormir com qualquer barulho", falei, muito embora a verdade seja que sempre tenho dificuldade para cair no sono, qualquer que seja a circunstância.

Eleanor não tem problemas para dormir. A cabeça dela mal tinha tocado o travesseiro quando seu motor começou a funcionar.

Estamos frente a frente. Eu tinha dormido de costas para ela, mas meu quadril começou a doer e precisei me virar.

Ela me pediu um copo d'água antes de irmos para a cama. Sabendo que todos os copos que tenho estão apodrecendo dentro do guarda-roupa, eu congelei. Por fim, enxaguei uma garrafa velha de Gatorade e a enchi com água da torneira. Ela pegou a garrafa e disse: "Você não tem nenhum copo?". Gaguejei ao explicar que preferia água em garrafas velhas de Gatorade e tinha pensado que talvez fosse o mesmo caso com ela. Ela foi gentil o bastante para não insistir no assunto, mas ainda estou me sentindo mal por isso.

A luz que vem do exterior pela janela deixa meu quarto azul. Estou olhando para o rosto azul e adormecido de Eleanor. Eu a encaro, reparando que ela tem uma cicatriz no queixo e linhas de expressão tênues se formando ao redor dos olhos. Continuo encarando, até que começo a pensar que talvez não devesse ficar olhando para ela enquanto dorme. Talvez seja esquisito.

O ronco dela é bem alto.

Ronco.

Meus olhos estão pesados.

Ronco.

Eu fecho os olhos.

Ronco.

A presença de Eleanor me deixa estranhamente tranquila. O calor do corpo dela aquece a cama. Sua respiração e seus roncos estão me deixando com sono.

Ronco.

Sinto minha própria respiração se aprofundar. Meus membros parecem pesados.

Ronco.

Adormeço.

...

— Qual o seu animal espiritual? — Giuseppe me pergunta por telefone.

Estou sentada na cozinha da igreja. É minha hora do almoço. Estou comendo sanduíches de salada de ovo que sobraram de um funeral. Não estão bons. Estou preocupada que tenham estragado.

— O meu o quê? — respondo.

Ele não para de me ligar. Ignorei as ligações três vezes hoje, mas ele continua ligando.

— Seu animal espiritual — ele reitera.

— Não sei o que isso quer dizer.

— É um totem que representa as características e as habilidades com as quais você se alinha, das quais deve aprender — ele explica. — É um componente da crença neo-xamânica de que um espírito nos guia, nos ajuda e nos protege.

— Ah — digo. — Não faço ideia. Qual o seu?

— Sou um leão — ele responde de imediato.

— Um leão? — repito.

— Você também enxerga isso, não é? O espírito do leão representa coragem, liderança e força para superar dificuldades.

— Quais dificuldades você já superou?

— Bom, ter fundado o meu negócio — ele explica. — É muito difícil ser empreendedor. Que animal você acha que guia o seu espírito? — ele volta a perguntar.

Vasculho minha mente, buscando o animal do qual imagino que Giuseppe menos gostaria.

— Talvez um porco — respondo.

— Ah, interessante: o javali — ele responde. — Ele representa abundância e fertilidade.

...

Mando por mensagem para Ingrid uma foto de Giuseppe e escrevo: *O que você acha desse cara?*

Ingrid é bem hétero. Quero que ela confirme o fato de que Giuseppe é detestável.

Vejo que ela está digitando.

Ele é bonitinho, ela escreve.

Merda.

· · ·

— Preciso te dizer uma coisa — Eleanor começa.

Olho para ela. Meu coração acelera. O quê?

Ela olha em meus olhos; tento adivinhar o que vou ouvir.

Talvez ela queira terminar comigo.

Talvez ela tenha me visto com Giuseppe.

— Eu já assisti a esse filme na semana passada. — Ela balança a cabeça, indicando a TV à nossa frente. — Achei que você ia gostar, então quis assistir de novo com você.

— Ah. — Solto a respiração.

— Desculpa por mentir quando falei que não tinha assistido — ela diz, jogando um cobertor em cima de nós duas.

— Tudo bem — respondo.

· · ·

Todas as vezes que o filme me faz rir, noto que Eleanor olha para mim e sorri. Tento conter minhas risadas para evitar ser observada, mas o filme é engraçado.

Uma cena mostra uma mulher vomitando. A amiga dela está limpando a bagunça.

Eleanor faz um som de engasgo.

— Eu não conseguiria limpar o vômito de alguém. Nunquinha.

— Nem eu — respondo. — Tenho estômago fraco.

— Acho que só se eu amasse muito a pessoa, muito mesmo — ela acrescenta.

Eu concordo, balançando a cabeça.

— Sim.

· · ·

Estou limpando o vômito de Eli.

Vim para a casa dos meus pais para ajudar minha mãe a assar biscoitos. Abri a porta, inspirei fundo para descobrir se ela já tinha começado a preparar algo e percebi imediatamente que alguém tinha vomitado. Depois de também quase vomitar, segui o cheiro até descobrir Eli enrolado em seus lençóis no chão do banheiro, cercado por uma poça do próprio vômito.

Minha mãe ainda não chegou em casa, e Eli continua a vomitar.

— Por que toda essa ressaca? — pergunto a ele, minha voz abafada pela toalha que amarrei como uma bandana, cobrindo boca e nariz.

— É meio doido, mas acho que tem a ver com o quanto eu bebi — ele brinca.

Sopro ar pelo nariz.

— Seu idiota.

...

Eli está se recuperando na sala de estar, vendo *Os fantasmas de Scrooge* e segurando uma xícara de chá.

— Será que o Eli comeu algo que não fez bem? — minha mãe reflete enquanto mexe a massa em uma tigela grande.

Aperto os lábios, deixando que o comentário dela paire em silêncio na cozinha por um momento.

Olho de relance para Eli, percebo que ele está caindo no sono e sussurro:

— Acho que ele pode estar passando por alguns problemas com a saúde mental. Seria bom consultar alguém sobre iss…

Minha mãe dá um tapa no ar, como se atirasse minha ideia para fora do cômodo.

— Sabia que, ultimamente, seu pai tem feito muita hora extra? — Ela muda de assunto. — O próximo pagamento dele vai ser o dobro do que de costume.

Eu a observo apertar um garfo sobre as bolinhas de massa marrom.

— Seu pai é viciado em trabalho — ela murmura. — Trabalhou até tarde quase todas as noites essa semana. Quando nos casamos, uma das qualidades que eu esperava que ele passasse para vocês é a ética de trabalho, sabia? Queria que herdassem o meu cabelo e a ética de trabalho dele...

Eu não herdei o cabelo dela.

— Trabalhei todos os dias esse mês — anuncio.

— O quê? É mesmo? — Ela limpa as mãos no avental. — Nem sabia que você tinha conseguido um emprego! Onde é?

Hesito antes de responder.

Não posso admitir que estou trabalhando em uma igreja. Ela vai fazer perguntas demais.

— Em um escritório — conto, uma meia-verdade.

— Uau! — Ela sorri. — Que orgulho de você! Um escritório do quê?

Passo os olhos pela cozinha.

A voz de Bob Cratchit flui para o cômodo.

— De contabilidade — minto.

...

Estou deitada no chão da cozinha, segurando o celular sobre minha orelha dormente.

Giuseppe está falando de si mesmo.

Ele tem um cachorro chamado Ernie.

Seu pai é dono de um restaurante.

Ele tem três irmãos.

— Você é introvertida ou extrovertida? — ele pergunta.

— Introvertida — respondo, sem pensar.

— Eu sou extrovertido — ele me diz, como se não fosse óbvio. — Qual o seu maior medo? — ele me pergunta.

— Morrer, eu acho — respondo.

— Eu tenho medo de viver uma vida frustrada — ele contrapõe, fazendo minha resposta parecer banal. — Você cresceu numa família rica ou pobre?

— De classe média, acho — digo.

— Eu também. Você acredita no destino?

— Não.

— Eu acredito. Você acredita na sorte? — ele prossegue.

— Acho que sim — respondo.

— Eu também.

• • •

Duas pessoas muito altas estão se casando hoje. A igreja está entupida com as rosas cor-de-rosa dos noivos. Todos os convidados usam tons pastel: sapatos de salto pastel, gravatas pastel. Eu não fui informada disso e, consequentemente, estou usando cinza. Me sinto uma nuvem tempestuosa em um campo primaveril.

Minha função hoje não está muito clara, mas me pediram que ficasse em pé na entrada da igreja e, por esse motivo, suspeito que meu papel seja o de gárgula.

Estou apoiada em um pilar de pedra, olhando a noiva e o noivo pela porta aberta. Eles estão prestes a recitar os votos um para o outro. Microfones foram posicionados à frente da igreja para que, quando a noiva abrir a boca imensa para falar, sua voz ecoe pelo salão feito o narrador tétrico do trailer de um filme.

A voz retumbante dela nos diz que aquele homem a caminho da calvície é seu melhor amigo. Todos que estão assistindo começam a lacrimejar. Ela brada que não consegue imaginar um lugar mais feliz do que ao lado dele no sofá surrado dos dois. A plateia faz sons de aprovação. Ela grita que quer ficar velha e grisalha junto dele enquanto ele fica velho e grisalho junto dela.

Observo o vestido dela e, então, foco todas as flores do lugar. Penso no quanto custou àquelas pessoas estar em pé nesta igreja para fazer barulhos com a boca um para o outro.

• • •

— Qual o seu tipo preferido de comida? — Giuseppe me entrevista pelo telefone.

— Pizza — respondo, a voz monótona. — E o seu?

— Couve — ele responde sem hesitar.

— Couve? — repito, incrédula.

— Isso aí — ele confirma. — Couve é um superalimento. Não me canso de comer. Não vai me dizer que não gosta de couve?

— Não gosto de couve.

Ele dá uma risadinha.

— Seu corpo é um templo, Gilda. A nutrição e a destoxificação regular é o que me ajudou a tirar meu corpo da zona de risco e catalisou uma mudança enorme em minha saúde e bem-estar. Você precisa se alimentar da forma certa. O que comemos afeta tudo. O nível de energia, humor, hormônios, a aura. É uma questão muito importante.

— Bom saber.

• • •

Calabresa meio digerida salpica a louça do meu vaso sanitário enquanto eu enfio os dedos médio e indicador fundo em minha garganta. Comi duas pizzas grandes sozinha e agora me sinto enjoada de maneira tão violenta que decidi que minha única opção é me forçar a vomitar.

• • •

Qual é sua comida preferida?, pergunto a Eleanor por mensagem.

Waffles, ela me responde. *Por quê? Qual a sua?*

• • •

— Encontrar sua paixão não diz respeito só a dinheiro e ao seu trabalho, mas com encontrar a si mesma — Giuseppe me explica em nossa ligação seguinte. — As pessoas que sabem quem são de verdade, essas é que são as bem-sucedidas. Eu sou um estrategista da realidade completamente realizado, e prefiro ser quem sou do que estar vivendo como, digamos, um político de sucesso, por exemplo. Você sabe quem é, Gilda?

•••

Um gato está me encarando do outro lado de uma janela. Ele está sentado no encosto de um sofá com estampa florida. Eu o vi a caminho da igreja, quando estava indo trabalhar. Parei para o olhar com atenção.

É um gato muito bonito. Tem olhos verdes e as extremidades de seus dentinhos despontam da parte de cima da boca. Está um pouquinho acima do peso, mas cai bem nele.

É estranho pensar no quanto sou pequena e, então, considerar que gatos são ainda menores. No contexto geral das coisas, eu faço tanta diferença quanto este gato. E, o que é ainda pior, todos ao meu redor fazem tanta diferença quanto este gato. E, o que é ainda pior, eu acho que este gato deveria fazer diferença. Acho que este gato deveria ser considerado incrivelmente importante.

O gato tenta estender uma pata para mim através da janela. Eu olho para as almofadinhas de sua pata. Para os tufos de pelugem que cercam seus dedos cor-de-rosa.

Baixo os olhos para minhas mãos. Encaro as palmas delas.

•••

— O que você queria ser quando crescesse?

Estou sentada dentro de minha banheira vazia. Não tem água nela.

— Quando eu era criança, você diz? — pergunto.

— Sim — Giuseppe responde. — Sempre quis trabalhar para a igreja?

— Não. Eu queria ser veterinária.

— Qual era sua matéria preferida na escola quando criança?
— Física — respondo, sem ânimo. Gostava de aprender coisas do tipo por que o céu é azul, ou quanto eu pesaria em Marte.
— Eu gostava de teatro — ele me diz. — Você prefere o inverno ou o verão?
— Dá na mesma para mim — respondo.
— Eu, pessoalmente, amo o verão — ele me diz. — O que te empolga e te faz querer levantar da cama de manhã?
— Err... — respondo. Que tipo de pergunta é essa? Me atrapalho para bolar uma resposta. — Acho que... — começo. — Tipo, hmm. Eu... Bom, quer dizer...
Ele ri.
— Desculpa, Gilda. Sei que está tarde. Acho que é melhor desligarmos.

...

Minha família tem uma gravação caseira em que Eli e eu conversamos sobre o que queremos ser quando crescermos. Eu tinha oito anos e estava vestida toda de roxo. Calça roxa, camiseta roxa e meias roxas.

Eu respondo, confiante: "Médica de animais".

Eli diz: "A vovó".

Meus pais acham a resposta dele hilária. O riso dos dois domina o áudio do vídeo.

Meu pai diz para a minha mãe: "Vamos ter que contar para sua mãe que ele falou isso".

"Ele ama a avó de paixão." Minha mãe dá uma risadinha.

O vídeo passa para uma outra gravação de nós dois. Estamos um pouco mais velhos e estamos no quintal. O irrigador do jardim está ligado. Não sabemos que nossos pais estão assistindo, nem que estamos sendo filmados. Vestimos roupas de banho e óculos de sol plásticos. Eli está com uma das mãos no quadril e a outra segurando uma caixinha de suco.

Eu estou pulando em meio à água do irrigador. Um arco-íris aparece na grama sob as gotas. Eu passo por cima dele, virando uma cambalhota.

"Por que tem um arco-íris?", Eli aponta. Ele tem a língua presa típica de crianças pequenas.

Eu provavelmente tinha aprendido sobre arco-íris na escola, pois respondo com muita propriedade:

"Quando a luz do sol atravessa alguma coisa, tipo a água", explico, "a água desacelera a luz. Se a luz atravessa inclinada, ela se dobra, e isso cria um arco-íris."

Eli não está mais ouvindo. Está pegando uma pedra no chão.

Apesar de já não ter meu aluno, continuo a aula:

"A luz do sol parece não ter cor, mas, na verdade, ela é de todas as cores. O branco é de todas as cores. É por isso que a luz do sol consegue criar um arco-íris. Todas as cores estão na luz do sol. Ela sofre refração."

...

É meia-noite e estou na missa. É um comportamento peculiar dos católicos na véspera do Natal. Até mesmo os idosos abrem mão do sono para comparecer. A igreja está fracamente iluminada; cada pessoa segura uma vela. O lugar tem cheiro de incenso e o coral canta "Noite Feliz".

— Onde você vai se sentar? — Um homem toca meu ombro. Giuseppe.

Eu me viro para encará-lo. Ele está em pé, de braços dados com uma mulher baixinha de meia-idade.

— Oi — digo, desconcertada por vê-lo.

— Adoraríamos nos sentar com você — ele me diz, sorrindo.

— Venha nos encontrar e se juntar a nós, que tal?

A mulher ao seu lado está sorrindo para mim.

Eu balanço a cabeça, concordando.

— Certo. Claro. Vou tentar.

Ele se vira para a mulher.

— Mãe, esta é a Gilda, a garota de quem te falei.

O sorriso da mulher aumenta.

— Um grande prazer te conhecer, querida — ela diz, estendendo o braço para apertar minha mão.

— Oi — eu sussurro.

— Você é tão bonita quanto ele contou. — Ela parece radiante.

A música do coral para.

— É melhor irmos nos sentar — Giuseppe diz, empurrando a mãe à sua frente. Antes de acompanhá-la, ele se aproxima e beija minha bochecha.

— Feliz Natal, Gilda — a voz morna e úmida dele diz dentro do meu canal auditivo, e meu corpo inteiro se retrai.

...

— Àqueles que nos foram levados para a morte — Jeff brada do púlpito —, especialmente aqueles que faleceram desde o último Natal, incluindo Jim Andrew, Gloria Faith e Grace Moppet. Que a paz e a felicidade dos céus sejam deles por toda a eternidade.

— Senhor, ouve a nossa oração.

...

É Natal. A casa está com cheiro de pássaro morto e gordura.

— Você precisa cortar o cabelo — meu pai comenta para Eli, em tom casual.

O cabelo de Eli está comprido.

— Não precisa, não — intervenho. — O cabelo dele está bonito assim.

...

Eli está bêbado. Ele não para de se servir de rum com especiarias em uma caneca que tem o formato da cabeça do Papai Noel.

Meus pais estão alheios à questão. Minha mãe cantarola "Jingle Bells". Meu pai beberica alguma coisa do próprio copo.

• • •

— Não dirija. — Puxo o braço de Eli, que está se atrapalhando para calçar os sapatos. Ele segura com os dentes as chaves do carro, que balançam de sua boca.

— Estou bem para dirigir — ele rebate. — Vou para a casa de um amigo.

Meus pais estão no quarto dos fundos, vendo *A felicidade não se compra*.

Aperto os lábios. O rosto de Eli fica diferente quando ele está bêbado. Fica inchado e corado.

— Não está, não. — Puxo o braço dele de novo.

Ele se afasta e cruza a porta da frente, arrastando os pés na direção do carro. Eu o sigo.

— Pare, Eli! — grito quando ele sobe no assento do motorista e começa a acelerar bruscamente, saindo da rampa.

Corro até o carro, mas ele já se foi.

Fico parada por alguns instantes na entrada vazia da garagem. Estou descalça, sem casaco, e está nevando. As marcas que o carro deixou na rua estão sendo preenchidas pela neve que continua a cair.

Cruzo os braços e sigo encarando a rampa vazia. Um pensamento intrusivo de Eli jogando o carro de uma ponte surge em minha mente. Vejo o carro voar da beirada de uma ponte e afundar na água escura. Imagino Eli tentando baixar os vidros das janelas, ficando preso no cinto de segurança, se afogando. Penso em seu peito imóvel.

• • •

— Você viu minha bolsa? — minha mãe me pergunta.

Passo os olhos pelo cômodo ao meu redor.

— Não, não vi.

— Eu deixei do lado da porta da frente. Não encontro em lugar nenhum agora…

— Por que você precisa da sua bolsa? — meu pai pergunta.

— É Natal. Está tudo fechado.

— Eu só gostaria de saber onde está — ela explica, cansada.

Depois de vasculhar a casa por dez minutos, ela volta a se dirigir a mim.

— Você não pegaria minha bolsa, não é, Gilda?

— O quê? — respondo, atônita com a alegação.

— Não estou te acusando — ela tenta me tranquilizar. — Só confirmando.

Depois de uma pausa, eu digo:

— Tá falando sério, porra?

— Ei! — meu pai grita do outro cômodo.

— Você acha que eu peguei sua bolsa? — grito.

— Eu não disse isso!

— Se eu fosse chutar quem pegou sua bolsa, mãe, eu diria que foi o Eli. Ele está bêbado. Acabou de sair daqui dirigindo e nenhum de vocês falou a porra de um "a". Acho que ele também pegou dinheiro da minha carteira, a propósito. Eu fiquei presa sem dinheiro em uma cafeteria um dia desses, provavelmente porque ele roubou. O seu filho está virando um belo de um canalha.

— Não diga isso! — Minha mãe sacode a cabeça, consternada ao se ver diante daquela realidade.

— Ele está com algum problema — eu continuo. — Será que a gente pode admitir que o Eli tem problemas com bebida, por favor?

— Hoje é Natal! — meu pai grita, sem relevância alguma.

— Também não encontro meus analgésicos — anuncio. — Estou com a merda do braço quebrado e não tenho analgésico nenhum. Acho que ele também pegou.

— Gilda, pare com isso! É Natal! — meu pai grita mais uma vez.

— É, Feliz Natal, pai; eu acho que seu filho é alcoólatra. Ele deveria ir ao AA. Não consegue parar em um emprego. Desistiu da faculdade. Ele precisa de ajuda. Precisa de terapia. Precisa de algum apoio psiquiát...

— *Terapia?* — meu pai repete, como se eu tivesse acabado de usar o xingamento mais hostil que ele já ouviu na vida. — Ele não precisa de terapia. Meu filho não é um demente, caralho!

— Ele precisa de terapia — repito, enfática.

— Saia daqui! — minha mãe grita.

— Sair daqui? Você quer que eu vá embora porque o Eli é alcoólatra?

— Cale a boca, Gilda! — Minha mãe sacode a cabeça. — Você está sendo insensível!

— Insensível? — eu repito. — Você acabou de me acusar de roubar sua bolsa! A pessoa que roubou sua bolsa deve estar agorinha mesmo dirigindo na contramão numa via de mão única, mãe, feito uma toupeira cega! Eu sou insensível? E se ele acabar se matando?

— Toupeira cega? — meu pai diz. — Por que usar isso para descrev...?

— Não sei por que é na minha escolha de palavras que você está focando! Mas aquilo que você escolhe focar pode ser uma parte do problema.

— O que diabos você quer dizer com isso? — meu pai ruge.

— Não é o momento para essa discussão — minha mãe anuncia.

— Tá bem, então vamos deixar essa conversa para a intervenção do Eli, ou preferem esperar o funeral dele? — pergunto.

— Saia daqui! — minha mãe grita.

PARTE TRÊS
TEMPO COMUM

Eu briguei com meus pais — admito para Jeff através do painel de treliça que nos separa na cabine sombria do confessionário.

Jeff me pediu para comparecer à confissão. É a ocasião em que pessoas católicas sentam dentro de um armário com um padre e admitem tudo que já fizeram de errado. Precisei passar por uma cortina vermelha para entrar aqui. A cabine em si é ornamentada. O lado de fora é coberto por entalhes de pequenas estrelas e cruzes. O interior é escuro demais para ver se também há entalhes. Estou tocando as paredes, tentando descobrir pelo tato.

Eu não sentia nenhuma vontade de compartilhar minhas depravações com meu chefe; contudo estava evidente que Jeff queria que eu concordasse, e me pareceu grosseiro recusar. Além do mais, tenho me sentido culpada por discutir com meus pais por causa de Eli, então imagino que não vá fazer mal experimentar uma confissão como solução para aquela culpa.

Até o momento, não está ajudando.

Decidi, é claro, omitir muitas de minhas transgressões. A fim de sustentar meu status como católica e funcionária desta igreja, eu, por exemplo, não expus a mim mesma como uma lésbica ateia, glutona, mentirosa e preguiçosa.

— Também briguei com meu irmão — confesso.

Ficamos sentados em silêncio enquanto vasculho minha mente, buscando mais pecados que eu me sinta confortável em revelar.

— Eu comi carne de porco. Isso é pecado?
— Não. — Jeff esclarece: — Não para nós.

• • •

Jeff disse que minha penitência é rezar cinco ave-marias, três pais-nossos e ligar para meus pais. Eu não sei nenhuma dessas orações de cor e não liguei para eles. Quando conflitos acontecem em nossa família, geralmente nos distanciamos até que o motivo da briga vire uma lembrança que possamos fingir que não aconteceu. É cedo demais para isso. Quero telefonar para perguntar se Eli está bem, mas fico com medo. Abro meu celular para ligar para eles e o bloqueio de novo, repetidamente.

• • •

Eu tinha quatro anos quando Eli nasceu. Nós não sabíamos se seria menino ou menina. Eu queria que fosse menina. Achava que meninos e meninas pertenciam a times opostos e que, se ele fosse menino, eu teria que assistir a programas de TV de menino. Estremecia com essa perspectiva cada vez que *Tartarugas Ninja* ou *Mighty Machines* começava a passar na TV.

Me lembro do meu pai me buscando no jardim de infância e me levando ao hospital no dia em que Eli nasceu. Lembro de ver o rostinho enrugado de Eli amassado sob o braço da minha mãe, e de perguntar, com muita seriedade:

— É menino ou menina?

Minha mãe me disse:

— É um garotinho, e o nome dele é Elijah.

• • •

Eli nunca me fez assistir a programas de TV de menino. Ele gostava dos mesmos desenhos que eu.

• • •

Eli não responde às minhas mensagens desde o Natal.
Responde, por favor, eu envio mais uma vez para ele.
Responde, por favor.
Responde, por favor.
Responde, por favor.

• • •

— Você e seu irmão se dão bem? — pergunto a Eleanor.
Estamos deitadas na cama dela.
Eleanor também tem um irmão. Ele é mais velho do que ela. Mora a duas horas de viagem e é bibliotecário, pelo que ela me contou.
— Sim. Somos bons amigos — Eleanor diz. — Você se dá bem com o Eli?
— Até que sim — digo. — Mas ele tem alguns problemas.
— Bom, é de família, né? — ela brinca, a voz descontraída, mas eu sinto certa sinceridade.
— Como ousa? — respondo, usando o mesmo tom de voz.
Ela cai na risada.
— Opa, quase esqueci. Comprei uma coisinha pra você. — Ela se põe em pé de repente, me deixando sozinha no quarto.
Eu a espero voltar, deitada em sua cama sem me mexer.
Na ausência dela, passo os olhos pelo quarto. As paredes são todas brancas. Ela tem muitas plantas em vasos. Uma escrivaninha desorganizada fica em frente à janela. Tem livros empilhados em sua mesa de cabeceira. *A cor púrpura. O preço do sal...*
— Aqui está! — Ela volta trazendo uma caixa de biscoitos Thin Mints. — Você disse que adora esses, não é? A filha de

uma moça do meu escritório estava vendendo, aí comprei uma caixa pra você.

Ela me entrega a caixa.

Eu olho para a caixa, olho para a boca sorridente de Eleanor, e o tempo para.

Me sinto estranhamente aturdida pelo gesto.

A ideia de Eleanor guardando na memória algo que eu falei despretensiosamente a ela, gastando o próprio dinheiro e me presenteando com isto me deixa, por alguma razão, de coração partido.

Começo a pronunciar a palavra "obrigada" e a simular um sorriso, apesar da tristeza estranha e esmagadora que estou sentindo.

Seguro a caixa em minhas mãos, meu coração disparando.

— Que legal você ter lembrado de algo que eu falei — consigo desembuchar, calor emana do meu rosto enquanto tento esconder o fel escuro que sinto fervendo dentro de mim.

É tão bizarro o fato de eu ocupar um espaço, de ser vista por outras pessoas. Sinto como se estivesse caindo pelo espaço e Eleanor tivesse me jogado uma rosa. É um gesto tão doce e tão insignificante. Seria menos devastador cair pelo espaço sozinha, sem outra pessoa caindo ao meu lado. Sempre que alguém faz alguma gentileza para mim, cresce minha consciência do quanto é estranho e triste conhecer alguém.

Ela abre um sorriso enorme.

— É claro que eu me lembro das coisas que você diz.

...

Empurro a caixa de biscoitos para dentro do meu armário, atrás de um pacote de hóstias da comunhão, onde não consigo vê-la. Tendo a escondido, fecho a porta do armário com tanta força que uma das dobradiças quebra. A dobradiça restante é suficiente para manter o armário preso na parede. Ele fica pendurado ali, feito um dente mole.

• • •

Contemplo o céu pela janela do meu quarto. Vejo nuvens brancas passando pelo azul. Vejo um feixe de luz vindo da janela e batendo em meu guarda-roupa. Vejo milhões de partículas de poeira rodopiando no feixe de luz. Sinto o cheiro do desodorante em meu suéter. Ouço o vento assobiando ao passar pelas frestas de minha janela. Ouço a geladeira zumbir. Ouço o ar entrando e saindo de minhas narinas. Sinto meu coração bater.

• • •

Tirei a louça de dentro do guarda-roupa e levei tudo até a pia. Precisei fazer cinco viagens. Uma xícara caiu da pilha e se despedaçou no chão. Estou agora em pé diante da pia, vestindo luvas de borracha cor-de-rosa. A espuma do detergente cresce na água. Pego um prato e uma esponja. Tento esfregar molho vermelho que está grudado em uma tigela. Um copo de vidro tem leite velho e estragado no fundo. Estou esfregando freneticamente, suando sobre a pia.

• • •

Eli ainda não me respondeu.
    Abro o celular. Deslizo meus polegares pela tela plana e arranhada. Toco no nome de Eli e digito: *Você tá vivo?*
    Oi?
    Você tá vivo?

• • •

Segui um homem que parecia ser Eli até o interior de um pet shop. Estava indo a pé para o trabalho quando o avistei. Fiquei parada atrás dele no corredor de petiscos de cachorro até que o homem se virou e eu me dei conta de que não era Eli. Era só um cara meio parecido com ele.

Estou agora diante de uma gaiola com três filhotes de gato de pelo cinza. Quando estava saindo da loja, escutei seus miados fraquinhos, como o canto de uma sereia. Segui os miados até a gaiola. Meus dedos estão agora em torno das barras dela. Observo dois gatinhos rolarem um por cima do outro, brincando de lutar. A outra está esfregando o rosto em meus dedos. Eles vieram do abrigo de animais. Tem um folheto ao lado da gaiola com seus nomes, idades e um pouco a respeito de cada um. Eles se chamam Jane, Garrett e Lorraine. Têm doze semanas de idade. Já tomaram as vacinas. Jane é descrita como sociável e tagarela. Garrett é um pouco mais tímido e reservado. Lorraine, a que está esfregando o rosto em meu dedo, é carinhosa e sossegada.

— Está planejando adotar? — um funcionário me pergunta.

Fito os olhos verdes e o nariz minúsculo e cor-de-rosa de Lorraine.

Apesar de querer dizer que sim, eu falo:
— Não, obrigada.

E saio da loja.

...

— Esses policiais são uns imprestáveis! — Barney grita, batendo um jornal dobrado na mesa à qual Jeff e eu estamos sentados.

— O que está acontecendo? — Jeff pergunta, erguendo o jornal.

— Leia isso! — Barney grita. — É um absurdo!

Antes que qualquer um de nós possa absorver algo que está escrito, ele berra:

— Diz aí que não vão incluir Grace no caso de Laurie Damon!

— O quê? — Jeff se sobressalta, seus olhos devorando letras. — Como podem não incluir o caso de Grace? Não faz sent...

— Dizem que não há evidência suficiente para elaborar um caso para Grace! — Barney ruge, seu rosto vermelho.

— Isto é um absurdo — Jeff diz, cobrindo a boca com incredulidade.

...

— Estou ligando em nome da Igreja São Rigoberto — Barney grita ao telefone.

Ele colocou o telefone no viva-voz. Jeff e eu estamos parados atrás dele.

— Nós queremos saber... não, nós exigimos saber por que a justiça não está sendo feita para Grace Moppet. É óbvio que essa enfermeira assassina a matou! Vocês falaram para a gente que era impossível ela ter acesso à quantidade de remédios encontrada em seu corpo! Como explicam isso? Como explicam uma senhorinha com aquela quantidade de remédios no corpo? A enfermeira confessou! Ela disse que a matou! O que há de errado com vocês? Não conseguem condenar nem com uma confissão? Vocês deveriam ter vergonh...

— Senhor, preciso pedir que você se acalme.

— Nós todos poderíamos ser assassinados a sangue-frio amanhã, e o seu pessoalzinho não levantaria um dedo para resolver o caso! — ele berra. — Nós exigimos que a justiça seja feita!

— Eu entendo que esteja aborrecido, senhor, mas Grace não foi assassinada por Laurie Damon — o policial explica.

— O inferno que não foi! — Barney grita.

— A morte de Grace é suspeita, e nós continuamos investigando-a. Laurie Damon não é uma suspeita. Desconfiamos que Laurie esteja tentando levar o crédito por mortes pelas quais não é responsável. Assassinos fazem isso às vezes; querem alcançar as métricas de *serial killers*, para ganhar reputação. Ela diz que matou Grace, mas as contas simplesmente não batem. O relatório toxicológico de fato mostra uma quantia alta de secobarbital no corpo de Grace, mas a cronologia não faz sentido. Grace morreu em uma noite de quinta. Ela foi vista na mesma tarde e encontrada morta na manhã seguinte. De acordo com as câmeras de segurança, Laurie esteve no Hospital Elgin durante todo esse período. Cada segundo está gravado ali. As câmeras não a mostram saindo do hospital até depois da metade da manhã seguinte. É impossível que tenha sido ela. Nós também queremos que a justiça seja feita, senhor — o policial explica. — É por isso que não podemos atribuir a morte de Grace a Laurie.

As narinas dilatadas de Barney se retraem conforme ele processa a declaração do policial.

— Vocês estão nos dizendo que tem outro assassino à solta por aí? — ele esclarece.

— Nós estamos conduzindo uma investigação.

...

Abro o e-mail da igreja:

Querida Grace,

Como foram as festas por aí? Espero que tenha podido passar o tempo com sua família e aproveitado.

As crianças vieram passar o Natal aqui. Cindy me ajudou a cozinhar. Fiz as suas tortinhas de damasco. Foram um sucesso, como de costume.

Eu estaria mentindo, contudo, se dissesse que estava totalmente no clima. A ausência de Jim foi muito marcante. Ele ficava o dia todo usando um chapéu de Papai Noel. Colocamos o chapéu na cadeira dele para a ceia.

Estou tentando ser mais grata pelo que ainda tenho em minha vida. Tenho minha saúde, por exemplo.

Como você tem passado, Grace? Tem se sentido bem? Estamos na melhor idade agora, não é?

Feliz Ano Novo.

Com amor,

Rosemary

...

— Eu gostaria agora de rezar por minha amiga Grace Moppet — Jeff exclama do púlpito. Uma luz vermelha está atravessando as janelas de vitral e criando sombras no piso de azulejos. — Grace recentemente nos deixou e foi para seu lar nos céus, e tenho pensado muito nela nos últimos tempos. Gostaria de pedir que todos aqui dediquem um momento para orar por Grace comigo.

Murmúrios se fazem ouvir na multidão e todos curvam a cabeça.

Jeff recita:

— Ave Maria, cheia de Graça, o Senhor é convosco. Bendita sois vós entre as mulheres, e bendito é o fruto de vosso ventre, Jesus. Santa Maria, Mãe de Deus, rogai por nós, pecadores, agora e na hora de nossa morte. Amém.

A igreja fica em silêncio. Bancos rangem.

Ergo os olhos de minhas mãos cruzadas e analiso o lugar. Todos mantiveram os olhos fechados. A cabeça estão inclinada. Me concentro nas bocas enrugadas, que se movem ao rezar.

Todo mundo aqui conseguiu envelhecer, apesar do quanto é fácil morrer. Todos escaparam vivos da infância, apesar da tuberculose, da poliomielite e de sabe-se lá quais outras doenças horríveis que afetavam a humanidade quando eles eram crianças. Dirigiram sem cinto de segurança, em carros cheios de fumaça de cigarro. Literalmente sobreviveram a guerras. Coisas terríveis provavelmente aconteceram com cada uma das pessoas nesta igreja e, ainda assim, aqui estão elas.

Aqui estou eu.

Fecho os olhos e me concentro na escuridão atrás de minhas pálpebras.

Escuro.

É cruel imaginar uma idosa chegando ao fim de sua vida só para ser morta sem lógica alguma.

Aperto meus olhos fechados com mais força.

É bizarro que um corpo possa estar vivo em um instante e, então, tornar-se permanentemente inerte.

Escuro.

Quando morremos, nosso corpo vira lixo. Nós apodrecemos.

Escuro.

Não consigo acreditar que estou viva.

Escuro.

Não consigo acreditar que possa acreditar em coisa alguma.

· · ·

Certa vez, meu pai atirou uma boneca de porcelana em minha cômoda. Ela se estilhaçou. Cacos do rosto da boneca ricochetearam até a minha cama e o carpete. Ele tinha entrado no meu quarto de repente, furioso, e recolhido os brinquedos que eu havia reunido no chão, pegando-os nos braços e, então, atirando-os no corredor. Quando reparou que a boneca passara despercebida, ele a pegou e a arremessou contra a cômoda.

Ele fez isso sob o pretexto de estar bravo por eu não ter arrumado meu quarto; porém, eu era uma criança de dez anos astuta e sabia que aquela não era toda a verdade. Ele estava tendo um colapso nervoso.

O irmão dele tinha morrido na semana anterior. Foi inesperado. Meu pai e meu tio perderam contato. Não se falavam havia anos. Eu nunca o conheci.

Antes de meu tio morrer, havia ocasiões em que meu pai gritava e ficava bravo, mas era raro que quebrasse alguma coisa ou agisse com violência. As ocasiões anteriores nunca tinham parecido tão pesadas quanto o que estava acontecendo então. No dia anterior, ele gritara com Eli por não guardar os próprios sapatos. Segurou o braço do filho com muita força enquanto Eli chorava e gritava, pedindo que o soltasse.

Lembro de ficar com Eli em meu quarto, segurando minha boneca de porcelana sem cabeça, e de nossa mãe nos dizendo:

— Ele só está de mau humor, crianças.

...

Descobri depois, por meio de um primo de segundo grau no Facebook, que meu tio tinha problemas de dependência química. Ele estivera morando na rua.

Teve uma overdose.

...

Digito uma mensagem para Eleanor, dizendo: *Meu irmão não me responde mais. Ele saiu para dirigir bêbado no Natal e não tenho notícias dele desde então. Não posso ligar para a casa dos meus pais porque briguei com eles, e não sei o que fazer.*

Leio a mensagem duas vezes antes de apagá-la.

...

— A Flop morreu — anunciei para meus pais ao descobrir os restos inertes e sem vida da minha coelha de estimação. Sua existência, antes alegre e saltitante, havia se deformado, virado um sopro de pelos brancos e imóveis.

— Jesus Cristo — meu pai resmungou ao tentar se levantar de sua poltrona reclinável.

— Ai, meu bem, tem algo que eu possa fazer para te distrair? — minha mãe perguntou, agitada. — Quer que eu faça um chocolate quente? Quer um biscoito?

Meus olhos estavam tão arregalados como os da Flop.

...

— O que acontece quando a gente morre? — Eli me perguntou.

Estávamos deitados na minha cama, olhando para os adesivos que brilhavam no escuro no teto do meu quarto. Eram adesivos do sistema solar, pequenas luas e Saturnos.

Eu tinha dez anos; Eli tinha seis.

— Não sei — admiti, me sentindo pequena sob os planetas em meu teto.

— Só um vazio? — ele perguntou, a voz baixa.

— Talvez — sussurrei.

...

Céus azuis e brilhantes iluminam uma praia de areia branca. Estou em pé, com pasta d'água no nariz e um livro enfiado debaixo do braço. *A cor púrpura*. Coloco a mão sobre os olhos para protegê-los da luz do sol e enxergo pterodáctilos à distância, beliscando um cadáver feito abutres do tamanho de girafas.

— Xô! — eu grito para eles, balançando os braços sobre a cabeça. — Saiam de perto dele! — Corro em meio aos bichos como se fossem uma horda de gaivotas cercando um cachorro--quente abandonado. — Saiam de perto dele!

O corpo do meu irmão está caído na areia, todo torto.

Estou gritando, mas nenhum som sai. Alcancei uma frequência inaudível que ultrapassa meus próprios sentidos. As veias estão salientes em meu rosto vermelho e escorregadio. Com as mãos cheias de areia, estou vomitando.

...

Acordo.

Verifico o celular para ver se Eli já me respondeu.

Lembra quando a Flop morreu, Eli?, eu digito.

Lembra como eu encontrei ela?

Eu penso nisso o tempo todo.
Entende o que quero dizer?
Você pode me responder, por favor?
Estou preocupada que você tenha morrido.

...

A imagem de meu corpo sendo triturado por um trem que passa por cima dele lampeja em minha mente.

Estou em um ônibus que passa por cima de trilhos de trem. Estou indo para a igreja. Evito olhar para os trilhos, me concentrando no brilho da tela do meu celular. Meu coração acelera quando vejo uma notificação de mensagem aparecer ali. Eu a abro esperando que seja de Eli, confirmando estar vivo. Faz oito dias desde a última vez que tive notícias dele.

Deslizo e vejo que é só uma mensagem de Eleanor.

No que você está pensando agora?

Afasto os olhos do celular, direcionando-os para a janela do outro lado do ônibus. Encaro um penhasco muito alto e me imagino dando um salto mortal da beirada dele, rodopiando até afundar nas águas escuras lá embaixo.

Você está bem?, ela me envia em outra mensagem.

Oi, Grace,

Só estou escrevendo para compartilhar o obituário de Jim com você. Deixei uma foto em anexo.

Com amor,
Rosemary

Abro a imagem anexa. É um recorte escaneado de jornal, que mostra um homem idoso sorrindo, usando camisa polo e boina. Eu leio:

Jim nasceu em Terra Nova. Ele, seus pais e a irmã mais velha moraram na região até 1955. Ele amava animais e foi um pianista talentoso...

Meus olhos se enchem de água.

Ele deixará saudades para sua esposa, Rosemary, seus filhos, seus netos e sua irmã.

Mal consigo ler em meio a todas as lágrimas.

Ele foi um filho, irmão, marido, pai e avô muito amado.

...

Estou no banheiro da igreja, gritando para o meu celular:
— O Eli está aí?
— Ai, meu Deus, o que aconteceu? — minha mãe responde, agitada.
— O Eli está aí? — exijo saber mais uma vez, minha voz ainda mais alta.
Imagino o rosto do meu irmão, frio e ceroso, apodrecendo na sujeira.
— Não. Por quê? Está tudo bem?
Imagino a foto dele no jornal.
— Você tem notícias dele? — Agarro meu peito acelerado, a imagem do peito imóvel de Eli queima minha mente.
— Não! Por quê? Ele está bem? Você está me assustan...
Meu cérebro começa a escrever um obituário para ele. Pare.
— Soube dele desde o Natal?
Irmão e filho amado. Pare.
— Claro que sim, eu o vi hoje cedo. Por quê? Ele está bem?
Expiro. A imagem do peito morto e imóvel de Eli se dissolve, o peso desaparece.

— Ele está ignorando as minhas mensagens — explico, arfando. — Eu estava com medo de ele ter morrido.

— Ah, meu Deus, Gilda! — minha mãe grita. — Que coisa horrível de se dizer. O que há de errado com você?

• • •

As pessoas estão saindo em fila da igreja.

Barney e eu estamos em pé ao lado da entrada dos fundos, observando a multidão lenta migrar calmamente para fora do lugar.

— Soube de algo a respeito da Grace? — pergunto a Barney.

— Não. — Ele cruza os braços, seus olhos esquadrinham os rostos envelhecidos dos paroquianos débeis que se vão, como se tentasse localizar suspeitos.

— O que você acha que aconteceu com ela? — pergunto.

— Bom, alguém a matou — ele diz, seco.

Faço que sim com a cabeça.

— É, acho que a pergunta é quem.

— Não. — Ele sacode a cabeça. — A pergunta é por quê. Se você entender o motivo, entende quem foi.

— Ah. — Assinto. — Alguma ideia de qual pode ter sido o motivo, então?

— Acredito que muitas vezes o motivo é dinheiro — ele observa.

— Você sabe se ela era rica?

— Não sei — ele diz. — Normalmente, é alguém que conhece a vítima — continua. — É raro que as pessoas sejam assassinadas de forma arbitrária.

— Sabe se ela era casada? — pergunto.

— Acredito que não. Acho que não é impossível ter sido aleatório — ele diz. — Tenho visto cada loucura sobre psicopatas no noticiário nesses últimos anos... Não me surpreenderia que um lunático atacasse uma idosa.

...

A agente Parks está no escritório de Jeff.
 Os dois estão lá há mais de uma hora.
 Estou tentada a ouvir por trás da porta.

...

Pesquiso "Grace Moppet" no Google e procuro o obituário dela entre os resultados. Clico até encontrar o nome. Pauso depois de abrir o link, apreciando a fotografia. Seu cabelo é cor de marfim e encaracolado com permanente. Ela está usando batom cor-de-rosa e óculos grandes e dourados.
 Parece muito gentil, como alguém que reabastece uma tigela de doces e conversa muito com os caixas que encontra nos estabelecimentos.
 Os olhos dela se conectam com os meus.
 Oi, digo em silêncio, esperando para ver se ela, de alguma forma, retribui o cumprimento.
 Fico aliviada e desapontada quando ela não o faz.
 Rolo a tela para baixo e leio:

MOPPET, Grace, de St. Thomas, faleceu em uma quinta-feira, 11 de outubro de 2019, aos 86 anos de idade. Esposa querida do falecido Richard "Dick" Moppet e filha amada de Matthew e Christina Smyth. Grace nasceu no dia 1º de outubro de 1933. Era integrante da Igreja Católica de São Rigoberto e trabalhou no local por dez anos como assistente administrativa. Antes disso, trabalhou por muitos anos como atendente de caixa na Mercearia Elgin. Os pais de Grace, Matthew e Christina, faleceram durante sua adolescência, e ela deixará saudades tanto como irmã quanto como figura materna para suas irmãs mais novas, Mary, Faith e Elizabeth. A família receberá os amigos na casa funerária Sunny, rua Elgin, nº 60, em St. Thomas, no domingo, entre 13h e 15h.

Passo os olhos novamente pelo obituário, buscando pistas sobre como Grace pode ter morrido.

Releio a linha que fala de seu marido. Ele morreu. Morreu antes dela: portanto não pode ser o culpado.

Ela trabalhou aqui e como caixa em uma mercearia. Foi uma "figura materna" órfã para as irmãs. Não acho possível que fosse rica, dadas essas circunstâncias. Isso significa que a probabilidade de alguém tê-la matado por uma herança é baixa.

De acordo com Barney, só restaria uma possibilidade: ela foi morta por um psicopata.

Será que ela foi morta por um psicopata?

— Gilda? — A voz de Barney interrompe minha linha de raciocínio.

Ergo os olhos.

— Posso te pedir um favor?

Hesito.

— Claro.

Ele se aproxima de mim, os olhos indo de um lado para o outro, como se estivesse conferindo se há alguém nos ouvindo às escondidas.

— Você é familiarizada com compras na internet?

Faço uma pausa.

— Sim. Digo... Para comprar o quê?

— Eu preciso de um livro — ele explica, a voz ficando mais baixa. — Ele se chama *Como capturar um assassino*.

• • •

Estou deitada em minha cama com as luzes apagadas. Ouço sirenes nas ruas sob minha janela. Me pergunto se tranquei a porta.

Imagino um assassino esgueirando-se em frente ao meu apartamento. Imagino a silhueta de sua mão se esticando até a maçaneta. Puxo os cobertores até o queixo, na esperança de que o edredom felpudo possa funcionar como um escudo contra meu assassino hipotético.

Barulhos farfalhantes no corredor fazem todos os pelos do meu braço se erguerem em posição de sentido, como soldadinhos inúteis. Fecho os olhos e imagino explosões. Disparos. Bombas. Imagino mãos enroscando-se em torno de gargantas, travesseiros sendo apertados sobre rostos. Imagino veneno sendo servido em copos, carros dando guinadas e subindo em calçadas lotadas. Penso em cordas amarradas em pescoços e em gasolina, fósforos e...

Pare.

Pense em outra coisa.

Eu penso em Grace e em seu corpo em decomposição.

Pare.

Pense em outra coisa.

...

— Qual é o seu mantra? — Giuseppe me pergunta.

— O meu o quê?

— O seu mantra — ele diz. — O meu é: Eu amo a mim mesmo, eu acredito em mim mesmo, eu apoio a mim mesmo.

Não respondo.

— Vamos pensar em um para você — ele continua. — Que tal esse? "Eu sou capaz e digna."

Franzo a testa.

— Como assim, capaz e digna? Capaz e digna do quê?

Ele ri.

— Tudo bem, talvez esse não seja para você. Que tal...

— Você conhece alguém que foi assassinado? — eu o interrompo, esperando direcionar esta conversa horrível para algum assunto mais mentalmente estimulante para mim.

— O quê? Não — ele diz. — Por quê?

— Não é louco as pessoas serem assassinadas? — eu insisto.

— Quero dizer, todo o conceito de assassinatos. Não é maluco?

— Acredito que sim — ele responde, hesitante. — Mas este é um assunto meio sombrio, não é? Você não devia permitir esse tipo de energia triste no espaço de sua vida. Em vez disso, pense em coisas como viver, vivacidade.

— Certo — eu respondo, pensando intensamente na morte e em apatia.

• • •

— Vocês conhecem alguém que foi assassinado? — pergunto a meus pais enquanto sirvo uma latinha de refrigerante em um copo cheio de gelo. O som efervescente e o tilintar dos cubos de gelo abafam a resposta da minha mãe.

Eli está no quarto e não deu as caras no andar de baixo.

— O quê? Não — ela responde.

— Ô, se conheço — meu pai diz. — Um homem que contratamos para cuidar do jardim matou três mulheres da cidade. Era um doido de pedra. Como era o nome dele, querida? Arthur?

— Ai, não fale do Arthur! — Minha mãe estapeia o ar.

• • •

Na rua do meu apartamento, o pôster de GATO DESAPARECIDO já está meio desintegrado. Não consigo mais ler o nome de Botinha lá.

Estou parada em frente a ele, encarando a imagem cinza e descascada.

O sol está se pondo e o céu está cor-de-rosa.

Me pergunto se a família de Botinha adotou um novo gato.

• • •

— Desde que eu era um garotinho, tinha obsessão pela felicidade. Queria saber os segredos das pessoas felizes. Queria saber o que separava as pessoas felizes das infelizes.

Giuseppe me liga todas as noites. Eu não sei como fazê-lo parar.

— O que é que as separa? — falo, monótona, rezando para que ele capte meu tom de voz e perceba que estou desinteressada.

Me pergunto o que Eleanor está fazendo.

— As pessoas felizes cultivam gratidão: são integrantes ativas de suas comunidades, sentem uma conexão profunda com o planeta e com as pessoas que as cercam. Muitas vezes, são religiosas.

A ligação fica em silêncio por alguns instantes, até que Giuseppe me pergunta:

— Você é feliz, Gilda?

Estou deitada no chão do meu banheiro, encarando o mofo que cresce ao redor do ventilador no teto.

— Geralmente, não — respondo, desatenta.

— O quê?

— Ahn — digo, me dando conta de que vacilei em minha atuação. — Digo, sim. Eu sou feliz — me corrijo. — Sou superfeliz. Agradeço a Deus todos os dias por me abençoar com tanta felicidade.

...

— Assassinos se escondem à vista de todos — Barney me diz.

Ele está apoiado em minha mesa, o nariz enfiado no livro que me fez comprar.

— Os piores criminosos parecem pessoas comuns — ele prossegue.

Eu encaro a tela do computador.

— Você já ouviu aquela frase, *"Criminosos sempre retornam à cena do crime"*?

Concordo com a cabeça.

— Aposto que quem matou a Grace sempre vem a esta igreja.

— Mas não foi aqui que ela morreu, foi? — pergunto.

— Não sei — ele responde, indiferente. — Sabia que muitos assassinos faziam xixi na cama quando crianças? — ele continua. — Muitas vezes também machucaram a cabeça na infância. Ah, e você já ouviu falar de troféus? São pequenas recordações que assassinos tomam das pessoas que eles mataram.

・・・

Jeff me entrega uma pilha de documentos. O anel em seu dedo reflete a luz quando os pego de suas mãos. Sinto um aperto no peito.

— Você pode etiquetar isto aqui, por favor? — ele pergunta.

— Esse anel é da Grace, não é? — Indico a mão dele com a cabeça.

Ele baixa os olhos.

— Sim, eu o uso para me lembrar dela.

— Ela deu o anel para você? — questiono.

— Bom, ela deixou na escrivaninha — Jeff explica. — Mas não se preocupe, é só uma bijuteria. Eu teria entregado às irmãs dela se fosse algo de valor. É só uma pequena recordação.

・・・

Pesquiso a palavra "padre" no Google e observo os resultados alarmantes da busca.

PASTORES QUE ATACAM SEUS REBANHOS

POR QUE A IGREJA CATÓLICA ATRAI HOMENS PERVERSOS

DENTRO DA MENTE DE UM PADRE PERVERTIDO

Jesus Cristo, articulo em silêncio, enquanto leio uma reportagem que explica que homens predadores acabam se tornando padres porque isso os coloca em uma posição de poder em relação a pessoas vulneráveis. Verto os olhos da reportagem para a porta do escritório de Jeff. Uma energia agourenta me domina.

• • •

— O que te fez querer se tornar padre? — pergunto a Jeff, em voz baixa, esperando conseguir interrogá-lo de forma sutil.

— Ah, simplesmente senti um chamado — ele murmura.

— Imagino que seja mais ou menos como as pessoas que sentem terem nascido para serem pais ou mães, ou médicos, artistas. Faz sentido?

Ele está em pé ao lado da chaleira do escritório, segurando uma caneca de cerâmica. Eu encaro a caneca, pensando que itens do cotidiano podem ser usados como armas. Uma caneca de cerâmica, por exemplo, poderia facilmente ser utilizada para golpear alguém.

Penso em como ele ficou bravo quando descobriu que a morte de Grace era suspeita. Penso nele chorando quando descobriu. Me pergunto se um assassino teria chorado. Se ele é um bom ator.

— O senhor nunca quis se casar, ter filhos? — Levo a entrevista adiante, ainda cuidadosa com o tom evasivo que minhas perguntas precisam ter.

A chaleira assobia. Jeff se vira para servir água quente em sua caneca.

— Não, na verdade, mas mesmo que fosse o caso... Sinto que Deus me escolheu para a vida que tenho. Gostaria de um pouco de chá, querida?

— Não. — Nego com a cabeça. — Obrigada.

• • •

Estou examinando um fórum on-line que sugere que padres têm maior probabilidade de serem depravados por não quererem se tornar maridos ou pais. Centenas de pessoas comentam que concordam com essa opinião: padres são aberrações porque não sucumbem ao impulso primitivo que todos os humanos possuem dentro de si, de emparelhar-se e procriar.

O fato de Jeff não querer ser marido ou pai não me aturde, porque eu mesma não tenho vontade de ser esposa ou mãe. Não acho difícil solidarizar com uma pessoa que não se submete aos papéis tradicionais de seu gênero.

Já que tenho essa perspectiva, decido contribuir no fórum:

> *Eu, pessoalmente, acho que padres não sentirem que têm vocação para se casar e ter filhos é menos estranho do que sentirem um chamado para se tornar alguma coisa, seja o que for.*

Quase que imediatamente uma pessoa responde: *Do que você tá falando, porra?*

Deleto meu comentário.

• • •

Um único feixe de luz atravessa uma fenda entre as cortinas e brilha, como uma caneta laser, diretamente em meu olho.

Me sento às cegas.

— Onde estou? — pergunto à escuridão, preocupada.

Ninguém me responde, mas minha visão começa a se recuperar. As sombras de sofás e mesas estão se formando. Consigo agora distinguir por conta própria que estou no sofá da sala de estar dos meus pais.

Ouço alguém lavando louça na cozinha.

— Como eu vim parar aqui? — pergunto.

— O quê? — minha mãe grita, mais alto que o som da água.

— Como eu vim parar aqui? — pergunto outra vez.

— Como assim? Não sei. De ônibus, provavelmente. Do que você está falando?

• • •

Estou sentada em um banco em frente à mercearia. Observo pessoas andando desajeitadas pelo estacionamento. Vejo as sacolas de compras de uma mulher cederem; um frasco de molho de tomate explode no concreto. Fito a sua boca. Ela está de cara amarrada.

Eu pisco.

Observo um carrinho de compras abandonado rolando até a porta de um carro.

Blam.

Preciso reunir forças para entrar na mercearia.

Fique em pé.

Fique em pé.

Fique em pé.

...

Pessoas estão roçando os braços nos meus ao se mexerem para pegar seus produtos. A loja está lotada. Uma mulher com um bebê preso ao peito se joga à minha frente, em busca da última caixa de macarrão Kraft Dinner em promoção.

A luz fluorescente está queimando meus olhos.

— Gilda?

Eu me viro e encaro uma garota que fez o colegial comigo, uma garota cujo nome já não me lembro.

— Ah, oi — digo, ainda buscando o nome dela em minha memória.

Katelyn?

Kirsten?

— Como você está?! — Ela sorri.

— Muito bem! — Tento equiparar o entusiasmo dela enquanto seu nome continua esquecido. — E você?

Tara?

Sarah?

Michelle?

— Ah, tudo ótimo por aqui. — Ela abre um sorriso ainda maior ao mostrar o anel de noivado que tem no dedo. — Você se lembra do Devon Cunnings, né?

Faço que sim com a cabeça, embora não me lembre.

Não me lembro nem de você, sinto vontade de dizer.

— Começamos a namorar na faculdade. — Ela sorri, olhando para a própria mão. — Nunca tínhamos reparado um no outro no colegial. Eu namorava o Paul, lembra? Compramos uma casa na zona residencial, na rua Cherry. Tem um monte de quartos, o que é ótimo, porque já estamos pensando em filhos. — Ela ri. — O que aconteceu? — ela pergunta, indicando meu braço.

— Ah, uma garota pediu para assinar meu gesso e desenhou um pênis, aí meu irmão cobriu o desenho com essa...

Ela ri.

— Não, quis dizer como você quebrou o braço?

— Ah, tive um pequeno acidente de carro.

— Ah, meu Deus! — ela diz.

— Mas estou bem — falo a ela.

Não acho que ela se importe de fato com o meu bem-estar. Só quer me contar de seu marido, sua casa e seus planos. Quer ser validada, sentir-se bem consigo mesma. Quer provar para mim que a existência dela importa. Penso em como posso transmitir que ela teve sucesso.

É estranho que eu seja capaz de fornecer a ela qualquer tipo de validação. Quem sou eu para essa mulher? Por que ela realmente se importa com o que penso? Eu nem sequer me lembro dela.

Não consigo pensar em nada que ela poderia me dizer que me validaria. Ela poderia falar que sou a pessoa mais interessante, importante, bonita e bem-sucedida que ela já viu em toda a vida triste que levou, e significaria tanto para mim como se viesse de alguém tentando me convencer a entrar em um esquema de pirâmide.

Jane?

Clara?

— Parece que as coisas estão indo muito bem — digo a ela. Seus olhos se iluminam. Acrescento: — Fico muito feliz por você. E você está linda, a propósito.

Ela sorri.

• • •

Todas as caixas de leite indicam que vão vencer em dois dias, e nenhuma parece limpa. Puxo uma do fundo da prateleira, apesar de sua aparência ser tão ruim quanto a das outras, esperando que menos pessoas a tenham tocado.

• • •

— Este leite vence em dois dias! — minha mãe diz, exasperada, quando lhe entrego o leite.

Eu tinha ido à mercearia para comprar aquilo para ela.

— Desculpa.

— Por que não procurou um com uma data melhor?

— Não pensei nisso — minto.

• • •

Um perfume de suor e álcool domina o cômodo. Aperto meu nariz e olho feio para a origem do cheiro.

Eli acabou de aparecer.

— O que você está fazendo aqui? — ele me pergunta, parado ao batente da porta.

— Visitando — respondo, e o observo cambalear para tirar os sapatos. Nossos pais estão na sala dos fundos, assistindo à TV.

Eli tira uma das meias junto do tênis, por acidente.

— Você não respondeu a nenhuma das minhas mensagens desde o Natal, sabia? — eu o confronto.

Ele revira os olhos, agora tropeçando para tirar o outro sapato.

— Achei que você tinha morrido.

Ele ri.

— Bem que eu queria.

Sinto uma raiva intensa ferver em meu estômago. Me coloco em pé.

— Retire o que disse — digo a ele. Sinto como se uma corrente elétrica estivesse atravessando meu corpo.

Ele faz um som de desdém.

— Bem que eu queria estar morto.

Eu o soco no ombro. Ele cai para trás. Rindo, ele repete:

— Eu queria estar morto. Queria estar morto.

Eu o empurro contra o canto da parede. Ele continua repetindo:

— Eu queria estar morto.

Eu o esmurro.

— Pare de falar isso! Pare de falar isso!

— O que diabos está acontecendo? — a voz do meu pai ressoa. Continuo socando Eli. Ele não revida.

— Se afastem! — meu pai grita.

Eu chuto meu pai quando ele tenta me afastar de Eli. Quebro os óculos dele. Minha mãe está gritando. A mesa de centro virou. Quebrei os pratos decorativos.

— O que há de errado com você, Gilda? — minha mãe exclama.

• • •

Uma couve-de-bruxelas congelada cai do saco que pressiono em meu olho inchado. Deixo que ela role para baixo da cama onde dormi na infância. Imagino-a ficando lá para sempre. Imagino-a mofando e apodrecendo.

Tem um duto de ar em meu quarto que deixa entrar o som dos cômodos abaixo. Consigo ouvir meus pais murmurando.

— Não sei qual é o problema dessa garota — minha mãe está dizendo.

— Ela é uma adulta crescida.
— Por que ficar puxando briga com o irmão mais novo?
— Ela precisa parar e pensar muito bem na própria vida.

Este quarto é o local onde aconteceram quase todos os colapsos nervosos que tive antes de fazer dezoito anos. Eu me lembro de hiperventilar aqui dentro.

É difícil processar meus pensamentos. Mal consigo começar a examinar alguma coisa antes de me deter e perguntar: *Por quê?* Por que me importa estar me sentindo assim? Por que importa, por exemplo, que meu irmão mais novo seja alcoólatra? Por que importa que ele diga que queria estar morto? Por que eu me importo tanto com isso?

Não consigo melhorar meu humor por nada, quase todo raciocínio que começo é frustrado por minha consciência abandonando meu corpo e me observando de cima.

Lá estou eu.

Olhe para mim, pensando que não quero que Eli seja um alcoólatra.

Olhe para mim agora, estou chorando.

Que ridículo.

Ei! Pare de chorar.

Isso não importa.

Pense na vastidão do espaço!

...

Eu me lembro de ouvir Eli gritando:

— Eu posso postar o que quiser! É arte, seu idiota!

Meu pai o colocou de castigo por causa de pinturas que ele tinha postado na internet. Ele tinha quinze anos e havia pintado uma série de ângulos peculiares e muito próximos de genitálias humanas.

A interpretação artística de meus pais foi que a obra havia sido feita para chamar atenção e com o único propósito de constranger a família. Eu tinha achado as pinturas bonitas. Eu as teria pendurado nas paredes da minha casa.

— Não debaixo deste teto! — meu pai bradou.

— Eu não estava debaixo deste teto quando postei. Postei na escola — Eli retorquiu, irônico.

— Qual é o seu problema? — meu pai perguntou. A chaleira estava assobiando na cozinha.

Minha mãe disse:

— Pare, não piore a situação. Ele pode deletar as fotos e pronto.

— Eu não vou deletar. Vão se foder — Eli respondeu.

Meu pai agarrou o braço dele.

— Olhe como fala.

Eli se afastou.

— Você vai me bater, que nem bateu no tio Teddy?

Certo dia, Eli e eu entreouvimos meus pais por meio do duto de ar no meu quarto. Meu pai confidenciava à minha mãe que ele e o irmão brigavam muito quando eram adolescentes. Chorava enquanto contava a ela. Disse que estava preocupado que aquilo fosse parte do motivo de Teddy ter ficado do jeito que ficou. Tenho certeza de que não era verdade, e acredito que Eli também não pensava assim.

Meu pai deu um tapa nele.

...

Todas as vezes que minha família brigava, minha reação inicial era fantasiar que me mudava para algum lugar muito longe e nunca mais falava com nenhum deles. Eu pensava em começar uma vida nova, em um novo continente. Quando estava na cama, esperando para dormir, já tinha começado a me sentir mal por todos.

De manhã, quando a família acordava, evitávamos uns aos outros. Por fim, depois de alguns dias, simplesmente fingíamos que nada tinha acontecido. Alguém contava uma piada desconexa, minha mãe fazia chá para todo mundo e meu pai comentava do tempo ou dos vizinhos.

· · ·

As árvores ao redor da casa dos meus pais são maiores do que eu imaginei. Estou sentada no meio-fio do lado de fora, encarando os arredores.

Algumas de minhas memórias de infância são mais vívidas para mim do que minhas lembranças do dia de ontem. Certa noite, por exemplo, eu brinquei de esconde-esconde nesta rua com um grupo de crianças da vizinhança. Me lembro de cada criança que esteve aqui. Estava entardecendo e a rua de concreto preto refletia o brilho alaranjado dos postes. Nossas sombras se estendiam pela rua, movendo-se e correndo junto de nós. Escalamos as cercas dos vizinhos e corremos pelos quintais dos fundos de estranhos, pulando em piscinas e afagando cachorros. Um deles era um lulu-da-pomerânia, o outro era um golden retriever. Ficamos sentados neste meio-fio, bebendo raspadinhas. A minha era um misto de sabores vermelho e azul. Me lembro exatamente da sensação em minha boca e de como eu me sentia.

Será que sou a mesma pessoa agora?

Quando era ainda mais nova, eu fingia que a rua à frente de casa era um oceano. Desenhei no asfalto com giz estrelas-do-mar, baleias e uma jangada. Eu estava com band-aids em torno dos dedos, e a parte grudenta do curativo acumulou resíduo pastel do giz. Eu fiquei deitada de olhos fechados na jangada de giz, no meio da rua. Pensei em tubarões, em como seria ver a barbatana de um deles me circundando na água.

Eu estava deitada na rua, pensando que poderia ser atropelada, e não me pus em pé. Meu pai e minha mãe me viram, foram correndo até a rua, furiosos comigo por ficar deitada ali. Me fizeram ir para o meu quarto. Meu pai gritou:

— Você podia ter morrido! E aí? Como seria?

E aí? Como seria?

Passei o resto daquele dia olhando a rua-oceano pela minha janela, me perguntando o que teria acontecido se eu tivesse morrido. E aí, como seria? E aí, como seria? E aí, como seria? Havia uma aranha presa comigo atrás do vidro. Eu olhei de perto para ela: a curvatura de suas pernas finas, seu pequeno rosto de monstro.

Em outra noite, roubei o carro dos meus pais e dei ré no poste de luz do outro lado da rua. Eu tinha dezesseis anos. Me lembro de tocar o poste e senti-lo, liso e gelado, e me lembro de tocar o carro no ponto em que tinha sido atingido, sentindo que estava lascado e desigual. Dirigi até a praia e lá pensei em me matar — não por causa do carro, mas porque estava há anos com depressão —, só que, em vez disso, decidi ir ao McDonald's e pedir um saco de batatas fritas. O funcionário do McDonald's me pediu para dizer com mais clareza meu pedido, e eu repeti:

— Um saco de batatas fritas, por favor.

Quando cheguei em casa, dei as batatas a Eli sem nenhuma explicação.

— Ah... obrigado — ele disse, com cautela, evidentemente confuso com meu gesto.

Eu as comprei com a intenção de comê-las eu mesma. Me perguntei: "Tem alguma coisa que eu queira neste momento?", e então respondi: "Batata frita".

Decidi, portanto, comprar as batatas em vez de me matar, porque parecia lógico. Não se deve cometer suicídio quando ainda se tem vontade de comer.

Depois, me permiti pensar demais no fato de ter roubado o carro, dado ré em um poste e considerado me matar, *e aí, como seria? e aí, como seria? e aí, como seria?* — e aí, pensei: *Talvez o Eli goste de ganhar um saco de batatas fritas.*

...

Ouço Eli chorando em seu quarto através da parede que nos separa.

Estou me distraindo desse som com meu celular. Deslizo a tela pelo Instagram. Meu perfil tem duas fotos. Uma é de um latão de lixo, com a legenda "eu", e a outra é de um gato que vi certa vez. Não postei nada nos últimos quatro anos.

Não costumo olhar muito o que outras pessoas postam, mas estou fazendo isso hoje. Hoje, estou olhando o rosto envelhecido de meus conhecidos e de pessoas que fizeram bullying comigo no ensino fundamental. Olho seus bebês, colocados ao lado de lousinhas com escritos em giz que indicam a idade deles em meses. Os meninos estão vestidos com suspensórios, as meninas usam tiaras com laços enormes. As cabeça carecas de bebê, os olhos arregalados e confusos encaram a câmera acima, como se dizendo: *Que porra é essa? O que estou fazendo do lado dessa lousa? Por que você não está me carregando?*

Homens da minha idade estão começando a perder cabelo e ganhar barrigas de cerveja. Quase todas as fotos pelas quais passo ao deslizar são de uma fileira de mulheres usando vestidos de alcinha floridos, participando de um chá de bebê ou de panela. De vez em quando, aparece uma despedida de solteira, mostrando decorações e petiscos em formatos fálicos. São uma tentativa de salpicar um pouquinho de animação nas lúgubres, infinitas e artificiais sessões fotográficas de pessoas que buscam um pouco de validação deprimente.

Por um momento, este exercício me faz sentir superior a essas pessoas. De alguma forma, minha foto de um latão de lixo me faz pensar que todas elas deveriam me invejar. Eu estou acima disso tudo; tenho uma consciência superior. Estão todos perdendo em um jogo que eu nem sequer me dou ao trabalho de jogar. Quando mais um momento passa e eu ouço Eli soluçando do outro lado da parede, me dou conta de que espero que cada uma dessas pessoas tenha se sentido sinceramente significante e validada. Espero que essas fotos horríveis tenham refletido algum sinal genuíno da existência delas.

• • •

Meu cabelo está roxo, minha pele está cinza e eu estou flutuando em uma lagoa.

— Você é uma adulta crescida — a voz da minha mãe surge em minha consciência.

Couves-de-bruxelas congeladas chovem do céu.

— Por que está puxando briga com o seu irmão mais novo?

Eu esperneio na água.

— Você precisa parar e pensar muito bem na sua própria vida!

• • •

Estou olhando para mim mesma em um espelho de aumento. Meus poros e os pelinhos loiros que crescem sobre toda a área de minhas bochechas. Encaro os vincos em minhas pálpebras. O padrão esquisito de rugas sob meus olhos. Meus cílios mudam de cor conforme crescem; as raízes são pretas, as pontas são loiras. Há veias finas e vermelhas em meus olhos, um amarelado ao redor de minhas pupilas.

Eu pisco.

• • •

Estou deitada em uma banheira gelada, ainda de roupa. Manejo a torneira com um pé. Abro-a e deixo que jatos de água fria entrem na banheira, então a desligo e depois torno a ligar.

Aberta.

Fechada.

Eu estava no meu banheiro quando senti a eclosão de uma crise em meu estômago. Relutante a aceitá-la de braços cruzados, por assim dizer, decidi que tentaria evitá-la. Não consegui pensar no que fazer e achei que submergir em água fria poderia ajudar — portanto, aqui estou eu. Deitada, inteiramente vestida, em minha banheira gelada.

...

Coloco um prato sujo e uma xícara vazia em minha mesa de cabeceira.

...

Tem uma adolescente sentada ao meu lado no ônibus. Ela está falando aos sussurros no celular. Parece ter cerca de treze anos. Tem acne severa e as unhas de suas mãos estão cobertas com um esmalte azul descascado.

Ela não para de dar risadinhas desajeitadas e dizer "pode crer" no celular.

Encaro sua boca.

Ela parece tão nervosa.

— Pode crer.

— Rá, rá, pode crer.

— Ah, pode crer!

A garota desliga.

Eu a ouço soltar a respiração.

Ela se remexe e, então, liga para outro número.

— Mãe? Adivinha? A Lara me ligou — a garota fala baixinho, empolgada. — É, então, acho que ela quer ser minha amiga — ela sussurra.

Sinto meu coração apertar.

— Eu sei, espero que ela não esteja me zoando ou algo assim — ela continua.

Meu coração afunda tanto em meu estômago que começo a imaginá-lo caindo do meu corpo e indo parar no chão do ônibus.

A garota está repuxando a barra da camiseta. A peça é pequena demais para ela e está subindo, expondo sua barriga carnuda.

Fecho os olhos e tento ignorar a conversa.

— Eu sei, não vou ficar criando expectativas. — A voz baixa dela surge em meus pensamentos.

• • •

— Você está bem? — uma pessoa que não conheço me pergunta enquanto saio às pressas do ônibus.

— Ah, sim, obrigada… estou bem — digo, chorando. — É só uma reação alérgica.

• • •

— Estou me sentindo esquisita — revelo à médica do pronto-socorro.

— Qual o problema? — ela pergunta.

— Vai parecer estranho — admito. — Mas eu simplesmente não consigo acreditar que exista um esqueleto dentro de mim.

— Como assim, não consegue acreditar que tem um esqueleto dentro de você?

— Não consigo, só isso — repito, em um sussurro.

Estou apertando o braço sob o casaco. Cortei intencionalmente a pele do meu antebraço, e foi um corte profundo. Não admiti isso para a médica. Vim até aqui para levar pontos, mas me dei conta, enquanto esperava, que talvez acabasse internada ou presa.

Talvez eu devesse dizer que foi um acidente.

— Foi um acidente — digo.

— O que foi um acidente? — ela me pergunta, confusa.

— Desculpa, nada — eu resmungo. — Só não estou me sentindo muito bem.

— Você tem depressão?

— Sim — respondo. Sinto o sangue pingar do meu braço para minha mão.

— Quando começou a se sentir deprimida?

Faço uma pausa para pensar.

— Acho que eu tinha onze anos.

— Onze? É bastante tempo para estar se sentindo assim. Aconteceu alguma coisa nessa época?

— Não, na verdade não — respondo, limpando o sangue discretamente em meu jeans escuro.

・・・

Tenho uma lembrança vívida de mim mesma aos onze anos. Era verão, e eu estava deitada em um campo de capim amarelo. Havia joaninhas por todo lado e nuvens brancas e baixas que corriam pelo céu. Lembro de dizer a mim mesma para guardar aquele momento na memória, como um tipo de experimento. Não havia nada de particularmente inesquecível naquele instante. Eu só estava sozinha com meus pensamentos e decidi, ativamente, escolher me lembrar de algo.

Memórias de quando era mais nova do que aquilo começavam a esmaecer. Eu não sentia que tinha onze anos; muitas vezes, por acidente, respondia que tinha dez quando as pessoas perguntavam. Sentia que o tempo estava passando rápido. Sentia nostalgia de quando era mais nova, e me incomodava o fato de ter esquecido algumas coisas. Quem foi minha professora na primeira série? De que cor era a sala de estar antes de meus pais pintarem as paredes? Quem era minha melhor amiga no jardim de infância? Eu sentia que nunca estava no momento que vivia. Estava sempre olhando para trás ou preocupada com o futuro. Lembro que ventava forte e a grama estava balançando; joaninhas se agarravam às folhas que se sacudiam ou então voavam para longe. Eu me sentia incrivelmente triste, e ciente de como era estranho estar tão triste em um cenário tão alegre e bonito.

Cheguei à conclusão de que cada momento existe na eternidade, não importa se é lembrado ou não. O que aconteceu aconteceu, e ocupa aquele espaço para sempre no tempo. Eu era uma garota de onze anos deitada na grama em certo verão. Soube naquele momento que aquilo era verdade, e aceitei que, pelo resto da minha vida, passaria como um foguete por meus momentos, me esquecendo de coisas, ficando cada vez mais velha, até que me esquecesse de tudo — por isso, me reconfortei comprometendo-me a recordar aquele único momento.

• • •

Finalmente, por todo o meu esforço como pessoa deprimida, me foram concedidos inibidores seletivos da recaptação de serotonina. Estou esperando que a farmacêutica preencha minha receita e me apresente minha medalha. Agradeço à dra. Chan por me indicar a tamanha honra, e a meu cérebro por ser um fardo para mim.

A farmacêutica acena, me chamando até uma área privada na farmácia. Outros clientes me observam enquanto vou até lá.

A farmacêutica explica, enquanto eu balanço a cabeça, que a medicação pode causar náusea, dores de estômago, problemas sexuais, fadiga, tontura, insônia, mudanças de peso e dores de cabeça.

Devo ligar para minha médica se tiver ideações suicidas.

• • •

— Alô, doutora?

— Não somos doutores, você ligou para a TeleSaúde. Vamos te aconselhar a consultar um médico, dependendo de qual for a questão. Como podemos ajudar hoje?

— Deixa pra lá.

• • •

Não vou ao trabalho há dois dias. A louça suja se acumulou em meu quarto novamente.

∴

Eleanor me mandou por mensagem a foto de um pássaro.
Estou lendo um livro sobre pássaros, ela escreve. *Este se chama rolieiro-de-peito-lilás.*
Que bonito, eu respondo.
Achei que você fosse gostar, ela diz.
Aumento a imagem. Olho para as penas roxas e azuis do pássaro e para seu pequeno bico preto.
Você anda calada de novo, ela escreve. *Você me diria se não estivesse bem, não é?*
Sim, eu minto.
Acrescento: *Me manda mais fotos de pássaros.*

∴

Os carros passam em disparada sob este viaduto. Ninguém está respeitando o limite de velocidade. Estão zunindo a caminho de seus destinos, onde quer que sejam. Eu balanço meus pés da beirada. Me pergunto quanto tempo levaria para cair de onde estou até o chão lá embaixo. Penso que minhas coxas parecem imensas apertadas no concreto e, ao mesmo tempo, penso no quanto sou pequena no grande esquema das coisas.

Estou pensando em Grace sendo assassinada por Jeff, em Flop morrendo sozinha em sua gaiola, em Botinha queimando até a morte, Eli bebendo, garotas adolescentes tristes, pessoas desabrigadas no inverno e bombas nucleares.

Às vezes, quando estou dirigindo, penso em dar uma guinada em meio ao trânsito.

Se fico perto da beira de qualquer coisa, penso em pular.

Não consigo engolir uma pílula, limpar algo com alvejante ou usar uma faca sem que me ocorra que eu poderia acabar com tudo.

O céu noturno está salpicado de pequenas partículas brilhantes; o céu noturno está salpicado de bolas de fogo monstruosas. Eu sou do tamanho de dez milhões de formigas, e não constituo nem um por cento do peso da rocha em que estou flutuando. Tudo importa tanto e importa tão pouco; é repulsivo.

Os cadarços de um dos meus sapatos estão desamarrados. Seria terrível se meu sapato caísse e machucasse alguém dirigindo abaixo de mim.

Dobro as pernas e me sento sobre elas.

...

Me posicionei em frente ao campo de visão da recepcionista no pronto-socorro. Estou fingindo ler um panfleto para parecer ocupada. O título do panfleto é INCONTINÊNCIA URINÁRIA. Eu não tinha olhado para o título antes de começar a fingir lê-lo.

— Como posso ajudar hoje, Gilda? — A recepcionista levanta os olhos de sua papelada e os direciona a mim.

— Eu de novo. — Aceno. Ela olha para o panfleto em minha mão. Tento devolvê-lo para a mesa onde o encontrei exposto, mas acidentalmente bagunço todos os outros panfletos no processo. — Não consegue se livrar de mim, né? — Eu rio enquanto derrubo alguns panfletos da mesa.

Ela sorri sem sinceridade para mim.

— O que está te incomodando hoje?

— Provavelmente é só ansiedade de novo — eu reconheço —, mas não quero morrer no meu apartamento, porque tenho um gato, e li que ele vai comer minha cara, e eu não me importaria com isso, mas tenho família e eles são um pessoal estilo caixão aberto, ent...

— Sente-se, por favor. — Ela indica a direção da área de espera.

— Obrigada. — Balanço a cabeça.

Eu não tenho gato nenhum. Falei isso porque me senti obrigada a apresentar um motivo concreto para não querer morrer sozinha em meu apartamento. O motivo verdadeiro é muito mais difícil de definir.

...

— Eu passei por um período difícil antes de fundar minha empresa — Giuseppe me diz.

Estamos passando por um drive-thru. Eu pedi dois hambúrgueres e um milk-shake.

Queria estar com Eleanor.

— Eu me sentia perdido — ele continua. — Sem esperanças. Vejo isso o tempo todo em meus clientes.

— Como você consertou isso? — pergunto.

— Ah, esse é o segredo. — Ele ri. — É muito simples, na verdade. Você só tem que escolher a felicidade — ele explica calmamente.

— Escolher a felicidade? — reitero.

— Fácil assim!

Ele paga por nossos itens, pega a comida e me entrega minha parte. Então estaciona, se vira para mim e pergunta:

— E aí, você já beijou algum cara?

Engasgo. Tinha acabado de desencaixar minha mandíbula feito um píton e dado a maior mordida possível em um dos hambúrgueres.

Ele começa a me dar tapinhas nas costas, minha vida passa diante de meus olhos.

Giuseppe sabe que eu sou lésbica? Eu pensei que tinha sido tão convincente. Como ele descobriu?

Ele ri.

— Acho que não fiz uma transição muito boa para minha pergunta. Só perguntei porque sei que você é uma católica devota — ele explica. — Fiquei pensando se teria certos padrões de pureza por conta de sua fé. Já nos vimos algumas vezes, e você não pareceu querer...

— Ah — digo. — Sim. Sim, é exatamente isso.

• • •

Eu escolhi a felicidade. Dentre todas as emoções dispostas na mesa, eu a selecionei. Ela é, de longe, a melhor opção. É insano pensar que teria escolhido antes uma daquelas outras emoções muito piores, quando, esse tempo todo, poderia ter escolhido a felicidade, brilhante, cintilante e iridescente.

• • •

Estou pronta para me sentir feliz, universo. Manda ver.

• • •

Continuo esperando que a felicidade que eu escolhi comece a fazer efeito.

• • •

Estou no trabalho, pela primeira vez em três dias. Antes de sair de casa, coloquei dois pratos na pia. Disse a mim mesma que vou lavar dois pratos por vez e, uma hora, todos terão sido lavados.

— Por onde você andou? — Barney me pergunta. — Estávamos preocupados.

— Eu telefonei pra cá — minto. — Deixei uma mensagem. Vocês não receberam? Estava doente.

Jeff entra na sala, atrás de mim.

— Sinto muito por isso, querida — ele diz. — Está se sentindo melhor?

— Estou — respondo bruscamente.

• • •

Barney reimprimiu seus folhetos alertando pais a respeito da homossexualidade. Eu pego um dos pôsteres novinhos em folha na impressora. Apesar de me advertir mentalmente a não falar nada, algo toma conta de mim e me leva a perguntar:

— O que é isso aqui?

Barney pega o pôster de mim e explica:

— Estamos fazendo algumas sessões conscientizadoras para pais de adolescentes.

Praticamente todos que frequentam esta igreja têm mais de sessenta e cinco anos. Não acho que muita gente aqui tenha filhos adolescentes.

— O mundo está indo por água abaixo, Gilda — Barney continua, suspirando. — Nem todos os jovens são próximos de Deus como você. O fato é que a homossexualidade é um pecado e, não importa o quanto essa garotada de esquerda tente discutir hoje em dia, é uma abominação. Nós temos que proteger nossas crianças.

Eu aperto os lábios.

Ele abaixa a voz.

— Veja bem, eu, pessoalmente, não ligo para o que ninguém faz no próprio quarto, contanto que eu não precise ficar sabendo, mas é só disso que se ouve falar hoje em dia.

Eu encaro o rosto de Barney. Olho para a pele branca e enrugada dele, as sobrancelhas grisalhas.

Em qual universo ser gay é a única coisa de que se ouve falar? Com quem Barney anda conversando?

— Tem coisas que é melhor manter para si mesmo — ele diz. — O que se passa no quarto de outras pessoas não é da minha conta.

Estreito os olhos. Quando uma pessoa heterossexual menciona o companheiro ou companheira para mim, eu não sinto que ela está me contando o que se passa em seu quarto. Penso que moram juntos, pagam as mesmas contas, talvez tenham filhos. Penso que provavelmente votam nos mesmos partidos. Penso que, quando morrerem, serão enterrados no mesmo lugar. Não penso nessas pessoas fazendo sexo.

— Eu só não quero saber desse tipo de coisa — Barney diz.

• • •

A primeira garota com quem eu saí se chamava Cammie Anthony. Ela era um ano mais velha que eu. Tinha repetido a matéria de cálculo do terceiro colegial e precisou cursá-la novamente com a minha classe.

As substâncias químicas específicas que são liberadas quando gostamos de alguém se chamam noradrenalina, dopamina e opioides endógenos.

Eu me lembro de Cammie estendendo a mão para segurar a minha no cinema. Fomos assistir a um filme de terror, e não estava muito claro antes se iríamos como amigas ou em um encontro.

A noradrenalina é o que nos faz ficar com as mãos suadas e o coração acelerado.

Eu me lembro de ficar acordada em minha cama, trocando mensagens com Cammie até as três da manhã.

A dopamina é energizante: nos faz sentir motivados e atentos.

Eu me lembro que, cada vez que meu celular apitava com uma mensagem de Cammie, eu ficava feliz.

Opioides endógenos são parte de nosso sistema de recompensas. É o que faz com que a sensação de uma paixão por alguém seja agradável, não apenas devastadora.

A oxitocina e a vasopressina são as substâncias que nos fazem sentir calmos, seguros, confortáveis e emocionalmente conectados a companheiros de longa data.

Sempre foi difícil, para mim, me sentir feliz. Acho que os gatilhos que induzem meu cérebro a transmitir substâncias felizes estão quebrados. A única ocasião recente em que senti alguma felicidade foi quando assisti a um filme com Eleanor, que estava rindo.

Quando penso na igreja católica e na maioria das religiões em geral, minha teoria é que elas se estabeleceram como uma solução ao nosso pavor existencial. É reconfortante imaginar que todos que já morreram estão apenas esperando por nós no cômodo ao lado. É tranquilizador imaginar que temos um pai todo-poderoso que olha por nós, que nos ama. Tudo isso nos faz sentir que nossas vidas têm algum significado divino; nos ajuda a sentir felicidade.

É irônico que um sistema de crenças teoricamente criado para me ajudar a me sentir segura e importante tire de mim uma das únicas coisas que me faz pensar que vale a pena viver a minha vida.

...

Pesquiso o nome de Eleanor no Google e rolo a tela pelos resultados da busca.

Descubro que ela escreve avaliações para cada hotel, restaurante e estabelecimento que visita. Leio todas as avaliações e reparo que nem uma única é negativa. Ela deu cinco estrelas para uma cafeteria, apesar de seu comentário mencionar que erraram o pedido. Ela escreveu: "O *matcha latte* deles é divino. Tinha pedido um macchiato, mas fico feliz que tenha rolado uma confusãozinha, porque o matcha virou minha bebida preferida!".

Encontro as relíquias da experiência colegial dela preservadas em uma plataforma arcaica de compartilhamento de fotos. Olho as fotografias de Eleanor com treze anos, usando um chapéu de balde, bebendo uma garrafa de Smirnoff Ice. Encontro uma foto dela dando um sorriso fraco para a câmera; ela usa aparelho nos dentes e tem a pele manchada. Vou clicando e avançando pelas fotos até chegar à última no álbum. É dela e de suas amigas, rindo. Me concentro em seus olhos semicerrados e solto o ar pelo nariz, pensando em como a risada dela é ridícula.

Encontro um artigo da faculdade em que Eleanor estudou e descubro que ela ganhou um prêmio por um conto curto que escreveu. Há uma foto dela segurando uma placa e apertando a mão de uma mulher sorridente. Leio o artigo e descubro que a história era sobre a última abelha a sobreviver. Excertos do conto estão salpicados pelo artigo.

"O que você vai fazer?", uma lesma pergunta à abelha. "Você tem uma arma, sabia? Poderia se vingar. Poderia picar alguém por isso."

"Não", responde a abelha. "Acho que, em vez disso, vou só fazer a última porção de mel."

...

— Eliza está grávida! — Barney anuncia. — Venha ver, Gilda! Dá pra acreditar? Venha ver essas fotos que ela tirou!

Eu o encaro, impassível.

— Vem logo! — ele grita.

— Eu nem sei quem é Eliza — digo a ele.

— Minha filha! Vem logo — ele chama mais uma vez, gesticulando para que eu me aproxime. — Está falando com um avô agora. Dá pra acreditar?

Fico em pé e espio por cima do ombro dele. Ele está com o celular desbloqueado, passando por algumas fotos de uma mulher jovem em um milharal ao lado de um homem calvo. A mulher está usando um cardigã rosa combinado com botas de caubói. Em uma das fotos, ela e o marido cobrem sua barriga com as mãos.

Barney sorri enquanto segue clicando nas fotos. Reparo que as roupas da garota mudam algumas vezes, mas seu marido está usando a mesma camisa xadrez em cada uma das imagens. Fico pensando nela tendo que se trocar em algum lugar naquela plantação enquanto o cara ficou parado, esperando. Me distraio com a imagem mental de uma mulher grávida e nua, de pé em um campo, o marido segurando suas roupas, enquanto Barney continua passando por todas as noventa e cinco fotos.

— Isso não te faz ter vontade de se casar e ter um bebê? — Barney me cutuca com o cotovelo, o rosto radiante.

Eu sorrio.

Não.

...

Minha mãe teve um bebê, a mãe dela teve um bebê e a mãe dela teve um bebê. Cada mulher em minha família antes de mim viveu e teve um bebê — apenas para que aquele bebê pudesse crescer e ter outro bebê. Se eu não tiver bebê nenhum, todas aquelas mulheres se reproduziram simplesmente para que eu pudesse existir. Eu sou o produto final. Sou o bebê final.

...

Tentei tirar mais duas peças da pilha de louça no meu quarto, mas elas estavam servindo de sustentação, e a pilha desabou. Observei as peças tombarem feito uma torre em um jogo de Jenga. Todas se despedaçaram, sem exceção. Cacos se espalharam pelo chão como estilhaços de balas. Fiquei parada, atônita, segurando as duas xícaras que havia puxado da pilha, assimilando as ruínas irrecuperáveis.

...

Não sinto que o antidepressivo esteja funcionando. Acho que está me causando tremores. Me sinto trêmula. Minha boca está seca. Estou suando mais que o normal e, o que talvez seja a parte mais inconveniente, não paro de pensar em me matar.

• • •

Postes de luz passam em um borrão pela janela do carro. Giuseppe está me levando para um passeio. Eu disse que não estava com vontade, mas ele insistiu.

Sou uma refém neste carro, forçada a ficar sentada e ouvi-lo divagar sobre arrependimentos.

— Podemos ligar o rádio? — pergunto.

— Eu não acredito em ter arrependimentos — ele diz, me ignorando. — Tudo em minha vida contribuiu para que eu seja quem sou hoje. Se eu me arrependesse de alguma coisa, não seria quem sou. É por isso que acho que ninguém deveria se arrepender de coisa alguma.

Giuseppe é ignorante e arrogante demais para compreender que algumas pessoas não gostam de onde estão na vida, ou de quem são.

— Você tem algum arrependimento, Gilda?

— Sim — respondo, saindo da personagem.

— O quê? — ele pergunta, desconcertado. Ele espera que eu concorde com tudo que diz. — Não tem, não. Não diga isso.

— É claro que tenho arrependimentos — reitero. — Me arrependo de muitas coisas.

Giuseppe mal me conhece. Até onde ele sabe, eu poderia ser uma canibal.

— Você acha que canibais não devem se arrepender de comer pessoas? — pergunto.

— O quê?

— Eu me arrependo de ter entrado neste carro — resmungo. — Às vezes, me arrependo de ter nascido. Tem mais coisas de que me arrependo do que não.

— Do que está falando? — Ele se vira para me olhar, confuso.

— Você é um idiota — ouço a mim mesma dizer. Pare.
— E é o pior tipo de idiota que existe, porque não faz ideia de que é idiota.

Ele deixa o queixo cair, atônito.

Continuo:

— Enquanto eu fico paralisada pela minha insignificância e por eu saber que sou ridícula, você fica aí só vomitando ideias imbecis e ilógicas, como se soubesse de alguma coisa.

Pare.

— Apesar de ter absoluta certeza da minha ignorância, também tenho toda a certeza de que sou menos ignorante do que você. Aqui vai uma notícia de última hora, Giuseppe: você não sabe de nada. Você é uma fraude. Não demonstra um pingo sequer de consciência em relação à realidade das coisas. Você se iludiu a pensar que descobriu algo que os outros não sabem, mas não descobriu nada. Se alguma pessoa no mundo decifrar a vida, não vai ser você. É fácil sentir que entendeu tudo na vida quando se é arrogante, convencido e burro.

Pare.

— Você nunca disse nada que eu achasse inteligente. Não tem autoridade para falar de aspecto algum da vida. A única razão de você ter algum sucesso é por ter se aproveitado da ingenuidade e do desespero de outras pessoas.

Pare.

— A ignorância é uma bênção, Giuseppe, já ouviu falar disso? Caso esteja se sentindo particularmente abençoado, pare um pouco e aproveite para valorizar que provavelmente o motivo é você ser tão burro que dói.

— E você é uma sapatona do caralho! — Giuseppe exclama, me sobressaltando.

Eu hesito.

— Como você descob…?

— Você é uma vagabunda idiota! — ele berra. — Vá se foder!

Conforme ele segue gritando nomes depreciativos, entendo que estava apenas me insultando com as ofensas aleatórias que estavam vindo à sua cabeça, e que não sabe de fato que eu sou lésbica.

— Saia do meu carro!

...

Estou andando por uma rua escura onde não há calçadas. Observo as silhuetas escuras dos pinheiros balançarem ao meu redor.

Tudo está quieto, exceto pelos sons de galhos estalando. Por um instante, sinto medo, até perceber que não acho que me importo muito com o que pode acontecer comigo. Eu poderia ser atingida acidentalmente por um carro, sequestrada por um assassino em série ou me perder — mas todos esses possíveis desfechos me causam tanta angústia quanto a perspectiva de voltar para minha casa e ir dormir.

Começo a andar no meio da rua.

...

— Está tudo bem com você? — Jeff me pergunta.

Ergo os olhos de minhas mãos.

— Estou bem.

— Parece estar pensando em alguma coisa — ele comenta.

— Estou bem — repito, olhando de relance para o anel suspeito no dedo dele.

— Seria de alguma ajuda se confessar? — ele sugere.

— Não, obrigada — respondo.

— Certo, querida. — Ele balança a cabeça, virando-se para sair da sala.

— Espera! — eu grito, depois de refletir sobre algo. — Para quem *o senhor* confessa seus pecados?

— Como disse? — Ele dá meia-volta.

— Para quem o senhor confessa seus pecados? — repito, minha voz mais alta. — Quando está com algo na cabeça, com quem se confessa?

— Ah, outros padres, geralmente — ele responde. — Visito outras igrejas. Por quê?

...

Uma mulher de pedra e expressão aflita está me fitando. É a estátua que guarda a Nossa Senhora das Dores, a igreja católica que fica do outro lado da cidade. Eu hesito antes de entrar; o nome não é exatamente convidativo, e a infeliz mulher de pedra à entrada também é um pouco repulsiva. No entanto, se eu fosse evitar todos os lugares construídos para mulheres tristes, ficaria sem teto, então, apesar de fisicamente indisposta, entro na igreja pouco acolhedora.

O interior é escuro e melancólico. Consigo ouvir cada um de meus passos vibrando pelo lugar. Um carpete bordô cobre o piso, e janelas de vitrais vermelhos entornam luz sangrenta sobre todos os bancos. Me sinto como uma migalha se movendo por dentro de um corpo humano.

Vagueio pelos arredores dos bancos até encontrar a cabine do confessionário. Movo a cortina preta e me sento no lado do confessor.

— Olá — cumprimento o padre que está me aguardando.

— Olá — a voz brusca do ancião responde. — Foi você que ligou?

— Sim — respondo. Fiz um agendamento antes de vir.

— Você já se confessou antes?

— Sim.

— Então, vá em frente.

Pigarreio.

— Eu estava pensando, se alguém te confessasse alguma coisa horrível...

— Não é assim que se começa — ele me corrige.

— Certo. Desculpe. — Pigarreio mais uma vez. — Em nome do Pai, do Filho e do Espírito Santo. Eu estava pensando, o senhor comunica confissões para a polícia?

— Não — ele responde. — Tenho o dever de não revelar nada. É chamado de sigilo confessional.

— Mesmo se for uma coisa horrível? — enfatizo.

— Meu dever de não fazê-lo é absoluto.

— Alguém já confessou alguma coisa que o senhor achou que a polícia deveria saber?

— Sim, mas eu não comunico confissões à polícia.

— Interessante — comento, ponderando aquilo.

— Você tem algo a confessar? — ele me pergunta, depois de um momento de quietude.

— Ah — deixo escapar. — Não.

— Não tem nada que se arrependa? — ele pressiona.

— Bom, me arrependo de várias coisas — admito.

— Como o quê?

Na verdade, não estou a fim de falar de coisas das quais me arrependo, mas este homem veio até aqui esperando me absolver de minhas transgressões, e eu não quero decepcioná-lo.

— Me arrependo de mentir — confesso.

Ele faz um murmúrio para demonstrar que me ouviu.

— Meio que tenho fingido ser alguém que não sou — explico. — Queria não ter que fazer isso, mas estou presa nessa situação agora, de certa forma.

— Hum. Espero que você consiga escapar — ele responde.

— Obrigada.

— Deus a perdoará — o padre acrescenta. — De que mais posso te absolver?

Faço uma pausa para pensar. Mentalmente, viro as páginas do catálogo robusto de arrependimentos que mantenho arquivado em minha cabeça.

— Quando era mais nova, eu entrava escondida no quarto do meu irmão — ouço a mim mesma revelar. — Ele roubava minhas coisas às vezes, então eu vasculhava o quarto dele para encontrar o que tinha desaparecido.

Isso é algo em que eu tento não pensar. É uma daquelas lembranças que escondi no fundo da minha consciência.

— Eu nunca deveria ter entrado no quarto dele. Deveria ter respeitado a privacidade dele, mesmo que ele roubasse minhas coisas. Não deveria ter entrado lá.

O padre murmura novamente, para indicar que está me escutando.

— Isso é algo pelo qual quero ser perdoada — explico. — Me sinto mal por ter agido assim.

Eli tinha uma caixa de sapatos cheia de polaroides guardada debaixo da cama. Eu encontrei a caixa enquanto procurava o carregador desaparecido do meu celular. A caixa transbordava com fotos de Eli usando roupas de mulher. Algumas das roupas eram minhas.

Fiquei sentada na beirada da cama dele, olhando o conteúdo da caixa. No primeiro momento em que vi as fotos, dei risada. Que ridículo, pensei. Percebi, então, que a maioria das roupas que ele estava usando pertencia a mim, e senti uma raiva fugaz por ele tê-las roubado. Minha ira se abrandou quando notei a expressão contente no rosto dele, a forma como tinha adornado minha blusa. Quanto mais eu olhava, mais me dava conta de que não era engraçado, de que eu não estava brava.

— Posso ser perdoada por ter feito isso? — pergunto.

— É claro que sim — ele me diz.

...

— Assassinos são inacreditáveis — Barney me diz, segurando o livro que me fez comprar para ele. — Acho que todos os doentes mentais deveriam ser retirados da sociedade. — Ele estala a língua. — Não acredito que vivemos em um mundo onde esses depravados simplesmente podem circular por aí. Tem alguns que são professores! Funcionários de creches!

— Como vamos saber quem tem doenças mentais? — eu pergunto.

— Bom — ele diz, abrindo seu livro. — Este livro descreve as características comuns em psicopatas. Acho que qualquer um que se enquadre nesses critérios deveria ser vigiado.

— Quais são os critérios?

— Psicopatas geralmente passaram por bullying na infância — ele me diz.

— Se envolvem em delitos leves, como roubos.

— Têm dificuldades em se manterem empregados.

. . .

Hoje é meu aniversário. Eu existo há vinte e oito anos. São 336 meses, ou 10.220 dias. É um ano a mais do que Kurt Cobain e Janis Joplin viveram, e cinco a mais do que minha mãe tinha quando eu nasci.

Se eu morasse em Mercúrio, teria 116 anos. Teria orbitado o Sol 116 vezes. Em Vênus, teria 45 anos. Em Marte, seriam 14. Em Saturno, Urano, Netuno e Plutão, eu não teria completado sequer um ano ainda.

Demorei para nascer. Existi dentro da barriga da minha mãe, como um bebê completamente formado, por umas boas duas semanas a mais do que a maioria dos humanos. Isso significa que provavelmente tenho 10.234 dias de idade.

Se eu viver por tanto tempo quanto Grace, viverei mais ou menos 31.390 dias. Não parece tanta coisa a mais, no contexto geral das coisas. Mesmo no contexto individual das coisas, parece pouco.

Li uma vez que mulheres já nascem com todos os óvulos que produzirão durante toda a vida. Isso quer dizer que o óvulo que me formou tem a mesma idade da minha mãe. Vendo dessa perspectiva, parte de mim tem cinquenta e um anos.

• • •

Meus pais e Eli estão cantando parabéns para mim. Minha mãe me fez um bolo de chocolate. Ela desenhou uma enorme letra G com glacê amarelo sobre o bolo, e o cobriu de velinhas esguias cor-de-rosa.

— Faça um desejo! — ela diz, indicando as velas com um gesto.

Encaro as partículas brilhantes de fogo e peço:

Desejo encontrar algo que me distraia o bastante para ocupar minha mente com pensamentos não relacionados à futilidade da minha existência ou que eu morra do jeito menos inconveniente possível para minha família.

Assopro as velas, apagando-as.

— Não fale para a gente o que foi! — minha mãe diz. — Senão, não vai se realizar!

— Obrigada por ter feito um bolo para mim — digo, olhando o rosto radiante dela.

Olho para a sua boca para o seu sorriso.

— Não acredito que faz vinte e oito anos que tivemos você. — Ela sorri.

• • •

— É idiota — Eli me alerta.

Apesar de estarmos brigados, ele ainda me deu um presente de aniversário.

Rasgo em pedaços um papel brilhante e descubro uma pintura em tela.

— Uau — minha mãe diz às minhas costas.

— Que pintura linda! — meu pai comenta.

Ele pintou um quadro de Flop para mim.

— Não é idiota — eu digo, sorrindo para a pintura.

•••

Minha mãe me mandou de volta para casa com um Tupperware abarrotado do bolo que sobrou.

— Você pode levar para almoçar no trabalho! — ela disse.

Eu sorri e concordei, balançando a cabeça.

— Boa ideia.

No instante em que entro no meu apartamento, tiro as roupas e me arrasto até a cama, como um rato pelado entrando na toca.

Meu celular está tocando.

— Alô?

— Gilda! O que vamos fazer hoje? — Ingrid me pergunta.

Baixo os olhos para minha vasilha de bolo.

— Me encontra no Fox! — ela diz. — Vamos beber alguma coisa.

— Ah, não estou muito a fim de…

— Problema seu!

•••

Ingrid comprou um bicho de pelúcia de aniversário para mim.

Ela sorri ao me entregar o presente.

— Você lembrou — digo, tomando a pelúcia dela.

É um porco.

— É claro que lembrei! É a nossa tradição!

Sorrio, apesar de o gesto me deixar de coração partido.

— Que gentileza — digo, lágrimas enchendo meus olhos.

— Você deve estar bêbada! — ela caçoa, agarrando meus ombros.

— Podre de bêbada — eu minto.

•••

Uma banda está se apresentando. As luzes se movem em sincronia com a música. Sempre que se ouve a batida da bateria, as luzes azuis são acesas e, depois, se apagam. As luzes vermelhas piscam em sintonia com o baixo. Quando a vocalista canta uma nota aguda, todas as luzes apontam para ela.

— Como vocês estão, pessoal?! — a vocalista guincha para a multidão.

Em meio à gritaria em resposta, me permito dizer em voz alta:

— Não ando muito bem ultimamente, na verdade.

Olho às minhas costas e vejo que o lugar está lotado. Penso no quanto seria estranho ver outros animais fazendo algumas das coisas que humanos fazem. E se pássaros fizessem shows? Começo a imaginar uma revoada, centenas de pássaros cercando um pequeno passarinho que canta para todos eles. É o que isso é, quando paro para pensar. Somos um rebanho de animais assistindo a outro animal fazer sons.

...

— Eleanor — ouço minha própria voz arrastada falando em meu celular —, e se os pássaros fossem que nem gente?

— E se os pássaros fizessem shows, não seria esquisito?

— E se eles se casassem?

— E se dessem presentes uns para os outros?

...

Eleanor redireciona minha mão sempre que toco em qualquer ponto próximo de sua barriga. Ela nunca me disse explicitamente para não tocar sua barriga, mas compreendo que não quer que eu faça isso, pela forma como segura minha mão e a move até o próprio quadril ou as costelas. Ela é mais magra que eu, mas isso não parece importar. Ela acha que tem algo de errado com sua barriga.

— Eu gosto da sua barriga — digo a ela, achando que estou sendo sutil.

— Vai se foder — ela responde, rindo.

É estranho que as pessoas não gostem da aparência do próprio corpo. É estranho que a gente desperdice qualquer minuto de nosso tempo nos preocupando com o jeito que nossa pele se pendura em nossos ossos, ou com como a gordura se desenvolve.

— Você é muito linda — eu digo a ela.

Ela ri muito alto.

— Vai se foder.

...

Jeff se ausentou para dar a extrema unção a pacientes à beira da morte no hospital. Estou sentada em minha mesa, encarando o que está à minha frente — olhando a porta aberta do escritório dele. Tem outra porta dentro do escritório que leva à casa paroquial, onde ele mora.

Me levanto e passo rapidamente pelas duas portas. Não penso no que estou fazendo antes de fazer. Fecho as portas às minhas costas e faço uma pausa.

Estou dentro da casa de Jeff. Ela tem cheiro de canela e roupa lavada. Percorro o cômodo com os olhos. Observo o sofá marrom, as quinquilharias que ele reúne nas mesinhas laterais. Ele tem muitos pássaros de porcelana. Uma pintura a óleo de um jardim está pendurada sobre sua TV primitiva, e há livros empilhados pelo chão.

Atravesso a sala de estar e chego à cozinha. Encontro papéis empilhados no balcão dele. Os folheio. Muitos são contas. Há um cartão-postal de uma família. Diz que estão se divertindo muito na Índia. Viram elefantes e comeram frango *tandoori*.

Abro gavetas e puxo pilhas de fotos para fora. Paro para olhar Jeff nas fotos. Ele está muito mais jovem nelas. Seu cabelo era castanho. Me sento à mesa e continuo a examinar as imagens, até que localizo o rosto de Grace.

Analiso a fotografia. Ela e Jeff estão ao ar livre, em pé um ao lado do outro. Estão em um piquenique. Os dois seguram pratos brancos de papel. Estão comendo espigas de milho e hambúrgueres. Jeff está sorrindo, Grace gargalha. Parece que ele contou a ela uma piada...

Ouço chaves tilintarem na porta da frente.

Merda.

Deixo as fotos caírem de volta nas gavetas e as fecho. Corro até a porta dos fundos pela qual entrei e tento abri-la — mas descubro que a porta se trancou sozinha quando a fechei.

Merda.

Por que eu fiz isso?

Me afasto às pressas da porta, procurando algum lugar para me esconder. Corro até o quarto, me atiro no chão e entro rolando sob a cama de Jeff. Não tem muito espaço para mim ali, e as molas do colchão cutucam minhas costas.

Fecho os olhos com força e tento imaginar que não estou aqui.

Eu não estou aqui.

Ouço a porta se fechar.

Ouço passos se aproximarem de mim.

Eu não estou aqui.

Os passos param.

Abro os olhos e vejo os mocassins marrons de Jeff parados diretamente ao meu lado.

Merda.

Cubro a boca com uma mão e rezo para cada deus de que já ouvi falar para que Jeff não me encontre aqui. Por favor, Jesus, Júpiter, Eloim, Zeus e Rá. Tenham piedade. Eu não conseguiria explicar isso. Não existe nenhuma razão aceitável que eu possa oferecer para justificar estar me escondendo debaixo da cama dele. Se ele for um assassino, eu estou morta. Se não for, vou querer estar.

Jeff se ajoelha ao meu lado e sinto lágrimas começarem a deslizar por minhas bochechas, assimilando a terrível realidade de que ele me encontrou. Queria poder convencer a mim mesma a morrer antes que ele me veja.

Morra, corpo, por favor.

Fecho os olhos e aguardo morrer ou ser descoberta, mas nenhum dos desfechos acontece.

Em vez disso, eu ouço a voz de Jeff dizer:

— Em nome do Pai, do Filho e do Espírito Santo...

Meu coração se acalma levemente. Ele está rezando. Ele não me encontrou. Só está ajoelhado ao lado da cama para rezar.

— Senhor, por favor, ajude-me a compreender aquilo que conduz outras pessoas ao desespero. Por favor, ajude-me a trazer justiça para minha amiga Grace, que encontrou o lar ao Seu lado e, por favor, ajude-me a perdoar quem quer que tenha feito isso. Por favor, ajude-me também a me tornar menos triste e encontrar conforto na paz que o Senhor oferece àqueles que morrem. Amém.

...

Depois de quatro horas escutando Jeff assistir a uma maratona de *Os Waltons*, enquanto meu corpo fica mais dormente do que um cadáver sob a cama dele, enfim ouço o canto dos anjos. Jeff está roncando. O mais devagar e silenciosamente que consigo, saio de debaixo da cama feito uma minhoca emergindo de debaixo de uma pedra. Passo na ponta dos pés pelo corpo adormecido de Jeff e então por sua porta, até chegar ao espaço exterior.

Paro do lado de fora. Expiro como um criminoso perdoado que acabou de ser liberto depois de anos na prisão.

Meu alívio por ter escapado daquele sufoco horrível é tão intenso que me vejo à beira das lágrimas. Estou muitíssimo aliviada por ter descoberto que Jeff não é um assassino de sangue-frio que mata idosas. Ele é só um velhinho triste.

Passo um milissegundo inteiro saboreando o desafogo que sinto por saber que meu chefe não é um assassino e que não fui encontrada me escondendo em sua casa, até que a ansiedade se insinua novamente na dianteira de minha mente.

"*Ei, espera um pouco aí.*" Minha ansiedade ergue a mão.

— Sim? — Mostro que a ouvi.

"*Se o Jeff não matou a Grace, então quem foi?*"

PARTE QUATRO
QUARESMA

O povo hebreu do Antigo Testamento compreendia que a vida humana era curta e que todos por fim adoeceriam, envelheceriam e morreriam. Quando os hebreus desobedeciam a Deus, eram chamados a arrepender-se e a virar as costas para seus pecados. As pessoas vestiam roupas feitas de tecido áspero, cobriam a cabeça com cinzas; elas jejuavam e oravam pela piedade de Deus.

Jeff faz uma pausa.

— Queridos amigos — ele continua, depois de um momento de silêncio. — Roguemos a nosso Pai que abençoe estas cinzas, as quais usaremos como símbolo de nossa penitência.

— Amém — a multidão responde.

Jeff salpica água benta nas cinzas.

As pessoas começam a se levantar. Eu as acompanho.

Quando chego ao altar da igreja, Jeff sorri para mim, esfrega cinzas em minha testa e diz:

— Lembre-se: somos pó e ao pó voltaremos.

...

Barney continua imerso em seu livro sobre assassinos. Estou começando a me perguntar se deveria suspeitar dele. Seria uma atuação, estar lendo aquele livro em todo lugar que vai? Será que ele está tentando despistar todos nós?

— O que você acha do Barney? — pergunto a Jeff, imaginando se ele também desconfia do colega.

Jeff está sentado ao lado da minha mesa, bebericando café.

— Barney? Ah, ele tem um bom coração, não é? — Jeff sorri.

• • •

Barney vem e volta do trabalho caminhando, todos os dias. Ele mora a poucos quarteirões da igreja. Sei disso porque acabei de segui-lo até sua casa.

Eu o persegui de uma distância segura suficiente para não ser notada. Me esgueirei ao longo da calçada, próxima dos arbustos, para poder me esconder atrás deles caso Barney se virasse. Ele não se virou.

Estou agora parada na lateral da casa dele, espiando pela janela de sua cozinha. O cômodo tem papel de parede amarelo. Um calendário em uma das paredes não é virado há dois meses. Tranqueiras estão espalhadas por toda a superfície dos balcões. Pilhas de pratos, panelas e frigideiras sujas. Também há um balde sujo, um pântano de garrafas d'água, uma caixa aberta de cereal, bananas passadas e uma plantinha morta.

Ele está cozinhando macarrão para si mesmo. Está parado em frente à panela, esperando que a água ferva. Não para de suspirar.

• • •

Depois de testemunhar Barney passar sozinho seu início de noite sinistro, comendo macarronada em silêncio direto da panela, decido ir embora. Me esgueiro pela lateral da casa até a entrada da garagem.

Assim que chego lá, um carro estaciona. Os faróis da frente colocam um holofote em mim.

Meu coração para.

— Olá? — a motorista se dirige a mim. É uma mulher.

Eu a ignoro, vendo-a se levantar do banco. Noto que está grávida. Deve ser a filha de Barney. Caminho rapidamente em frente, na direção da calçada.

— Olá? — ela me chama de novo. — O que você estava fazendo do lado da casa?

Começo a correr.

— Ei! Que porra é essa? O que você estava fazendo? — ela grita às minhas costas.

Saio em disparada. Corro pela rua. Vento gelado acerta minhas orelhas. A toda velocidade, atravesso um parque e um trajeto cercado para pedestres. Corto caminho por um quintal. Troto por uma calçada. Continuo correndo até sentir o peito doer. Em uma esquina, me deparo com um mercadinho. Decido me esconder ali dentro. Ofegante, entro no estabelecimento.

No instante em que entro sob a luz intensa do mercadinho, a funcionária no caixa se dirige a mim.

— Ei! Você aí! — ela grita.

Meu coração para novamente. Será que a filha de Barney ligou para a polícia e eles alertaram esta caixa de mercadinho para ficar de olho em mim?

Me viro e olho para ela.

— O quê? — pergunto.

— Tem uma coisa no seu rosto — ela me diz.

— O quê?

— Tem uma mancha no seu rosto — ela repete. — Na sua testa. Só achei que seria melhor avisar. Eu gostaria que me avisassem se tivesse algo no meu rosto. — Ela sorri.

— Ah. — Solto a respiração, limpando as cinzas que Jeff tinha esfumado em minha cara mais cedo. — Obrigada.

Reparo que a loja está vendendo peças de louça. Compro duas tigelas, dois pratos e dois copos para substituir minha louça quebrada.

• • •

Estou no ônibus a caminho de casa, lendo reportagens sobre assassinos em meu celular.

Juana Barraza era uma lutadora profissional que matou mais de quarenta mulheres idosas. Ela as estrangulava e agredia até a morte. Disse que fazia aquilo por causa de uma mágoa duradoura em relação à própria mãe. A mãe a oferecia a homens em troca de cerveja.

Thierry Paulin assassinou cerca de vinte idosas. Matou uma delas forçando-a a beber um produto para desentupir ralos. Outras, com a cabeça presa em um saco plástico. Segundo alguns relatos, ele selecionava mulheres que pareciam pouco amigáveis. Ele disse que fazia aquilo para roubá-las.

Ed Gein desenterrou o corpo morto da mãe, matou duas mulheres e usou os ossos e a pele de cadáveres para criar troféus horrendos.

Ergo os olhos de uma foto de Ed Gein e me dou conta de que meu ponto já passou. Puxo a campainha e vou até a porta traseira do ônibus.

Observo os passageiros respirando ao meu redor enquanto espero que o ônibus pare. Penso no quanto é estranha a possibilidade de acabar com a vida de outra pessoa. É como um poder mágico sinistro, tornar alguém inerte.

• • •

Me lembro de assistir a rinocerontes mastigarem galhos de árvores no Zoológico de Toronto. Minha classe da quinta série foi lá em uma excursão. Lembro de olhar para os rinocerontes, ouvir seus dentes esmagando gravetos e madeira, e pensar: essas coisas são iguaizinhas a dinossauros, e dinossauros são iguaizinhos a dragões. Decidi que rinocerontes eram criaturas mágicas. A única razão de não serem considerados mágicos é que são reais.

• • •

Engulo um antidepressivo com água da torneira. Minha boca ainda está seca e eu continuo suando mais do que costumava; contudo, estou manejando uma faca neste momento e só me ocorre um vago pensamento de que eu poderia usá-la para me matar. Em grande parte, penso na maçã que estou fatiando, e que frutas são coisas meio mágicas.

Existem várias coisas que acho que seriam consideradas mágicas se não fossem reais. Como sonhar. O fato de bebês serem criados dentro do corpo de mulheres; o conceito da concepção como um todo. Castelos. Árvores. Baleias. Leões. Pássaros. Arco-íris. Água. Aurora boreal. Vulcões. Relâmpagos. Fogo.

• • •

Assassinatos são como magia sombria. Se não soubéssemos que algo assim existe, descobrir que sim seria como descobrir a existência de vampiros, ou que o inferno é real, ou que existem monstros de verdade sob nossas camas. Os assassinos descobriram e perceberam que é um poder real que podiam usar. Apesar de serem animais insignificantes em um pedregulho no espaço, eles encontraram a coisa mais próxima possível de fazer fagulhas voarem da ponta de seus dedos, e querem aprimorá-la às custas de qualquer um. Querem se sentir poderosos.

• • •

— Alguém tentou invadir minha casa ontem à noite! — Barney proclama ao irromper pelas portas da frente da igreja.

Eu paro. Estava regando as samambaias ao lado da entrada. Fico imóvel, temendo que ele saiba que fui eu.

— Esta comunidade está em frangalhos! — ele berra. — Estamos vivendo em meio a criminosos! Não estamos seguros em nossos lares! — Ele olha para mim. — Você tem spray, Gilda?

— O quê? — respondo.

— Spray de pimenta — ele reitera. — Spray contra ursos? Alguma arma? Tem alguma coisa com que se proteger?

Antes de dizer não, eu hesito. Me pergunto se ele está dizendo aquilo para saber se sou vulnerável. Se está fingindo me perguntar por preocupação, quando, na verdade, está me sondando para ver se conseguiria me atacar.

— Sim — decido mentir. — Tenho.

— Que bom. — Ele balança a cabeça.

• • •

Estou digitando baboseiras no Word enquanto observo Barney andar de um lado para o outro na igreja. Eu o observo interagir com a irmã Jude. Ela lhe dá um tapinha no ombro enquanto ele relata a tentativa de invasão.

— Que coisa horrível. — Eu a ouço reconfortá-lo. — Sinto muito que esteja passando por isso, Barney.

Eu o vejo falar com um grupo de paroquianos. Todos trocam expressões de preocupação e inquietude conforme Barney conta que quase foi roubado.

Ele menciona que sua filha viu o responsável. Diz a eles que foi uma "mulher jovem".

— Uma jovem? — um dos homens idosos repete, horrorizado. — Meu Deus. Está ficando cada vez mais difícil identificar perfis de criminosos hoje em dia, não é? Como podemos saber junto de quem estamos seguros?

Eu encaro o rosto de Barney. Estreito os olhos enquanto ele balança a cabeça reverentemente diante de sua plateia.

Sei que a igreja não faz checagens de antecedentes criminais, porque não fizeram nada do tipo comigo. Jeff nem sequer me pediu um currículo antes de me contratar. Até onde sabemos, Barney poderia ser um fugitivo. Poderia ser um assassino em série.

• • •

Um casamento está acontecendo hoje. A noiva é loira e está usando branco, apesar de algo que entreouvi a futura sogra dela dizendo na entrada.

Estou em pé nos fundos da igreja, observando o casal no altar. Eles fitam o rosto um do outro, de mãos dadas.

Passo os olhos pela igreja, pela multidão assistindo à cerimônia. Todos sorriem para o casal. Alguns têm os olhos cheios de lágrimas. Me pergunto: por que fazemos isso? Trocamos pedras e vestimos roupas caras para assinar papéis dizendo que seremos parceiros da outra pessoa até que um de nós morra. Envolvemos o governo.

Passo os olhos mais uma vez pelo lugar, pelos rostos felizes das pessoas sentadas nos bancos. Elas estão amando isso. Estão amando assistir àqueles dois se casarem.

A noiva e o noivo sorriem entre si.

Algo em minha mente clica. Aquilo os faz felizes. Eles compram roupas caras e envolvem o governo porque aquilo os faz felizes.

• • •

Deslizo uma faca afiada por um peito de frango gelado e cru. Fito o interior rosado e carnudo. Noto manchas venosas de um vermelho intenso nos filés.

— Isso é normal? — pergunto a Eleanor.

Ela confirma com a cabeça.

Estamos fazendo o jantar juntas na casa dela. Eu trouxe vinho que roubei da igreja.

Não sei cozinhar e não estou contribuindo muito.

Eleanor está mexendo uma panela com molho picante, açúcar mascavo e flocos de pimenta malagueta. Ela salpicou na panela um pouco do vinho que eu trouxe.

Ela tempera o frango e derrama o molho vermelho por cima. Eu encaro a carne, sangrenta e vermelha, e me pergunto: qual seria a aparência da carne humana?

...

— Não está com fome? — Eleanor me pergunta enquanto leva uma garfada à boca.

Eu não quero ofendê-la não comendo o que ela preparou. Corto um pedaço do frango, coloco-o na boca e mastigo.

— Gostou? — ela pergunta.

Faço que sim com a cabeça.

...

Estou olhando para o rosto de Eleanor, apoiado no travesseiro dela.

Os olhos dela são castanhos.

— Seus olhos são castanhos — digo a ela.

— Eu sei — ela responde, sorrindo.

— Você acha que vai querer se casar algum dia? — pergunto.

Eleanor solta uma risada pelo nariz.

— Caramba, eu não consigo te entender!

— Como assim?

Ela ri.

— Você quase nunca responde às minhas mensagens e, agora, está falando de casamento? Não acha que é um pouquinho cedo para me fazer esse tipo de pergunta, Gilda?

— Eu só estava pensando — explico —, de modo geral, você acha que vai querer se casar com alguém um dia?

— Bom — ela responde, deitando-se de costas —, não tenho muita certeza.

Ela tem sardas.

— Você tem sardas — digo a ela.

— Eu sei — ela responde, sorrindo.

• • •

Sonho que Barney está apertando um cinto em torno do meu pescoço.

Sonho que ele colocou minha cabeça dentro de uma sacola plástica.

Sonho que ele está me forçando a beber desentupidor de ralos.

Ele cobriu meu rosto com um travesseiro e colocou uma faca em minha garganta.

Ele amarrou uma corda em meu pescoço e colocou uma arma em minha têmpora.

Ele colocou uma bomba neste quarto.

— Pare, por favor! Pare! — estou gritando.

Esperneio e chuto.

— Só me mate de uma vez!

• • •

Meu estômago se revira; eu abro os olhos.

Estou na cama de Eleanor e me sinto nauseada.

Talvez a sensação passe se eu voltar a dormir, digo a mim mesma.

Fecho os olhos.

Meu estômago volta a se revirar. Olho para o teto escuro. Sinto suor frio escorrer da minha testa.

Eu me levanto e, em silêncio, vou em direção ao banheiro.

Ligo a luz e olho para o vaso sanitário. No mesmo segundo em que meus olhos o percebem, enviam um sinal para meu estômago, informando que é um momento seguro para vomitar, e eu caio de joelhos.

Tento ser discreta, mas não paro de soltar barulhos de engasgo, altos e involuntários.

Pare, digo ao meu corpo.

Engasgo.

Pare.

Não consigo controlar os barulhos que estou fazendo, nem o fato de meu corpo contorcer minhas costas e meu pescoço enquanto vomito.

Não tenho controle sobre mim mesma; estou presa neste receptáculo físico quebrado.

Engasgo.

Ouço movimentações no quarto.

— Gilda? — A voz de Eleanor se propaga pelo corredor. — Você está passando mal?

Tento responder que estou bem, que ela deveria voltar a dormir, mas abrir a boca inspira o vômito em meu estômago a irromper. Eu vomito no chão. Merda.

Analiso o banheiro. Todas as toalhas dela são brancas. Não sei como limpar isto.

Engasgo.

Ouço os pés dela batendo no assoalho, vindo em minha direção.

Pare de vomitar, digo ao meu corpo, que continua vomitando.

Ela abre a porta.

— Ah, não, você está passando mal.

— Estou bem, está tudo bem, não se preocupe — eu digo. — Pode voltar para a cama. Eu estou bem.

Eleanor liga a torneira e enche com água fria um copo que estava ao lado da pia. Ela me entrega o copo.

Tento agradecer, mas não consigo fazer nada além de vomitar.

Ela tira o elástico do próprio cabelo e o usa para amarrar o meu.

Estou tentando dizer que estou bem, que está tudo bem, não se preocupe, mas cada vez que abro a boca, vomito mais.

Abraço a bacia do vaso e vomito frango, vermelho e meio digerido, na água.

Enquanto sinto uma pressão crescendo nos olhos, meu estômago continua a se revirar e minha garganta queima com meus ácidos estomacais. Observo Eleanor tirar do cesto uma de suas toalhas limpas, branca e dobrada, e usá-la para limpar meu vômito.

• • •

— Você acha que foi um homem ou uma mulher? — Barney me pergunta. Ele está sentado em minha mesa.
— Do que você está falando?
Queria que ele não estivesse sentado tão perto de mim. Ainda me sinto enjoada.
— Quem matou a Grace. Você acha que foi um homem ou uma mulher?
— Um homem — eu respondo, olhando para ele.
— Você acha? Por quê? — ele pergunta.
— Só uma intuição — digo, minha voz baixa.
— Não sei, não — ele reflete. — Acho que pode ter sido a mesma pessoa que tentou me roubar.

• • •

Eu pesquiso no Google "homicídio e gênero". Descubro que cerca de noventa por cento de todos os assassinos são homens.

• • •

— Padre Jeff? — Bato na porta do escritório de Jeff.
— Sim, querida? — Ele ergue os olhos de seu caderno.
— Tem um minuto?
— É claro, entre. — Ele pousa a caneta na mesa.
Eu me sento na cadeira de frente para a mesa dele.
— Tenho pensado muito na Grace — digo. — Se importa se eu perguntar a você sobre ela?
— Ah — ele responde. — É claro. O que você gostaria de saber?

— Ando pensando muito nela — digo a ele. — Me sinto muito mal pelo que aconteceu.

— Eu também. — Jeff assente, balançando a cabeça. — Mas Grace está feliz nos céus agora, querida. Isso serve como conforto para você?

Faço que sim, mas não serve.

— O que Grace fazia antes de trabalhar aqui? — pergunto.

— Ah. — Ele pensa por um instante. — Bom, ela trabalhou no caixa de uma mercearia por um tempo.

— O que mais ela fez?

— Bom... — Ele reflete. — Ela foi voluntária no Amigos da Biblioteca. Ela amava ler. Também supervisionava os intervalos na São Gabriel. Amava crianças. Sempre jogava palavras cruzadas. Era muito sociável. E muito envolvida com a igreja. Era ela que cuidava das nossas cestas básicas. Era uma pessoa muito caridosa.

— Então ela era uma senhora legal? — pergunto. — As pessoas gostavam dela?

— Ah, sim. — Ele concorda com a cabeça. — Sim, todos a amavam. Ela era muito gentil.

— O senhor acha que alguém a matou para roubar algo dela?

— Não tenho certeza — Jeff responde. — Ela tinha origem humilde, então é algo que me surpreenderia.

— Tinha alguém próximo dela que parecia maluco? — pergunto. — Ela conhecia alguém que tinha problemas com drogas ou qualquer coisa do tipo?

Jeff nega.

— Ninguém que ela tenha mencionado para mim.

— Barney tem falado muito comigo sobre isso — digo em voz baixa. — Ele está lendo aquele livro sobre pegar assassinos.

Jeff assente.

— Sim, obviamente a questão também o tem preocupado.

Assinto com a cabeça.

— Quem acha que a matou? — Solto em um só fôlego.

— Ah, eu realmente não sei dizer — ele fala. — Ela era uma mulher muito doce e reservada. Não consigo imaginar por que alguém faria algo para feri-la. Contudo, escolhi não ocupar minha mente com essas apreensões, querida, e deixá-las para a polícia e para Deus. Ficar remoendo esse tipo de suposições não ajuda.

· · ·

Pesquiso o nome de Barney no Google. Rolo a tela para baixo até encontrar um link para o perfil dele no Facebook.

Sua foto de perfil é uma selfie tirada de um ângulo bem baixo. Ele posta vários links da Fox News. Seu status de relacionamento está configurado como casado. Ele não dominou as configurações de privacidade do Facebook; todos os álbuns de fotos em seu perfil estão abertos. Ele viajou para a Flórida três anos atrás. Antes disso, compareceu a algum tipo de exposição de automóveis. No último verão, foi à praia e tirou várias fotos borradas de uma toalha de praia. Bem no fim do álbum, há uma foto dele sorrindo com um braço em torno da filha. Clico no perfil dela.

Ela faz vários posts relatando em que ponto está sua gravidez.

"O bebê está do tamanho de uma noz!"
"O bebê está do tamanho de uma maçã!"
"O bebê está do tamanho de um melão!"
Barney "curtiu" cada um dos posts.

· · ·

Estou criando um perfil falso no Facebook.

Escolho o nome: Homer S. Gerster.

Depois de selecionar a foto de um idoso que encontrei no Google Imagens, abro o perfil da filha de Barney e clico em "Adicionar aos amigos".

· · ·

Estou sentada à minha mesa, ouvindo o zumbido da luz acima de mim.

Observo os minutos avançarem no canto da tela do meu computador. São 14h41. São 14h42. São 14h43. Meus olhos vagam pela tela. Eles focam a pasta de e-mails enviados.

Clico, deslizo a tela e encontro centenas de e-mails escritos e enviados por Grace.

Passo clicando rapidamente em cada um, correndo pelas palavras ao mesmo tempo que xingo a mim mesma por não ter pensado antes em olhar aqui.

Ela enviava mensagens de condolências para famílias enlutadas.

Querida família Williams,

Vocês estão nos pensamentos da família de nossa paróquia, e estamos orando por vocês e pelo espírito de John todos os dias.

Leiam o trecho em anexo a respeito da perda de um ente querido, por favor.

Com amor e as bênçãos de Deus,
Igreja São Rigoberto

Ela reencaminhava as correntes que recebia. *"Olhe essas fotos engraçadas de hamsters!"*, ela escreveu. Enviou uma com o título *"Placas engraçadas de igrejas"*. O e-mail leva fotos de placas de igreja que dizem coisas como: DE QUAL ANIMAL NOÉ NÃO QUERIA SER AMIGO? DA ONÇA.

Ela enviava receitas a Rosemary. Leio uma delas, de ganache de chocolate. Ela escreveu instruções para fazer kombucha e manjar turco.

Ela escreveu:

Rose,

Diga ao Jim que eu vi um homem igualzinho a ele na farmácia ontem à noite. Fiquei gritando "Jim!" várias vezes. Quando o homem finalmente se virou, e eu percebi que não era o Jim, reconheci que é um milagre não terem me colocado em um asilo ainda. Passei o dia todo rindo disso.

Com amor, sua amiga,
Grace

O e-mail mais recente que ela enviou a Rosemary foi no aniversário dela. A mensagem dizia:

Querida Rosemary,

Feliz aniversário atrasado! Minha memória está falhando, Rosie. Sinto muito por não ter escrito a você na semana passada. Se eu perder algum outro, por favor, considere este e-mail meu desejo eterno de feliz aniversário. Espero que cada aniversário e cada dia que te restem neste mundo sejam tão felizes que você mal consiga aguentar!!!

Vasculho os e-mails, procurando qualquer menção a Barney. Pesquiso pelo nome dele e encontro um.
A mensagem diz:

Querido Barney,

Sentimos sua falta na igreja e estamos rezando por você.

Com amor,
Grace

Ele respondeu:

Deus te abençoe e obrigado, Grace. Estou bem.
Barney

Leio os dois e-mails mais ou menos dez vezes.
Por que Barney não estava na igreja, e por que estavam rezando por ele?

...

Crianças de uma escola da vizinhança estão organizando uma peça para a missa de hoje. A peça se chama *Via-Sacra*. Ela atraiu uma congregação maior que a de costume.

O ator principal é um garoto loiro de dez anos. Ele está usando uma coroa feita de gravetinhos na pequena cabeça dourada e um enorme roupão de banho branco. De tempos em tempos, ele aperta o cinto do roupão em torno da cintura estreita. Olho para as mãos do garoto enquanto ele faz isso. Tem um band-aid roxo em seu dedo. Ergo os olhos para a boca dele e reparo que o resíduo do que quer que ele tenha comido no almoço criou um bigode alaranjado sobre sua boca.

Justo quando começo a me apegar à criança, uma garota de dez anos com uma barba desenhada no rosto o condena à morte. As luzes da igreja se apagam.

Quando elas voltam a ser ligadas, o garoto de dez anos recebe uma cruz de madeira para carregar. A cruz é impressionantemente realista; parece robusta o bastante para resistir a uma crucificação verdadeira. Não é do tamanho adequado para um homem adulto, no entanto, ou o garoto não teria conseguido carregá-la. É uma cruz em versão infantil.

O garotinho cai no chão enquanto arrasta a cruz. Isso faz parte da peça? Olho ao meu redor. Ninguém mais na plateia parece surpreso pelo tombo. Ou faz parte da peça, ou esta plateia está com as expectativas baixas. Uma das colegas de classe de Jesus, vestida com um lençol azul-claro, se ajoelha ao seu lado. Acho que está fazendo o papel da mãe dele. Ela toca seu rosto com as mãos pequenas. As luzes se apagam.

Na quinta cena, outro dos colegas de classe de Jesus o ajuda a carregar a cruz. Que gentil, não é? É minha cena favorita até o momento.

Uma colega limpa o rosto dele com uma toalhinha. Ela ergue o pano na direção da plateia. Vemos que o rosto de Jesus foi desenhado no tecido. O desenho de um homem adulto, com barba densa e longo cabelo castanho, faz um contraste gritante com o rosto pálido e sardento daquele garoto loiro.

Ele cai novamente na sétima cena. Acho que o roupão é longo demais e o fez tropeçar. Acho que ele está usando o roupão de banho do pai.

Um grupo de garotas vestindo lençóis o cerca, e elas fingem chorar.

Ele cai mais uma vez. Acho que foi intencional agora.

Um grupo dos colegas de classe arranca o roupão dele. Felizmente, o garoto está vestindo uma camiseta e uma bermuda por baixo. Ainda assim, a cena me parece inapropriada.

Agora, um dos colegas de classe do garoto está fingindo pregá-lo à cruz. Ele brande um martelo de verdade, acertando um ponto a centímetros da mão do colega. Me retraio a cada golpe, com medo de que ele calcule mal a distância e martele a palma da mãozinha do garoto.

Acho que ele está fingindo morrer agora; está erguendo os olhos para o teto da igreja.

Ele baixa o rosto para os pés. Acho que é o fim da peça.

Espera, estão retirando-o da cruz.

Agora, o deitam no carpete da igreja.

As luzes se apagam.

Todos estão aplaudindo.

Estou aplaudindo também, para me enturmar.

Todos ficamos em pé.

Estamos dando vivas.

— Bom trabalho, criançada! — alguém grita.

Um homem assobia.

— Bis!

...

— A via-sacra foi linda este ano, não foi? — Barney comenta com o velho que está de frente para nós.

O homem está com os polegares sob os suspensórios. Ele concorda, balançando a cabeça.

— Achei que a menina que fez Maria casou especialmente bem com o papel.

— Pensei o mesmo dela — Barney concorda.

— O que você achou? — O homem se vira para mim.

Eu gaguejo:

— A cruz parecia bem pesada.

Os dois assentem.

— É, parecia pesada mesmo — Barney murmura.

— E como anda toda essa confusão da Grace Moppet? — O homem muda de assunto. — Alguma atualização? Já sabemos quem é o culpado?

Barney nega com a cabeça.

— Infelizmente, recebemos pouquíssimas notícias. A polícia não está com a menor pressa para descobrir a verdade. Eu andei investigando por conta própria. Tenho algumas pistas. Para ser sincero, não sei se confio na polícia para resolver o caso. Já te falei que minha casa quase foi roubada?

— Foi? — o homem pergunta, chocado. — Quando?

— Algumas noites atrás. A polícia não fez nada. Me disseram que não há provas. Liguei para eles pelo menos oito vezes para falar disso, e me pediram para parar. Dá pra imaginar? Não conseguem resolver nem uma simples tentativa de roubo, que dirá um caso de homicídio. Não tenho muitas esperanças.

— Aonde este mundo vai parar? — O velho estala a língua.

・・・

— Você acha que alguém que frequenta a igreja estaria envolvido? — pergunto a Jeff.

Voltei ao escritório dele para fazer mais perguntas sobre Grace.

— Não, eu acho que não — ele responde. — Não consigo pensar em ninguém.

Encaro minhas mãos. Começo a pensar em esqueletos e nos ossos em meus dedos.

— Gostaria de fazer uma oração por Grace comigo, Gilda? — Jeff oferece.

— Certo — respondo, cruzando minhas mãos de esqueleto sobre o colo.

Jeff baixa os olhos e recita:

— Santos de Deus, vinde ao auxílio de Grace! Anjos do Senhor, correi ao seu encontro! Acolhei sua alma, levando-a à presença do Altíssimo. Que Cristo, que lhe chamou, a receba; que os Anjos a acompanhem ao seio de Abraão. Dai a ela, Senhor, o repouso eterno, e brilhe para ela a Vossa luz para sempre.

・・・

Quem é você? A filha de Barney me envia uma mensagem.

Ela aceitou meu pedido de amizade.

Oi, respondo, *sou o Homer.*

Nós nos conhecemos?, ela escreve de volta.

Sou um velho amigo do seu pai, respondo. *Te conheci quando você era pequena. Como anda o velho Barney?*

Ah, me desculpe, não me lembro de você. Ele está bem. Você soube que minha mãe faleceu no ano passado? Tem sido difícil para todos nós. Mas estou esperando um bebê que deve nascer logo, e ele anda ansioso para se tornar vovô.

A esposa dele morreu?

Sinto muito por saber de sua mãe, escrevo.

Começo a imaginar que Barney é um assassino em série. Imagino que ele assassinou a esposa.

Foi inesperado?, pergunto.

Ela estava com câncer há um bom tempo, Eliza escreve. *Você a conheceu?*

Não, respondo. *Como o Barney tem lidado com tudo isso?*

Ele está bem, ela compartilha. *Minha mãe sempre foi dona de casa, então ele tem se atrapalhado um pouco cozinhando e limpando. Precisei ensinar meu pai a lavar roupas. Ele tem feito o melhor que pode. E com certeza gostaria de ter notícias de um velho amigo. Vou dizer a ele que você mandou um oi.*

• • •

Barney está comendo de um Tupperware cheio de macarrão. Fiquei observando-o levar o garfo à boca, várias e várias vezes. Ele serviu um copo de água da torneira para si mesmo.

Encaro as mãos dele; os pelos cinzentos crescendo nas juntas, seus dedos desgastados e roliços.

Me concentro em sua aliança de casamento dourada.

Ele tosse um pouco ao engolir uma porção do almoço deprimente.

Olho para o cabelo ralo dele, as rugas ao redor dos olhos, as sobrancelhas bagunçadas de velho. Fito os olhos dele e penso que aqueles sempre foram seus olhos. Até mesmo quando ele era um garotinho, seus olhos eram daquele jeito.

— Qual a pior coisa que você já fez? — pergunto a ele, em voz baixa.

— Como é? — Barney responde, se engasgando um pouco com o macarrão.

— Qual a pior coisa que você já fez? — repito.
— Ah. — Ele baixa os olhos para a comida. — É uma pergunta e tanto. Por quê?
— Só estava pensando se você tem algum grande arrependimento.

Ele murmura. Então, estala os dedos.
— Sim. Sim, gostaria de ter cuidado melhor dos meus dentes. Gastei uma bela de uma grana com eles. Você cuida bem dos seus dentes?

Assinto com a cabeça, embora não seja verdade.
— Que bom — ele diz, levando mais comida à boca.

Uma pequena formiga preta corre pela mesa na frente de Barney.
— Uma formiga! — ele grita, e tenta matá-la com um punho cerrado. Bate na mesa três vezes sobre ela, mas em todas a formiga segue ilesa e continua a correr pelo tampo.

Olho para o macarrão que ele deixou cair na camisa. Olho para a peça amarrotada, enfiada pela metade na calça, reparando que nada que ele está usando combina.

Observo-o continuar tentando, sem sucesso, matar a formiga.

Este homem não sabe fazer um almoço para si mesmo. Não sabe limpar a própria casa. Não sabe como passar suas roupas e literalmente não consegue matar uma formiga.

• • •

Se Barney não matou Grace, então quem foi?

• • •

Consigo ver o topo de minha própria cabeça. A sensação é perturbadora; porém, talvez eu devesse ser grata por ela. É meio que um superpoder, flutuar para fora do corpo. É quase como voar. As pessoas pagam para ver o mundo de uma perspectiva aérea. É por esse motivo que mirantes têm telescópios instalados, nos quais se pode colocar moedinhas. Pessoas escalam montanhas pela vista de cima delas. Assentos nas janelas de aviões esgotam primeiro. Talvez seja pessimista de minha parte categorizar esta sensação como perturbadora. Talvez minha perspectiva física tenha se distorcido para me encorajar a mudar minha perspectiva interna.

Talvez eu devesse parar de me importar com quem matou Grace.

Talvez eu devesse parar de me preocupar com o fato de Eli ter um problema com álcool e, talvez, não devesse me importar por meus pais não reconhecerem esse problema.

Talvez eu precise parar de pensar em tantas coisas negativas. Talvez eu precise olhar pelo lado bom.

— Ei, olhe pelo lado bom — digo ao meu corpo.

...

Oi, Grace,

Não tenho notícias suas há algum tempo. Espero que esteja tudo bem com você.

As coisas andam calmas por aqui. Tenho passado a maior parte do meu tempo tricotando e tomando conta da Lou.

No domingo passado, fiz uma visita à minha irmã, June. Ela acabou de se mudar para um asilo. O filho queria que ela viesse morar com a família, mas June precisa de cuidados demais hoje em dia. Parece estar confortável naquele lugar, mas um pouco confusa. Não sabe o que está fazendo lá. Insiste o tempo todo que tem vinte e oito anos. Não vale a pena contradizê-la. Ela teima que acabou de completar vinte e oito.

Ela mencionou lugares e nomes que eu não ouço há anos. Lembra que nós costumávamos ir àquele cinema ao ar livre? Lembra daquela velha loja de departamentos na rua Elm? Ela fica o tempo todo pedindo coisas que eu acho que não existem mais. Quer beber um copo de Tab, aquele refrigerante. Quer visitar aquele chalé que era nosso na década de 1980. Também mencionou o Freddie Wilkens. Você se lembra do Freddie Wilkens? Fico pensando o que a vida fez dele.

É engraçado como não nos damos conta do quanto temos armazenado em nossa mente. Acho que, se eu tivesse perguntado a ela uma década atrás, June não teria se lembrado do Freddie, mas, por algum motivo, agora é como se ele estivesse novo em folha na mente dela.

Ela também mencionou a Rebecca Purst. Lembra dela? Meu coração apertou quando ela disse esse nome. June não se lembra do que aconteceu com ela. Você se lembra daquele homem horrível e agressivo com quem ela acabou ficando? Ele era tão violento que os dois perderam todos os filhos. Ela morreu de câncer bem nova, lembra? Uma história muito triste. Era uma moça muito gentil quando éramos todos jovens. É estranho pensar quanto nossa vida pode ser redirecionada.

Lembra daquele garoto com quem eu saía antes do Jim? Ele acabou indo morar na Costa Rica. Já pensou como minha vida seria se eu tivesse ficado com ele? Lembro que você falava de se tornar freira! Dá para imaginar?

É divertido relembrar, não é? Pessoalmente, porém, eu não voltaria no tempo. Mesmo que sinta saudade das pessoas, não gostaria de viver meus vinte anos outra vez. Será que é estranho da minha parte? Imagino que é porque estou satisfeita com o jeito que as coisas saíram, e odiaria correr o risco de bagunçar tudo.

June não me reconheceu no domingo, na verdade. Eu falei "Oi, June, sou a Rosemary", e ela olhou perplexa para mim. Quando finalmente me reconheceu, gritou: "Que cara de velha!". A enfermeira no quarto ficou morta de vergonha até eu rir e dizer: "Eu sou velha!".

Espero que esteja tudo bem com você, Grace.

Com amor,
Rosemary

• • •

Por nenhuma razão aparente, meu coração está acelerado, e eu com dificuldades para respirar.

Exercite a consciência plena, digo a mim mesma.

Olhe ao seu redor e diga a si mesma o que vê.

Vejo poeira em minha cômoda.

Vejo meias pelo chão.

Vejo roupas penduradas em meu armário.

Tenho seis moletons verdes idênticos. Não sei o que me levou a comprar seis moletons verdes. Não tenho nenhum gosto particular por moletons, que dirá pela cor verde. E por que todas as minhas calças jeans são cinza? Tenho uma camiseta com o desenho de um olho na frente. Outra mostra o tronco cortado de uma árvore. Por quê? É este o meu estilo? Por que o conceito de estilo existe, para começo de conversa? Eu penduro tecidos sobre meu corpo pela mesma razão que tartarugas têm cascos? É porque sou como um pássaro, e estas são minhas penas? É por algum outro motivo? Por que escolhi estas cores? Quanto dinheiro gastei nestas coisas? O que vai acontecer com tudo isso quando eu morrer? Será tudo doado e vestido por pessoas que nunca conheci? E se alguém que eu conheci as usar? E se alguém andar desavisado por aí com o moletom verde da conhecida que faleceu? Quais dessas coisas eu comprei em algum brechó? Será que alguém já morreu usando essas peças?

Vejo um prato sujo na mesa de cabeceira.

Vejo a luz entrando pela janela.

Vejo meu celular se iluminando.

Baixo os olhos. Eleanor me mandou mensagem.

...

Eu estava fora de mim quando me vesti hoje cedo. Fiquei pensando demais em minhas roupas ao ponto do absurdo. De alguma forma, acabei combinando uma calça de moletom masculina cinza com uma camiseta cinza tamanho XG. Concluí, por meio de algumas acrobacias mentais, que eram minhas únicas peças de roupa aceitáveis. Algum espírito odioso me possuiu e me fez pensar que eu ficaria ridícula com qualquer outra coisa. Não me ocorreu que ir ao cinema com Eleanor significava que eu estava me vestindo para um encontro, e que a pobre Eleanor poderia me achar — assim, vestida feito uma grande massa amorfa cinza — horrorosa.

Estou lavando as mãos no banheiro do cinema. O sabonete já foi enxaguado de minha pele, mas eu não paro de ativar a torneira automática e recomeçar o processo, porque acabei de me dar conta de que deveria estar com vergonha de mim mesma.

Saio do banheiro e aceno com uma mão contida para Eleanor, que esteve me esperando pacientemente do lado de fora. Me sinto humilhada pelo contraste marcante diante das roupas elegantes e bem-arrumadas dela. Eleanor está vestindo jeans e uma camiseta simples e ajustada. Encaro o rosto dela, estreitando os olhos. Ela está usando rímel?

— Por que você está me olhando assim? — ela pergunta.

— Desculpa — respondo, desviando os olhos.

As pessoas ao nosso redor provavelmente estão pensando que eu sou a prima estranha de Eleanor, que ela, em sua benevolência, levou ao cinema por caridade, apesar de eu ser visivelmente estranha e feia.

O funcionário do cinema rasga os canhotos de nossos ingressos. Ele sorri calorosamente para a elegante Eleanor, mas o calor em sua expressão esfria quando seus olhos pousam em mim.

Chegamos até nossa fileira.

— Pode segurar isto aqui um instante, por favor? — eu peço, entregando meu saco de pipoca a Eleanor antes de me ajoelhar e fazer o sinal da cruz.

Ela ri pelo nariz.

— O que diabos você está fazendo?

O que diabos estou fazendo?

...

Não gosto do filme que estamos vendo, mas, ainda assim, sorrio para a tela ampla. Eleanor está achando o filme engraçado; ela ri e dá tapinhas no joelho o tempo todo. Um arrepio de felicidade me atravessa ao ouvir a risada ridícula dela.

— Gostou? — ela pergunta ao sairmos do cinema.

Atiro meu saco de pipoca vazio na lixeira.

— Sim. — Sorrio para ela.

...

— Está tudo quebrado no seu apartamento — Eleanor comenta. — Seu espelho está quebrado, seu armário está quebrado, seu controle da TV também. A porta do seu guarda-roupa não fecha. Seu abridor de latas não funciona. Não consigo trancar sua janela. Por que você nunca vai atrás de consertar as coisas? — ela pergunta. — Quer que eu te ajude com isso?

— Ah, não, obrigada, eu vou cuidar disso — minto.

— Você anda calada de novo — ela acrescenta. — Está tudo bem?

Eu encaro o rosto dela.

— Estou bem.

...

Uma batida inesperada em minha porta me faz acordar, assustada. Me sento na cama, em pânico, e tateio para checar o horário no meu celular.

— Quem é? — Eleanor pergunta.

— Não sei — respondo, esfregando os olhos.

A pessoa à minha porta bate mais uma vez.

Vou atender aos tropeços. Confiro rapidamente meu reflexo no espelho rachado do banheiro ao passar por ele. Meu cabelo está emaranhado na parte de trás da cabeça e minhas bochechas têm linhas sulcadas da fronha do travesseiro.

Abro a porta e encontro um policial apoiado em meu batente.

Reparo que minha vizinha está com a porta aberta. Ela está espiando para ver o que se passa.

— Olá — o policial me cumprimenta, seus olhos analisando meu rosto.

— Oi — respondo.

...

Estou sentada em uma sala cinzenta e quase vazia em uma delegacia. Dois policiais estão do outro lado da mesa à minha frente. Me ofereceram uma lata de refrigerante de laranja.

Não tenho muita certeza de por que fui trazida até aqui. Me pediram que viesse, e eu concordei. Estou tentando ignorar meu diálogo interno, que está tentando especular o motivo.

Sinto o ritmo do meu coração acelerar conforme exploro as diversas possibilidades em minha mente. Passo os olhos pelo cômodo, buscando algo que me distraia. O lugar é simples; há muito pouco que se olhar. Tem um relógio ali. Eu o ouço tiquetaquear.

Focar no *tic, tic, tic* está me deixando ainda mais agitada. Inspiro e encaro minhas mãos. *Tic. Tic. Tic.* Foco as linhas nos nós de meus dedos. *Tic. Tic. Tic.* No formato de minhas unhas.

O policial que bateu à minha porta está preenchendo alguma papelada. Sem erguer os olhos para mim, ele pergunta:

— Vi um carro detonado estacionado em frente ao seu prédio. É seu?

— Sim — eu respondo, confirmando com a cabeça.

Não levei meu carro para o conserto desde que bateram na minha traseira naquele semáforo.

— Como ele ficou daquele jeito? — ele pergunta, ainda olhando para baixo.

— Me envolvi em um acidente — explico. — Uma mulher bateu na minha traseira em um semáforo.

— Você fez boletim de ocorrência?

Nego com a cabeça.

— Por que não?

Eu gaguejo:

— N-não sei bem.

Eu não fiz boletim de ocorrência porque não tive a motivação. Suspeito que essa linha de raciocínio possa ser complicada de compreender para pessoas com energia para completar tarefas básicas, então estou optando por não a compartilhar. Eu prefiro ignorar o problema do que ir até uma delegacia, preencher a papelada e entrar em contato com uma seguradora. A tarefa de fazer boletim de ocorrência é mais amedrontadora para mim do que aceitar a perda do meu carro.

O policial inclina a cabeça.

— Então, pelo que está dizendo, você estava parada em um sinal vermelho e seguindo todas as regras, alguém deu com tudo na traseira do seu carro, destruiu o veículo, e você nem sequer registrou queixa com sua seguradora?

— É, digo, acho que sim... Eu só não consegui fazer isso ainda — minto.

— Você bebe, Gilda?

— Álcool? — elucido, por algum motivo. Minha existência como pessoa humana viva implica que bebo água e outros líquidos. Rapidamente, corrijo a mim mesma: — Não, eu n-não bebo.

— Não bebe nunca?

— Um pouco, mas não diria que sou grande consumidora.

— Você bebeu muito antes desse acidente?

— Não.

— Não bebeu nada naquele dia?

— Não, a-acho que não. Eram, tipo, oito da manhã.

— Então você não se lembra?

— Eu sou suspeita de alguma coisa? — pergunto. — Vocês acham que eu fiz alguma coisa...?

Os homens hesitam antes de responder.

— Você conhecia Grace Moppet bem?

— Se eu conhecia Grace bem? — repito, registrando a pergunta. — Não, eu n-não a conhecia, nem um pouco.

— Vocês nunca se encontraram?

— Não. Eu comecei a trabalhar na igreja depois que ela...

— Esta é sua oportunidade de falar a verdade, Gilda.

— O quê? Eu estou falando a verdade.

— Posso perguntar — a voz do policial fica mais suave — por que está tão nervosa, então? — Ele inclina o corpo para a frente. — Você está gaguejando e se remexendo desde que entrou aqui. Está pálida e sua respiração está irregular...

— Eu sou sempre assim — afirmo, batendo um dedo estendido na mesa à minha frente.

...

Os policiais me deixaram de molho sozinha na sala deserta.

Estou escutando novamente o *tic, tic, tic* do relógio.

Sinto como se estivesse fora do meu corpo; sinto que estou me observando do teto. Estou encarando o topo da minha cabeça lá embaixo.

Pareço horrível.

Minhas roupas estão amarrotadas e meus ombros estão curvados.

Por que meus ombros estão tão curvados?

Endireite as costas.

Você está parecendo uma criminosa.

Endireite as costas!

...

Um dos policiais volta para a sala.

Eu endireito as costas.

Ele não está olhando para mim. Tento fazer contato visual, mas ele está me evitando. Seu rosto parece rosado. Ele está corado? É normal sentir que o policial que está te interrogando é tímido?

— Você é lésbica, Gilda? — ele pergunta.

— O quê? — Eu não estava esperando aquela pergunta.

Ele aguarda minha resposta.

— Sim.

Ele me olha nos olhos.

— Isso é meio curioso, não é? Por que uma garota lésbica está trabalhando em uma igreja católica?

— Por que qualquer um de nós faz o que faz, o que quer que isso seja? — eu respondo.

Ele contorce as sobrancelhas.

— O quê?

Não digo nada.

Mais uma vez, sinto que começo a flutuar para fora do meu corpo, até o teto.

Ele continua:

— É estranho que uma garota lésbica esteja trabalhando em uma igreja católica, não acha? Também é estranho você não ter feito um boletim de ocorrência para o seu carro. Tem algo de estranho com você, entende? Eu estou preocupado. Você está passando uma impressão muito estranha.

Estou observando a boca dele abrir e fechar. Abrir e fechar. Abrir e fechar.

Pairo acima de meu próprio corpo enquanto ele continua me dizendo que eu pareço estranha.

É verdade, eu pareço estranha.

Observo a mim mesma lutando para fazer uma expressão facial que não acentue minha estranheza.

É difícil, em resposta a este assunto, produzir qualquer expressão que não seja esquisita. Não posso sorrir, por exemplo, isso seria ainda mais esquisito. Talvez eu devesse balançar a cabeça.

— Você entende por que eu estou preocupado? — ele pergunta, contorcendo as sobrancelhas mais uma vez.

Balance a cabeça.

Balance a cabeça.

Balance a cabeça!, grito para mim mesma.

Eu balanço a cabeça.

...

Saio da delegacia em estado de estupor. Me sinto desconectada da realidade. Cada passo que avanço é intencional. Sinto que estou operando meu corpo como se este fosse um veículo. Estou consciente de quando pisco, de quando inspiro.

Procuro pela minha seta quando viro, antes de me lembrar que meu corpo não é um carro e não tem seta. Olho ao meu redor, hiperconsciente dos detalhes que me cercam ao ar livre. Vejo as agulhas afiadas nos pinheiros. Pequenas partículas de ferrugem nos carros que passam por mim.

...

— Quem é Giuseppe? — Eleanor me pergunta assim que entro em meu apartamento.

— Você ainda está aqui? — Jogo as chaves na mesinha ao lado da porta. Achei que ela já teria ido embora a essa altura.

Ela está sentada na minha cama, com meu celular no colo. Me detenho.

— Você vasculhou meu celul...?

— Você tem um namorado? — ela pergunta.

— Não.

Seu lábio inferior se projeta, e ela cobre o rosto com as mãos.

— Me desculp... — eu começo.

— Acho que você não dá a mínima pra mim! — Eleanor grita. — Sabia que tinha algo errado, mas não esperava isso! Você anda escondendo que tem um namorado esse tempo todo?

— Não, Eleanor, eu não tenho namorado nenhum — explico.

— É só um mal-entendido. Eu realmente...

— Eu li as suas mensagens — ela diz. — Ele te chama de apelidos carinhosos, e está na cara que vocês saem juntos o tempo todo. Vi no seu histórico de chamadas que ele te liga muitas vezes. É óbvio que você está saindo com esse cara.

— Eu não estou, de verdade — tento explicar. — É uma história meio engraçada. Eu...

— Pelo menos seja sincera comigo agora, Gilda. — Ela tira as mãos do rosto.

— Eu estou sendo since...

— Você nunca responde às minhas mensagens! — Eleanor exclama. — Sinto que você não tem interesse nenhum em mim. Você me dá esses momentinhos tristes para me iludir, me fazendo pensar que gosta de mim. Eu nunca me senti tão patética em toda a minha vida. Você não faz esforço nenhum. Não sei por que continuo tentando falar com você...

— Eu sinto muito mesmo...
— Por que você sequer conversa comigo? — ela pergunta. — É óbvio que nem gosta de mim.
— Eu gosto de você, sim — digo a ela.
— Por que age assim, então?
— Tem algo de errado comigo.
— Me diga uma coisa de que você gosta em mim. Aposto que não consegue citar nem uma c...
— Eu gosto de como você ri alto — anuncio de imediato. Eleanor olha feio para mim.
— Que tipo de motivo idiota é es...?
— Não é idiota.
Ela sacode a cabeça a começa a se levantar.
— Eu sinto muito mesmo — digo mais uma vez.
Ela vai embora.

• • •

Oi, envio para Eleanor por mensagem, mas ela não me responde.

Oi.

Oi.

Oi.

Rolo a tela para cima, conferindo nossas mensagens de texto. Releio nossas conversas anteriores. Noto que ela fala comigo muitas vezes e eu, muitas vezes, deixo de responder. Raramente escrevo mais do que duas palavras. Quase nunca começo as conversas.

Oi, escrevo mais uma vez.

• • •

Um vento frio toca meu rosto. A temperatura está abaixo de zero e o ar queima minha pele. Mal consigo sentir cheiros ou ouvir coisa alguma; todos os meus sentidos estão abafados porque me sinto congelada. Toco meu braço esquerdo dormente com a mão direita dormente. Afundo profundamente em um instante de consciência de que, um dia, nunca mais sentirei coisa alguma.

• • •

Chego quatro horas atrasada ao trabalho. Entro na igreja com cuidado, esperando escapar dos olhares condenatórios de quaisquer paroquianos intrometidos.

Eu perdi a hora. Meu alarme tocou, mas não me acordou. Dormi por três horas com os bipes do despertador. Como consequência, estou agora com uma dor de cabeça pulsante e uma ansiedade implacável em relação a que outro tipo de coisa eu seria capaz de ignorar enquanto durmo.

O telefone da igreja está piscando, o que significa que tenho ligações perdidas. Também há duas mensagens na caixa de entrada da igreja.

Abro os e-mails primeiro. Ambos são de Rosemary.

A primeira mensagem contém uma receita de ganache de avelã.

"Você vai amar esta, Grace!", ela escreve.

O segundo e-mail traz fotos da reunião de família dela. Ela incluiu na mensagem uma nota que diz: *"Só queria compartilhar um vislumbre da minha família com você, minha velha amiga"*.

Eu analiso as fotos. Confirmo que Rosemary é, como eu suspeitava, uma idosa desgastada. Ela está usando um avental na maioria das fotos e ri em cada uma delas, sem exceção.

É legal que ela esteja tão feliz, eu penso. É legal que qualquer pessoa seja capaz de sentir felicidade, honestamente. É incrível que o corpo humano possa produzir os neurotransmissores necessários para se sentir alegria. Fico desapontada por ter recebido uma cota tão minguada dessas substâncias, mas, ainda assim, feliz por esta senhora ter o bastante de dopamina, oxitocina e o que mais que seja preciso para sustentar aquele sorriso, apesar de o marido dela estar morto, seus dentes provavelmente serem falsos e toda a vida humana ser fundamentalmente irrelevante.

· · ·

— Os policiais falaram com você? — Barney me pergunta depois de se materializar atrás de mim, como se fosse o fantasma Jacob Marley.

— Sim — eu respondo, fechando rapidamente a janela em meu computador, que estava aberta em uma página na internet de título incriminatório: "Como Fazer Sua Namorada te Perdoar".
— Por quê? Falaram com você também?

— Sim. — Ele assente com a cabeça.

Sinto o sangue se esvair do meu rosto. Ergo os olhos para ele. Foi ele que contou aos policiais que eu sou lésbica?

— Infelizmente, estou achando que eles são uns incompetentes — ele diz.

— Por quê? — pergunto, as palmas suando.

Ele acha que os policiais são incompetentes porque falaram para Barney que eu sou lésbica?

— Eles não fizeram nada além de me perguntar de você! — Ele sacode a cabeça. — Parece que estão achando que precisam te investigar! Você nem sequer a conheceu. São uns imprestáveis.

— O que eles disseram de mim?

— Não me lembro — ele diz. — Fizeram um monte de perguntas. Questionaram coisas sobre o seu temperamento, seu comportamento. Me perguntaram se eu tinha reparado em alguma coisa estranha em você. São uns inút...

— Então eles não te disseram por que me acham suspeita? — eu pergunto.

— Não. — Ele balança a cabeça. — Não faço ideia do motivo. Você faz?

Nego, os olhos arregalados.

— Não, nem imagino. Por isso me perguntei se não tinham te dado algum motivo. Então não deram? Não te falaram nenhuma razão para desconfiarem de mim? Não disseram que eu parecia… diferente, ou algo assim?

Eu paro. Por que usei a palavra "diferente"?

Barney sacode a cabeça.

— Não, acho que estão só atirando no escuro. Não precisa se preocupar.

Meus braços estão tremendo.

— Não estou preocupada — digo.

...

Quando encontrei o cadáver da minha coelhinha de estimação, me perguntei se ela tinha morrido por minha culpa. Me perguntei se havia dado plantas venenosas para ela comer, ou se a tinha assustado. Eu sabia que era possível matar um coelho de medo. Pensei que talvez eu tivesse feito algo. Talvez eu a tivesse matado.

...

Não comi nada hoje. Não tenho motivação para sair de casa e fazer compras, e não consigo encarar a ideia de interagir com um entregador de delivery.

Também não quero gastar dinheiro. Estou com medo de estar prestes a ser exposta na igreja e demitida.

Abro a geladeira. Considero comer bicarbonato de sódio.

Abro os armários. Puxo um saco de hóstias. Ao fazer isso, revelo a caixa de biscoitos Thin Mints que Eleanor comprou para mim. Um arroubo de tristeza toma conta de mim ao vê-la. Sinto lágrimas em meus olhos. Bato a porta do armário para esconder os biscoitos. Bato com tanta força que a outra dobradiça se quebra e o armário despenca no chão. Uma tigela que estava em meu balcão é levada junto. Parte do móvel cai em cima do meu pé.

— Merda! — grito, agarrando meu pé machucado. — Merda! Merda! Merda! — grito repetidamente, minha voz diminuindo a cada grito, conforme me ajusto à vida com meu novo ferimento.

Alguém bate na minha porta.

Vou mancando até lá.

Minha vizinha está parada ao batente, segurando o robe com força ao redor do corpo.

— Ouvi um barulho — ela diz, espiando o interior do meu apartamento.

— É, a dobradiça do meu armário quebrou — falo a ela.

Ela vê o armário quebrado e examina o espelho partido em meu banheiro.

— Você sabe que pode chamar o proprietário para consertar essas coisas, não é? — ela me pergunta, franzindo a testa.

— Sim, eu sei, obrigada — respondo ao fechar a porta.

...

Estou passando e repassando hidratante sem parar em minhas mãos. Toda vez que olho para elas, fico chocada com como parecem velhas. Minha pele deve estar seca, digo a mim mesma. Acho que essas não são minhas mãos de verdade.

...

Será que morrer é mais parecido com dormir ou sufocar? Será que parece alguma outra coisa?

Me pergunto se talvez seria melhor morrer por meio de algum tipo de violência, para evitar experimentar a sensação da morte de verdade.

Penso em Flop morrendo em sua gaiola. Imagino os pensamentos inocentes de uma coelhinha que come flores sendo consumidos pela realidade desoladora e sinistra da própria morte, enquanto ela se torna incapaz de respirar e seu sangue para de se mover.

Penso em Grace, olhos arregalados e esperando que o coração pare de bater. Penso nela inspirando, expirando e parando. Pare. Penso em mim mesma.

...

"Por que a polícia está ligando para nós, Gilda?", meu pai me pergunta, áspero, em uma mensagem de voz.

"Por que eu estou recebendo ligações da polícia falando da minha filha adulta?"

"Eles pediram para conversar pessoalmente comigo e com sua mãe, para falar sobre você."

"Você sabe por que os policiais querem falar de você?"

"Sua mãe e eu estamos preocupados, Gilda."

"Me ligue."

...

Eu entendi tudo. Os humanos são um câncer. Se olhássemos para o planeta de longe, todos pareceríamos glóbulos brancos, e assistir à nossa evolução seria como assistir a um câncer se espalhando.

...

"Sua mãe e eu vamos à delegacia hoje à tarde, Gilda."

"Eu gostaria muito de falar com você antes de irmos, para ouvir a sua versão do que está acontecendo."

"Você está bem?"

"Está envolvida em alguma coisa?"

"Ligue para mim, está bem?"

"Nós estamos preocupados."

...

Eu entendi tudo. Nós somos um parasita. Outros animais no planeta coexistem com a natureza. Nós, não: somos como sarna. Minúsculos ácaros cobrindo a camada externa da Terra, nos entocando no planeta, infectando o planeta. Somos iguais a lombrigas.

• • •

"Nós fomos conversar com os policiais, Gilda. Atenda o celular."
"Você vai retornar nossas ligações?"
"Sua mãe está fora de si. Você é uma criminosa?"
"Nós dissemos a eles que você nunca foi louca. Dissemos que você é uma pessoa normal, saudável."
"Por que não está atendendo? Isso é sério."
"Eles nos perguntaram sobre a sua relação com uma idosa."
"Você conheceu uma senhora chamada Grace?"
"Ligue para nós."

• • •

Eu entendi tudo. Nós somos bactérias. O universo provavelmente é só um fio nos cílios dos olhos de alguma coisa maior, e nós existimos ali da mesma forma que micro-organismos existem em nossos olhos. Somos iguais à flora cutânea.

• • •

"Atenda o celular, Gilda. Estou falando sério. Nós estamos preocupados."
"Você está recebendo essas mensagens?"
"Perdeu o celular?"
"Me ligue."
"Você está mesmo trabalhando em uma igreja católica?"
"Por que está fazendo isso?"
"Está usando drogas ou algo do tipo?"
"É verdade que você tem ido ao hospital toda semana? Por que a polícia está achando que você é maluca?"
"Me ligue, está bem? Me ligue."

...

Estou comendo um naco de pão inteiro, feito um bode que foi deixado solto em uma padaria. Estou arrancando pedaços com os dentes e bebendo tragos de vinho para ajudar os bocados de carboidratos a atravessarem minha garganta e entrarem nas criptas do meu corpo, como se eu fosse Cristo na Última Ceia. Em meu entendimento, é assim que se trata o próprio corpo como um templo.

Meu pai não para de me ligar. Não consigo olhar para o celular porque as ligações dele interrompem e tomam conta da tela.

Comprei este pedaço de pão pensando que o transformaria em sanduíches ou algo do tipo. Me ocorreu, no entanto, que não tenho nenhuma carne, queijo ou alface em casa. Também me ocorreu que os sanduíches seriam para mim e mais ninguém. Por que eu deveria me esforçar fazendo sanduíches só para mim?

O fato de eu comer é nojento. Consumo alimentos enquanto outros seres vivos passam fome. Loto aterros sanitários com embalagens e lixo. É imperdoável.

Eu roubei o vinho da igreja. Não sei se o vinho vem pré-consagrado ou não. Se este vinho for o sangue de Deus, espero que ele me envenene. Espero que Deus e Jesus sejam reais e que consumir este vinho de sangue seja um ato tão profano que eu acabe fulminada aqui e agora.

"*Oi*", eu envio por mensagem para Eleanor.

Ela não responde.

"*Oi*", envio de novo.

...

Estou olhando pra mim mesma no espelho. Às vezes, quando olho por muito tempo em um espelho, minha consciência de que sou um animal se intensifica. Penso que se alienígenas viessem à Terra e vissem os humanos, provavelmente pareceríamos primatas para eles. Às vezes, acho que pareceríamos mais feios do que primatas, por não termos pelos. Somos meio que porcos-primatas com jubas. Em outros momentos, penso que talvez sejamos melhores que primatas. Garotas com cabelos bem cuidados e olhos grandes podem ser bonitas, como cavalos. Se humanos não usassem roupas, seríamos mais feios em grande parte dos casos, imagino. Acredito que todos os corpos são bonitos, filosoficamente falando — é bonito que nosso corpo funcione, que nos permita sentir gostos, nos movimentar, fazer tudo isso —, mas, visualmente, acho que precisaria ser maluco para não pensar que muitos corpos nus são desagradáveis.

Aliás, não sei se eu mesma sou desagradável ou não. Às vezes, olhando no espelho, me esforço muito para enxergar se sou feia, se sou bonita, ou algo no meio, mas sempre acabo pensando que sou um animal, que simplesmente pareço um porco-primata.

• • •

Minhas mãos estão do jeito que eram na minha infância, eu juro. Meus dedos são curtos, minhas unhas todas mordiscadas. Minha pele está revigorada e com a aparência mais lisa. Tem um band-aid cor-de-rosa no meu polegar. Areia sob as unhas. Flexiono os dedos. Fecho a mão em um punho.

Pisco mais uma vez e vejo minhas mãos com a aparência atual. Dedos mais longos. Pele mais irregular. Uma cicatriz em meu punho.

Viro as mãos de um lado para o outro, examinando os nós dos dedos. Penso em como elas estarão quando eu for velha. Penso em manchas de idade e rugas. Penso que, apesar de envelhecerem, minhas mãos sempre serão exatamente estas. Exceto no caso de acontecer alguma desfiguração macabra, serei sepultada com estas coisas.

...

Estou excessivamente consciente de minhas mãos sobre meu colo. Fico reposicionando o modo como meus dedos se entrelaçam. A mulher ao meu lado não tem consciência alguma das próprias mãos. Está o tempo todo me tocando por acidente com elas. Talvez tenha consciência das mãos e não tenha limites pessoais, mas não acho que seja o caso. Acho que todas as outras pessoas neste ônibus estão fora de sintonia com as próprias mãos.

...

— Olhe para as suas mãos! — Ouço a mim mesma exigir em voz alta para uma estranha.

— O quê? — A estranha olha para mim, alarmada. Me dou conta, no instante em que os olhos dela se conectam com os meus, que acabei de me comportar de maneira bizarra.

Ela se distancia de mim enquanto me esforço para bolar uma explicação sã para meu pedido. Não consigo pensar em nenhuma. Acabo não dizendo nada.

...

A polícia quer falar comigo sobre você, Eli me envia por mensagem.
Devo ir? Você fez alguma coisa? Você tá bem?
A mamãe e o papai estão surtando. Você pode ligar pra eles?
Consigo ver que você tá recebendo as mensagens.
Me responde.
Você tá bem?
A gente acha que você é suspeita em um caso de homicídio.
Você conheceu uma senhora chamada Grace?

...

Como podem pensar que eu seria capaz de matar alguém? Não consigo nem matar a mim mesma.

Fecho os olhos e me concentro na escuridão por trás de minhas pálpebras.

Escuro.

Me sinto fora do meu corpo.

— Que motivo você poderia ter para matar uma mulher? — pergunto a mim mesma em voz alta.

Estou parada em pé, em uma ponte acima de uma estrada e da água. Estou assistindo a carros correrem pelo concreto abaixo de mim.

Que motivo eu poderia ter para fazer qualquer coisa que seja?

Eu poderia pular; poderia acabar com o dia de todo mundo que está lá embaixo.

Poderia traumatizar por completo algum motorista a caminho de onde quer que esteja indo.

Aperto os olhos com mais força.

Escuro.

Olhe para as suas mãos.

Você se lembra de tudo que já fez com as suas mãos?

Cada momento existe na eternidade, não importa se é lembrado ou não. O que aconteceu, aconteceu, e ocupa aquele espaço para sempre no tempo. Durante toda a vida, passamos como um foguete por nossos momentos, nos esquecendo de coisas, ficando cada vez mais velhos, até que nos esqueçamos de tudo.

Estou encarando intensamente minhas próprias mãos. Estou me concentrando nas rugas em minhas juntas e nas veias sob minha pele.

Nunca vou ter outras mãos além destas.

É bizarro que um corpo possa estar vivo em um momento e, em seguida, tornar-se inerte permanentemente.

Escuro.

Quando morremos, nossos corpos viram lixo. Nós apodrecemos.

Escuro.

Não consigo acreditar que estou viva.

Escuro.

Não consigo acreditar que consiga acreditar em coisa alguma.

— O que você está fazendo? — alguém grita para mim de um carro.

Ouço um tinido. Encaro a água escura além da beirada da ponte.

— Ela está pescando?

— Não está com nenhum equipamento de pesca.

— Você está bem?

— Ei! Você está bem?

— Estou pensando em pescar — eu anuncio.

Estou pensando em como deve ser a sensação de um gancho se prender em sua bochecha, de ter seu corpo arrastado até um espaço onde não se consegue respirar.

E se alguém fora do planeta pensar em humanos como peixes?

E se alienígenas nos arrastarem para algum lugar onde nossa cabeça explodam?

— Você está bem? — a voz me pergunta mais uma vez.

Olho para o carro. Dois garotos adolescentes estão dentro dele.

— Vem pra cá — um deles chama. — Está deixando a gente nervoso. Você está triste?

Encaro o rosto deles. Os dois são muito jovens. Consigo ver que eram garotinhos há poucos anos.

— Eu estou bem — digo a eles. — Só vim caminhar um pouco. Obrigada por me perguntarem. É muito legal da parte de vocês. Vocês devem ser legais.

— Podemos ligar para alguém por você? — ele pergunta.

— Sim. — Concordo com a cabeça. — Liguem para a emergência, por favor.

...

— Você só está um pouco deprimida e ansiosa — o médico me diz. — Acha que oferece perigo para si mesma?

Sim.

— Não. — Balanço a cabeça. — Só estou me sentindo meio estranha.

— Todos temos dias assim — ele responde. — Você provavelmente está se adaptando ao antidepressivo, só isso. Mas eu posso te encaminhar para um psiquiatra.

— Obrigada.

— Bom, você está com esse gesso duas semanas a mais do que deveria. — Ele dá uma batidinha em meu gesso.

— Esqueci de vir tirar — explico, enquanto ele se prepara para serrá-lo.

Observo o desenho de Eli ser cortado em dois, e meu braço emerge do gesso, como um pintinho gordo e tardio saindo do ovo.

...

Talvez eu seja um robô. Minhas mãos estão frias, e mexer meus dedos requer grande concentração da minha parte. Estou consciente de quando pisco.

Pisco repetidamente.

Escuro. Escuro. Escuro.

...

Alguém está batendo na minha porta.

Eu me viro e escuto o toc, toc, toc.

— Gilda, sou eu. O Eli.

— Abre a porta. Você tá aí? Oi?

— Você fez alguma coisa, Gilda? Você tá bem?

— Posso te ajudar?

— Você tá me ouvindo?

— Olá?

— Você precisa que eu minta por você? — ele sussurra através da fresta ao lado do batente.
— Me diz o que falar e eu falo, tá bem?
— Se estiver em apuros, eu vou te ajudar, não se preocupe.
— Você tá aí?
— Oi?
— Oi?

...

Depois de ficar sentada no chão do meu quarto por horas, catatônica, eu me levanto, pego cada peça de louça que tenho em casa e as atiro contra a parede. Preciso atirar uma xícara duas vezes para ela se partir.

...

Quando criança, eu era obcecada por animais. Pegava apenas livros sobre animais na biblioteca. Tinha assinaturas de revistas sobre cachorros e cavalos. Tudo de que eu falava eram os fatos fascinantes que descobria sobre vários bichos de estimação.

Basenjis são os únicos cachorros que não latem.

Gatos siameses têm pelos que ficam mais escuros nas partes do corpo em que eles sentem frio.

Todos os filhotes de cachorro nascem cegos e sem dentes.

Minha família e eu estávamos sentados à mesa da cozinha, onde eu tinha acabado de assoprar todas as oito velas no meu bolo de aniversário, quando minha mãe me perguntou:

— E, então, qual foi o seu pedido?

Estava prestes a admitir meu desejo quando dei por mim e falei:

— Não posso dizer, senão ele não se realiza.

Naquele momento, meu pai se esticou sob a mesa da cozinha e emergiu com uma gaiola de metal branca. Ele colocou a gaiola à minha frente; eu fiquei atônita.

Depois de um momento olhando para a gaiola, para o nariz inquieto de Flop e seu rabo de bolinha de algodão, arfei:

— Eu estou sonhando?

• • •

Não sei dizer se estou ou não sonhando. Estou em uma loja? Tenho a sensação de estar em um set de filmagem. Tudo me parece familiar, mas está diferente. Parece ser um cenário de plástico. Tudo parece esquisito e meio sobrenatural.

— Você está perdida? — uma mulher de aparência borrada me pergunta.

Eu a encaro.

Ela hesita.

— Você está bem, senhorita? Precisa de ajuda?

— Estou bem — eu minto.

• • •

A São Rigoberto é um prédio grande. Tem um campanário com uma pequena cruz no topo. As paredes são cobertas de entalhes decorativos, pequenos monstros e gárgulas. As construções ao redor são todas modernas. Ela se destaca no horizonte feito um aluno gótico alto no meio de uma foto da classe.

Não vou trabalhar há dias.

Estou em pé no gramado da igreja, encarando as grandes janelas rosadas no alto. Penso no que está por trás daquele vidro. Penso nas estátuas de Jesus e dos anjos. Penso em Jeff rezando e fazendo café. Penso nos idosos andando ao redor dos bancos, desajeitados, orando com seus terços, planejando funerais. Penso no cheiro de incenso e no órgão sendo tocado.

Tem uma estátua de Jesus do lado de fora. Está empoleirada em cima da porta da frente, igual a uma coruja. Jesus está usando uma coroa e erguendo uma das mãos. Eu encaro seu rosto de pedra, e juro que sua boca se move.

— Por que você não está lá dentro? — a estátua pergunta.
— Deveria estar trabalhando, não é?
— É isso que eu deveria estar fazendo? — eu pergunto.

• • •

— Você disse que não bebe muito, não foi?
Os policiais me pediram para voltar à delegacia para mais questionamentos.
Estou de ressaca. Sinto o cheiro do sangue de Deus em meu suor.
Assinto com a cabeça.
— Pelo cheiro, parece que esteve bebendo — um dos policiais observa.
— Eu estive — respondo.
Os dois se entreolham.
Estou sentada do lado oposto ao meu corpo na sala, observando a mim mesma, como se observasse um macaco esquisito em um zoológico.
— Você está bem? — uma das policiais me pergunta.
— Estou — meu corpo responde por reflexo.
— Tem certeza? — ela indaga, a testa franzida para mim.
— Estou com dor de cabeça, acho — eu digo.
— Você acha? Não sabe se está com dor de cabeça?
— Estou me sentindo bem desligada de mim mesma neste momento, fisicamente falando — admito. — Minha mente está confusa. Não sei dizer muito bem se minha cabeça dói ou não. Eu acho que sim.
Ela me encara.
— Por que você acha que está se sentindo assim? — ela pergunta, a voz baixa.
— Não sei bem — respondo.

• • •

— Consegue me dizer o que fez ontem? — um policial me pergunta.

Eu tento me lembrar do que fiz.

Acho que fui a uma loja. Acho que comi um naco de pão. Não, espera. Isso foi alguns dias atrás.

— Eu não me lembro — respondo.

— Não se lembra?

— Não fiz nada de memorável — eu explico. — Nada digno de se lembrar.

— Nada digno de se lembrar? — o policial repete minhas palavras. — Interessante. Me conta, o que torna algo digno de ser lembrado?

Penso na pergunta. Respondo:

— Nada, eu acho.

— Não tem nada que faça um dia digno de ser lembrado? — o policial esclarece.

— Se você pensar bem, não — eu digo.

Ele inclina a cabeça.

— Você diria que tem lembranças claras dos eventos recentes que te aconteceram, Gilda? — ele pergunta. — Costuma se esquecer de coisas que fez?

Durante toda a minha vida, eu passo como um foguete por meus momentos, me esquecendo de coisas, ficando cada vez mais velha, até que me esqueça de tudo.

— Você realmente não conhecia a Grace? Tem certeza?

Ele coloca uma foto de Grace na mesa entre nós dois.

— Você mente muito bem, não é, Gilda?

— Nenhum dos membros da sua família sabia que você estava trabalhando na São Rigoberto.

— Ninguém da São Rigoberto sabia que você não é católica.

— Você mente para si mesma também, Gilda?

— Tem certeza de que não está reprimindo o que aconteceu?

Eu baixo os olhos para a fotografia na mesa. Olho para o cabelo branco de Grace, para a boca sorridente e enrugada dela.

Penso em rinocerontes e em todas as coisas no planeta que seriam consideradas fantasia se não soubéssemos que são reais. Penso em como a realidade e o faz de conta se misturam, porque nada importa e tudo é ilógico. Talvez tudo isso seja um sonho. Talvez eu nem sequer exista.

Coloco as mãos dentro das poças turvas de minha mente, nas grutas escuras de meu estômago, e tateio. Retiro de lá a terrível verdade, que é: como eu saberia se tivesse matado alguém? Talvez eu tenha feito isso.

Acho que sou louca.

— No que você está pensando? — o policial me pergunta.

— Rinocerontes — digo a ele, em meio a lágrimas.

...

Da minha janela, observei meu pai cavar um buraco no quintal dos fundos. Ele estava enterrando a Flop.

Minha mãe me viu espiando por cima do parapeito e disse:

— Querida, não fique olhando. Vá assistir a algum desenho com seu irmão ou algo assim.

Eu a ignorei e continuei observando até meu pai baixar o caixão de caixa de sapatos no buraco e o cobrir com terra.

Depois que todos foram dormir naquela noite, desci as escadas de fininho. Me ajoelhei ao lado da área de terra sob a qual estava o corpo de Flop e chorei sozinha debaixo da lua.

...

— Você sabe quem é essa?

Estou atrás de um vidro unidirecional. Uma mulher velha está sentada do outro lado do vidro, usando uma camiseta cor-de-rosa pálida com gatos cartunescos brincando com um novelo de lã.

Eu começo a dizer que não e, então, a reconheço.

É Rosemary.

— Essa é Rosemary Reeves — o policial diz. — Ela veio de fora da cidade para falar conosco. Você tem alguma ideia de por que pedimos a ela que viesse?

Eu não respondo. Encaro o rosto de Rosemary. Ela passou maquiagem cor-de-rosa nas bochechas envelhecidas. Está usando um batom lilás.

— Ela não dirige mais, então a filha precisou trazê-la até aqui — o policial continua. — Ela tirou um dia de folga do trabalho para trazer a mãe. Legal, não acha?

Eu não respondo. Olho para as mãos cruzadas de Rosemary. Ela está usando a aliança de casamento.

— Nós a chamamos porque examinamos o computador da igreja e descobrimos que você tem escrito e-mails para ela, fingindo ser Grace. Você pode falar comigo a respeito disso, Gilda? Pode explicar por que fez isso?

Baixo os olhos para minhas mãos. Elas estão suadas. Me sinto extremamente dentro de meu próprio corpo.

— Gilda?

— Notamos diversas coisas estranhas — o outro policial continua. — Notamos que a página da igreja no Twitter dá "likes" em vários posts inapropriados, e que o histórico de buscas do computador inclui pesquisas como o nome de Grace e coisas relacionadas a assassinatos.

Eu paro de escutar o policial quando a imagem grotesca de Rosemary descobrindo que sua amiga está morta lampeja diante de meus olhos. Imagino sua expressão alegre e agradável se deteriorando.

Sinto meu peito se apertar. Me sinto extremamente dentro de meu próprio corpo.

— Você tem mentido para uma idosa, fingindo ser Grace. Por quê?

Não consigo suportar a imagem de Rosemary descobrindo a verdade sobre Grace.

— Vocês vão contar para ela que a Grace morreu? — eu me viro e pergunto aos policiais.

— Sim. É claro que vamos contar a ela.

— Não façam isso — eu peço. — Não contem.

— Por que esteve mentindo para essa pobre senhora?

— Não contem para ela, por favor — eu repito, lágrimas agora se acumulando em meus olhos.

— Você está tentando dar um golpe nela? Qual o seu objetivo aqui?

— Não. Eu só não quero que ela saiba...

— Qual é o seu motivo, Gilda? O que você está tentando fazer?

— Eu só não quero que ela fique triste. — Começo a chorar.

Algo dentro de mim, escuro como breu, toma conta do meu corpo. Sou dominada por uma sensação de absoluta desesperança. As luzes no cômodo se apagam. Alguém atirou em mim? Eu me sinto cega. Estou no chão.

Jeff está chorando no escritório dele. Pare.

Botinha está queimando em um incêndio em sua casa. Pare.

A pele de Eli está ficando amarela. Pare.

Eleanor fica me dando Thin Mints. Pare.

Ingrid comprou um porco de pelúcia para mim. Pare.

Eli pintou um quadro de Flop para mim. Pare.

Ele se ofereceu para mentir para a polícia por mim. Pare.

Me sinto tão profundamente dentro de mim mesma que não consigo suportar. Sinto minha força vital chacoalhando no interior de meus ossos, como um cão raivoso tentando escapar de um cercado.

Eu estou gritando?

— O que está havendo com ela?

Pessoas estão tocando em mim.

— Por que está tão aflita?
— Tem algo de errado com ela.

...

Fui colocada em uma cela. Estou sentada em uma salinha de concreto com um vaso sanitário. Não tem nada que eu possa fazer aqui além de olhar para a parede cinzenta à minha frente, para as imperfeições no concreto. Uma rachadura se estende pela parede.

Não sei se estou apenas sendo confinada aqui ou se realmente fui presa.

Há uma única formiga na cela comigo. Ela está buscando comida no chão com suas antenas. Eu a observo ziguezaguear pelo chão, farejando algo que possa comer.

Coloco meu rosto no chão sujo e a observo de perto. Olho a curvatura de suas pernas finas, o pequeno rosto monstruoso. Me pergunto por que uma formiga viveria dentro de uma delegacia, quando poderia morar em qualquer lugar. Ela poderia sair daqui. Poderia morar em um restaurante, em uma floresta.

Talvez ela não saiba disso. Talvez seja difícil demais para ela chegar lá.

Penso em colocá-la no bolso e alimentá-la com pedacinhos da minha comida.

Me pergunto por quanto tempo formigas vivem.

— Não posso ter você como bichinho de estimação — eu sussurro para ela.

Não posso ter um bichinho de estimação pela mesma razão que não quero fazer amigos nem me aproximar de outras pessoas. Não é só porque as pessoas vão morrer algum dia. Também é porque não sou boa em cuidar dos outros. Sou incapaz de reunir a energia necessária para ser uma parte positiva da vida de alguém. Sou incapaz até mesmo de reunir a energia para me desculpar por isso.

Baixo os olhos para minhas mãos. A formiga está se arrastando perto de meus dedos.

— Não tenho nada para te oferecer. Não tenho comida — eu digo a ela. — Me revistaram antes de me trazerem para cá. Não tem nada nos meus bolsos.

Demonstro a questão para a formiga. Viro meus bolsos do avesso.

Fico surpresa quando caem farelos de lá.

...

"O que você aprendeu na terapia?" eu perguntei a Eleanor.

Ainda não tínhamos nos encontrado pessoalmente. Estávamos conversando por mensagens no aplicativo de relacionamentos. Já passava da meia-noite. O brilho do celular iluminava meu rosto no travesseiro. Eu não tinha me sentido engajada em nenhuma conversa que tive nos últimos meses, mas me sentia engajada falando com ela. Estava interessada no que ela tinha a dizer. Todas as vezes que recebia a notificação de uma resposta dela, ficava em alerta.

Ela disse:

"Aprendi que existe uma conexão circular entre pensamentos, comportamentos e sentimentos."

Ela disse:

"Funciona igual a um circuito de retroalimentação. O que a gente pensa afeta como nos sentimos e como agimos. Se eu me sinto mal porque acho que não sou uma boa amiga, por exemplo, eu talvez evite as pessoas, o que vai me fazer me sentir pior. Se, em vez de evitar as pessoas, eu visitar um amigo, este comportamento vai afetar o que eu penso sobre ser ou não uma boa amiga, o que, por sua vez, vai afetar meus sentimentos e meu comportamento no futuro."

Eu tinha a impressão de que Eleanor era mais feliz e otimista do que eu. Quando ela falava sobre a terapia, eu pensava que poderia funcionar para alguém como ela, mas provavelmente não funcionaria para mim.

"E funcionou?" eu perguntei a ela.

"Funcionou" ela respondeu.

. . .

— Beba esse copo d'água — uma guarda me instrui.

— Eu posso fazer uma ligação? — pergunto, ignorando o copo d'água.

— Claro — ela responde. — Pode fazer quantas quiser.

— Achei que só tinha direito a uma.

— Isso é só nos filmes.

. . .

— Eleanor, eu não quero incomodar você. Entendo por que você está me ignorando. Só preciso te dizer o quanto me sinto mal por ter te chateado. Me sinto terrível, de verdade. Eu devo ser egocêntrica ou algo do tipo. Isso pode parecer esquisito, mas eu não consigo encarar o fato de ter desapontado alguém que comprou Thin Mints para mim. Eu sei que parece idiota. Tem algo de errado comigo. Sinto que sou um robô ou alguma coisa assim. Isso faz sentido? Eu não consigo me concentrar. Não consigo explicar do jeito certo. Às vezes, sinto que a única saída que tenho é me tornar completamente apática em relação a tudo, ou morrer. Eu só não quero chatear as pessoas. Eu entendo que isso é irônico, porque chateei você. E devo estar fazendo uma tempestade num copo d'água. Você provavelmente não se importa tanto assim com isso. Eu sou alguém que você meio que namorou, alguém com quem teve uma experiência medíocre ... Devo estar te assustando. Eu sinto que preciso explicar. Você deveria ter parado de falar comigo muito antes de ter descoberto sobre o Giuseppe, e é verdade que eu não namoro com ele, a propósito, mas não importa. Olhando agora, estou me dando conta de que nunca comprei Thin Mints para você. Nem sequer sei se você gosta de Thin Mints. Isso é minha culpa. Eu queria ter sido mais legal com você. Sinto muito.

• • •

— Jeff, eu tenho mentido para você. No dia que você me contratou, eu não estava lá por causa da vaga de emprego. Eu fui por causa de um anúncio de terapia que me entregaram. Tenho fingido ser católica para evitar admitir isso para você, e porque precisava de um emprego. Eu não devia ter feito isso e me arrependo. Quero que você saiba que sinto muito mesmo. Sei que você perdoa tudo por causa de quem é, mas não precisa me perdoar por isso.

• • •

— Giuseppe, eu nunca deveria ter te enrolado nem te atacado. Não sou quem você acha que sou. Era difícil estar perto de você, porque eu ficava ressentida com o quanto você parece feliz e bem-resolvido, e eu sou crítica demais. Não sei se vai entender isso, mas eu não consigo deixar de ficar encarando minhas mãos. Fico pensando que nunca vou ter outras mãos senão estas. Entende o que quero dizer? Eu não consigo explicar muito bem. Acho que prefiro que você não entenda. Queria nunca ter pensado nisso. Sei que não faz sentido. Só estou ligando para dizer que sinto muito por ter mentido para você e por te fazer se sentir mal. Eu estava tentando fazer o oposto, a princípio, mas não sou boa nisso.

• • •

— Barney, fui eu quem a sua filha viu do lado de fora da sua casa. Eu não estava tentando te roubar. Estava te espionando porque achei que talvez fosse você que tivesse matado a Grace. Eu sei que não foi você. Sinto muito por pensar que sim e por ficar rondando a sua casa. Escuta, eu não tenho o direito de te pedir que faça nada, eu tenho mentido para você, eu sou ateia e sou lésbica, mas gostaria muito que você virasse as folhas do seu calendário para o mês em que estamos. Entende o que quero dizer? Eu soube que a sua esposa morreu, e imagino que talvez ela virasse as folhas do calendário antes. Você vai precisar fazer isso agora, está bem? É triste, Barney, mas você simplesmente precisa virar as folhas.

• • •

— Mamãe e papai, não sei se vocês vão se lembrar disso, mas uma vez eu fingi que a rua na frente de casa era um oceano. Desenhei estrelas-do-mar, baleias e uma jangada com giz nela. Me deitei com os olhos fechados na jangada de giz, no meio da rua, esperando para ser atropelada. Vocês saíram gritando e me deixaram de castigo no quarto. Eu penso nisso o tempo todo. Entendem o que quero dizer? Eu entendo a vontade de fingir que tudo está bem quando não está. Entendo por que vocês fazem isso com o Eli. Mas acho que seria melhor se nós lidássemos com isso. Estou com medo de talvez ser louca. Se eu pudesse escolher... eu preferiria que vocês nunca se preocupassem com nada. Entendem o que quero dizer?

• • •

— Eli, me escute. Pare de beber. Por favor. Seja o que quiser ser... se é por isso que está tão triste. Eu quero que você faça tudo que quiser fazer. Vista o que quiser vestir. Deixe seu cabelo crescer. Escute, porque isto é muito importante. Nós estamos todos só flutuando no espaço, está bem? Pense nisso, somos só fantasmas dentro de esqueletos, dentro de sacos de pele, flutuando em uma rocha no espaço. Se existir qualquer coisa que te deixaria feliz, faça isso, por favor.

• • •

— Pode ir embora. — Uma policial abre a porta da minha gaiola humana.

Momentos atrás, depois de dez horas me segurando, eu finalmente fiz xixi na frente da guarda.

— Posso ir embora? — eu reitero, confusa.
— Sabemos que você não é culpada — ela explica.
— O quê? Como?
— Nós revistamos a igreja — ela responde. — Encontramos algo que prova isso.
— O que vocês encontraram?
— Um bilhete. Estava dobrado dentro de um livro, na gaveta da antiga escrivaninha da Grace.

...

Para quem quer que encontre isto,

Minha mãe tirou a própria vida quando eu tinha dezesseis anos. Ela não se despediu de mim e não deixou nenhum bilhete. Eu queria tanto encontrar um bilhete dela que sempre tive esperanças de que isso aconteceria algum dia. Abria livros usados em sebos, esperando que, de alguma forma, fossem os livros antigos dela, que ela tivesse escondido um bilhete ali dentro em segredo.

Estou escondendo isto para qualquer um que possa querer encontrar um bilhete meu.

Não irei embora da mesma forma que minha mãe, embora esteja tirando minha própria vida. Estou com oitenta e seis anos de idade, e é minha hora de partir. Estou pronta para a minha viagem para o que quer que exista depois daqui.

Se eu não me despedi de você, adeus. Tive uma vida maravilhosa. Acho que não poderia ter sido mais feliz. Sinto-me muito grata por ter estado viva.

Grace

PARTE CINCO
PÁSCOA

Eu sou uma das 7,53 bilhões de pessoas em um planeta que orbita uma das 100 bilhões de estrelas em uma galáxia entre bilhões de galáxias em um universo em constante expansão.
— Sou a Gilda — digo.
Para mim, é fácil aceitar que sou uma bactéria, ou um parasita, ou um câncer. É fácil aceitar que minha vida é banal e que eu sou uma partícula de poeira. É difícil, no entanto, aceitar o mesmo para as pessoas ao meu redor. É difícil aceitar que a vida do meu irmão não importa, ou que idosas que morrem não importam, ou até mesmo que coelhos ou gatos não importam. Eu me sinto, ao mesmo tempo, intensamente insignificante e hiperconsciente da importância de todas as outras pessoas.
— Não sei o que dizer — falo a Rosemary. — Eu sinto muito. Foi algo bizarro da minha parte. Eu não tinha o direito de esconder de você o fato de sua amiga ter morrido, nem de enviar e-mails fingindo ser ela. Não sei o que há de errado comigo...
Rosemary toca as costas da minha mão do outro lado da mesa.
Eu olho para a sua boca. Ela está sorrindo.
— Grace teria achado essa história toda hilária — ela me diz.
Ela ri.

— Eu te perdoo, Gilda. Está tudo bem.

Um alívio triste e estranho toma conta de mim.

— Ela teria? — pergunto, minha garganta apertando.

Rosemary assente.

— Você está falando só por falar? — indago.

Ela sacode a cabeça, ainda rindo.

— Ela teria achado engraçadíssimo.

Eu hesito.

— Está sendo legal comigo só por eu ser louca?

— Você não é louca de verdade, é? — ela pergunta, tocando as costas da minha mão mais uma vez.

— Não sei. Talvez eu seja. Não tenho me sentido bem ultimamente — eu explico. — Sinto que nada importa, e isso me atormenta.

Vou morrer um dia, e todas as pessoas que conheço vão morrer um dia. Um dia, todas as pessoas que não conheço vão morrer. Um dia, todos os animais e plantas neste planeta vão morrer. Um dia, o próprio planeta vai morrer, e, um dia, toda a humanidade, e todos os vestígios da vida humana.

— Você pensa às vezes no quanto somos pequenos? Pensa no espaço? — pergunto a ela. — Eu fico o tempo todo obcecada com a morte, pensando em por que existimos, em como tudo é tão triste. Tenho começado a pensar que a única coisa que importa é que as pessoas se sintam felizes, e estava tentando te poupar de um pouco de tristeza. Reparo que muita gente não é feliz, e isso me faz mal. Fico olhando para todas as pessoas e pensando: *Meu Deus do céu, só quero que elas sorriam.* Fico encarando a boca dos outros. Entende o que quero dizer? Eu não paro de pensar: *Meu Deus, eu só queria que você estivesse sorrindo*, e...

Rosemary balança a cabeça, concordando.

— Sim, eu também já pensei nisso. — Ela olha para a minha boca. — E você já pensou que as pessoas podem querer o mesmo para você?

...

A delegacia está fervilhando quando sou acompanhada até a saída. Ouço a voz de um policial dizer:

— Ela estava realizando suicídios assistidos clandestinos.

Tem uma TV na sala, transmitindo o noticiário.

Uma repórter loira está segurando um microfone.

— Laurie afirma que não é a única a fazer isso. Ela alega que, na maioria dos hospitais, enfermeiras e médicos oferecem, para que pacientes interpretem, dicas e eufemismos a respeito de darem fim à própria vida. Ela diz que escolheu ser direta e franca com seus pacientes. Afirma que se ofereceu para ajudá-los a encerrarem a própria vida com o consentimento deles.

"Ela confessou ter dado a alguns de seus pacientes as medicações necessárias para que levassem o ato a cabo de forma independente, na própria casa. Grace Moppet e Rita Davis, supostamente, os administraram a si mesmas. Fomos informados de que Grace pode ter deixado um bilhete de suicídio que parece confirmar essa teoria. O bilhete, ao que parece, indica que Grace estava pronta para que as ditas cortinas da vida se fechassem."

A TV mostra uma gravação de Laurie lendo um depoimento para uma plateia.

— Não acho que viver por tanto tempo quanto possível deveria ser o objetivo de ninguém — ela afirma em um pequeno tropel de microfones. — Não tenho vergonha de meu envolvimento na vida ou na morte de Rita, Alfred, Li, Grace ou Geraldine. Espero que admitir isso elucide o fato de que nada disso precisa ser tão ruim assim.

...

Eu saio da delegacia. Estamos no meio da tarde. Meus olhos tinham se adaptado à penumbra do lado de dentro. Faz sol e está difícil enxergar ao ar livre. Estou com um dos olhos fechado e o outro semicerrado. Coloco a mão sobre a testa para fazer sombra. Através de um olho estreitado e lacrimejante, vejo os últimos amontoados de neve nos cantos escuros sob as árvores, e os dentes-de-leão amarelos no gramado.

...

Quando era criança, eu colhia cada dente-de-leão que aparecia em meu caminho. Colecionava cascas de cenoura e miolos de maçã. Guardava em meu bolso frutinhas, pepinos e alface de meu próprio prato. Combinava tudo que reunia em uma grande tigela para oferecer como salada à minha coelha Flop.

Quando fazia sol, eu colocava a gaiola dela no quintal. Ela mordia folhas de grama e trevos e ficava deitada de lado. Me lembro de sua barriga branca e peluda subindo e descendo sob a luz do sol. Me lembro dela adormecendo.

Eu construía circuitos de obstáculos para ela com caixas de papelão e jornal. A ensinei a vir quando a chamava e a ficar nas patas traseiras quando eu oferecia um petisco.

Me lembro que ela saltitava em círculos dentro da gaiola quando me via. Me lembro que ela fazia barulhos cacarejantes, ronronantes.

...

Eu acordo.
    Arrumo a cama.
    Tomo banho.
    Penteio o cabelo.
    Escovo os dentes.
    Passo fio dental.
    Me visto.
    Calço as meias.
    Coloco gelo em um copo limpo com água.

Coloco pão na torradeira.
Pego um prato.
Corto uma maçã em fatias.
Tiro o pão da torradeira e passo manteiga nele.
Corto-o em quatro pedaços.
Sento-me à mesa e como.
Enxáguo os pratos que usei e os guardo.
Passo um pano de prato pelo balcão.
Calço os sapatos.
Olho no espelho.
Saio de casa.
Caminho para fora.

• • •

Um arrepio de felicidade me atravessa quando ouço a risada ridícula de Eleanor.

Estamos sentadas nos degraus em frente ao meu prédio, esperando o proprietário do meu apartamento. Ele está a caminho com um técnico para consertar meus armários e o espelho do banheiro.

— Pense bem — eu digo a ela. — Se descobrissem um dente-de-leão em um planeta que não fosse a Terra, seria extraordinário. O fato de dentes-de-leão existirem no nosso planeta, portanto, é extraordinário.

Eleanor está inspecionando um dente-de-leão, balançando a cabeça.

— Tem razão.

— Se descobrissem porcos em outros planetas — eu continuo —, pensaríamos nesses porcos como seres incríveis. Imagine se encontrassem macacos. Se encontrassem macacos em outro planeta, a gente acharia que são os alienígenas mais incríveis e preciosos do...

— Você ouviu isso? — Ela toca meu braço.

Paro de falar.

Um som lamuriante está vindo de debaixo de nós.

— O que é? — Eleanor me pergunta quando me ajoelho para espiar sob os degraus.

— É um gato — respondo, vendo a luz refletindo nos olhos dele.

— Tira ele daí — Eleanor me apressa. — Ele tá bem?

Eu me estico e puxo o gato para fora. Ele surge da escuridão coberto de sujeira e carrapichos.

— Ah, meu Deus — eu digo, atônita.

É o Botinha.

Eu grito:

— Puta merda! Você tá vivo!

AGRADECIMENTOS

Obrigada, Corrina, Brock, Mallory, Mitch, Ainsley, Chad, Aaron e Tod. Obrigada também a Gloria, Jim, Joel e o restante de minha família. Obrigada de antemão a Bridget, por escrever meu futuro livro favorito, e a minha amiga Liz. Obrigada, Heather Carr, por sua orientação, apoio, ajuda e gentileza. Prezo muito o trabalho que você e a Friedrich Agency fizeram para me ajudar a preparar e compartilhar este livro. Agradeço também a Daniella Wexler. Graças a seus talentos e conhecimentos editoriais, esta história está muito melhor, e sou muito grata a você por tudo que fez para aprimorá-la e compartilhá-la. Também agradeço sinceramente Jade Hui, Gena Lanzi, Isabel Dasilva, Liz Byer, Min Choi, Loan Le e todo o pessoal da Atria Books por todo o trabalho que fizeram para desenvolver e divulgar esta história. Agradeço também a Poppy Mostyn-Owen e a Atlantic Books por compartilharem esta história com o Reino Unido, e a Simon & Schuster Canada por compartilhá-la com o Canadá. Obrigada a meus professores de inglês e de redação, especialmente à sra. Nedic, Dorothy Nielsen e Vidya Natarajan. Agradeço também à banda Muna pela música "It's Gonna be Okay, Baby", e a Phoebe Bridgers por "Funeral". Escutei-as muito enquanto escrevia este livro. Obrigada a Robert Peett e a Holland House, Lucy Carson, Kristina Moore, ao Conselho de Artes do Canadá, e a todos de que me esqueci ou que me ajudaram sem que eu soubesse.

Primeira edição (maio/2025)
Papel de miolo Ivory bulk 58g
Tipografias Alternative Gothic, Caslon e Hey Eloise
Gráfica Ricargraf